XVI

Julia Karr

Julia Karr

A inocência termina aos XVI

PandorgA
São Paulo 2012

Produção Editorial Silvia Vasconcelos
Editoração Eletrônica Sergio Gzeschnik
Capa Genildo Santana
Tradução Gisele Marion Rosa
Revisão de Texto Patricia Almeida Murari
Patrizia Zagni
Julian Guilherme F. Guimarães

Dados Internacionais de Catalogação na Publicação (CIP)
(Câmara Brasileira do Livro, SP, Brasil)

Karr, Julia
XVI: no futuro a inocência termina os dezesseis/Julia Karr; [tradução de Gisele Marion Rosa]. — Carapicuiba, SP: Pandorga Editora e Produtora, 2012.

Título original: XVI : in the future, innocence expires at sixteen.

1. Ficção - Literatura norte-americana I. Título.

12-08982 CDD-813

Índices para catálogo sistemático:

1. Ficção: Literatura norte-americana 813

2012
IMPRESSO NO BRASIL
PRINTED IN BRAZIL
DIREITOS CEDIDOS PARA ESTA EDIÇÃO À
EDITORA PANDORGA
Av. São Camilo, 3.680 – Granja Viana
CEP 06345290 – Carapicuíba/SP
Fone: (11) 4169-6855 – Fax: (11) 4169-3875
www.editorapandorga.com.br

I

— Nina, olha! — disse Sandy, cutucando minhas costelas.

Olhei para cima na direção da **tela AV** esperando ver a última tendência "volta às aulas" para adolescentes de dezesseis anos.

— Não, olha ali! — Sandy puxou meu braço, chamando minha atenção para a porta.

Quatro garotos se aproximavam de nós caminhando com jeito malandro pelo trem em movimento. Eles se sentaram do outro lado do corredor e rapidamente se juntaram num círculo. O som baixo das palavras ininteligíveis era acompanhado por bufadas agressivas que aumentavam no grupo deles.

— Eles têm dezoito anos — cochichou ela. — Aposto que é aquele no meio o que está fazendo aniversário. Ele é gatinho! — e moveu-se, inquieta, no banco.

A propósito, ele ficava admirando a tatuagem no próprio pulso e passava o dedo no *band-aid* atrás da orelha onde tinha estado seu GPS, e aí eu soube que ela estava certa. Toquei inconscientemente meu próprio rastreador. A bolinha minúscula do tamanho de um grão embaixo da minha pele quase não era sentida pela ponta de meu dedo. Como seria poder ir a algum lugar onde você não é rastreado?

Antes que meus pensamentos ficassem mais distantes, Sandy disse:
— Eles estão indo para a cidade comemorar. Eu queria...

— Não, você não queria — meu estômago se revirou só de pensar em festas de dezoito anos. — Nós já ouvimos falar delas, especialmente aquela em que houve o incidente com Angel. — Rapidamente, bloqueei as imagens da minha mente.

Sandy bufou se recostando no banco com os braços cruzados sobre o peito. — Aquelas histórias não devem ser verdadeiras. Os caras não iam fazer coisas como aquelas. Quero dizer, olha para eles... — ela se inclinou na minha direção, com ar conspiratório, e a vi olhando para os garotos através da franja. — Um garoto tão fofo como aquele jamais faria esse tipo de coisa. Preste atenção... — ela ficou mexendo dentro da bolsa e me entregou uma caneta. — Você que teve todas aquelas aulas de arte. Desenha a tatuagem, está bem? — e colocou o pulso na minha frente.

— Sandy! — empurrei a mão dela para longe. — Podemos ser presas!

Um dos garotos, não o aniversariante, deve ter nos ouvido, pois ergueu o olhar. Ele encarou Sandy da mesma maneira que já vi o padrasto dela olhá-la quando pensa que ninguém está observando. Eu agarrei o pulso dela e o ergui na direção dele para mostrar que não havia a tatuagem XVI obrigatória. Ele encolheu os ombros e voltou-se para os amigos.

— Ei! — ela afastou o braço para longe de mim. — Ele ia vir conversar comigo.

— Não é conversa o que ele quer, Sandy. Aquelas histórias não são todas inventadas. Ginnie disse que desde quando começaram a fazer as tatuagens, vinte anos atrás, as meninas não estão mais seguras. Ela acha que...

— Ela é sua mãe. O que mais você esperava?

— Não sei — encolhi os ombros, desistindo. Sandy estava tão envolvida com tudo que estava relacionado aos dezesseis que não havia diálogo com ela. A mãe dela e a minha pertenciam a galáxias diferentes no que dizia respeito a qualquer coisa que pudesse existir. Sra. Eskew não só permitia como incentivava a conduta sexual típica dos dezesseis da Sandy. Ela estava até a preparando para o CeFFem. Minha mãe, Ginnie, pelo contrário, estava fazendo tudo o que podia para me manter afastada do programa, mesmo sendo a única saída do *status* da categoria dois. Quando tentei falar sobre isso, ela me disse para não me preocupar, que eu não seria da categoria baixa para sempre. Mas também nunca me disse como eu evoluiria. Não é que eu desejasse fazer parte do CeFFem, mas, além do casamento com alguém que pertencesse a uma categoria superior, eu não tinha muitas opções.

Sandy apanhou um *chip* de revista retrátil do porta-bagagem do banco à sua frente. Ela deixou para lá e o soltou, e ele voltou para o mesmo lugar. Ela pegou outro e fez a mesma coisa. Soltei um suspiro. Se ela tivesse feito pela terceira vez, eu a teria impedido. Às vezes, sinto-me mais como se fosse a mãe de Sandy que sua melhor amiga.

O humor dela mudou de repente, graças a Deus. — Afasta para o lado — disse ela. — Estamos quase passando pela fazendona e quero ver as vacas. Dá para acreditar que as pessoas comiam carne? Me dá vontade de vomitar só de pensar nisso.

Sandy é quase tão louca por vacas quanto é por garotos. A verdade é que nós duas amamos os animais. Essa é uma das razões que nos fazem ser tão amigas. Quando Ginnie se mudou comigo e Dee para outra cidade, para Cementville, eu achava que nunca encontraria uma amiga. Porém, no primeiro dia de aula, conheci Sandy. Nós duas estávamos de camiseta com a mesma estampa: a imagem de um cavalo. E depois da aula, ela desceu no mesmo ponto que eu. Acabamos descobrindo que éramos vizinhas. Somos amigas desde esse episódio, mesmo ela provocando meus nervos até o limite algumas vezes.

A monotonia entediante dos bairros residenciais e de Cementville finalmente deu lugar ao oásis de montanhas sinuosas e árvores. Assim que o trem expresso chegou à fazenda Mill Run, Sandy e eu pressionamos nossos narizes contra a janela como se fôssemos criancinhas. Uma manada de vacas malhadas estava pastando ali perto. Dois cavalos apareceram correndo junto a uma cerca de tábuas brancas.

— Eles são tão lindos — falei num sussurro.

Sandy apertou minha mão. — Nina, sei que você não quer que eu faça nada estúpido — disse ela, suavemente. A fazenda foi sumindo, distanciando-se e nós nos acomodamos de volta no banco. — Ei, você fez toda a lição de casa?

— Fiz — respondi. — A de *Governo Local* e *Literatura do Século Vinte*. Amo a "Liti", mas odeio a "Govi".

Nós duas soltamos uma gargalhada.

— Liti está me matando — disse Sandy. — Você tem que me ajudar. Promete?

— Claro — ela sempre conta comigo para explicar os livros e eu não me importo. Não é que ela não consiga ou não leia, apenas não chegava aos significados mais profundos. Eu também não conseguia todas as vezes, mas Ginnie conversava muito comigo sobre o que eu estava lendo e isso me ajudava a desenvolver os significados.

— Então. Você vai fazer o curso preparatório para o CeFFem?

— Sandy, você prometeu — lancei um olhar de lado para ela.

— Desculpa, esqueci que Ginnie não vai deixar você fazer — ela fez cosquinhas em mim. — Ah, vamos, não fique brava.

Não resisti e soltei uma risada. Não queria ficar irritada com Sandy... então, não fiquei.

— Você vai primeiro à sua avó antes de encontrarmos Mike? — perguntou ela.

Concordei com a cabeça.

— Você sabe que tenho medo de seu avô — ela enterrou a mão no bolso e tirou um pacotinho. — Quer uma?

Coloquei a bala de limão gelado dentro da boca, rolando-a na minha língua até que o açúcar derretesse num azedinho nojento. Engoli o doce. — É, Pops é um pouco estranho. Mas achei que você já estivesse acostumada com ele.

Sandy colocou várias balas na boca e devolveu o pacotinho para o bolso. — Sem chance — resmungou ela, rearranjando as balas dentro da boca para conseguir falar. — Não entendo um monte de coisas que ele fala e é assustador quando ele tira a perna fora.

— Vou tentar mantê-lo sob controle — prometi, rindo sozinha. Como se alguém pudesse controlar Pops. — Talvez a gente pudesse ir até o zoológico. Provavelmente é a única maneira de conseguir manter Mike longe das propagandas novas no centro da cidade.

— Vamos à sua avó antes de ver Mike, certo?

Comecei a rir. Nós duas sabíamos que, se Mike viesse com a gente, ele pediria a Pops para tirar a perna. Mike era fascinado por próteses. — Sandy, é só uma perna *G.I.*

— *G.I.* o quê?

— Pela milionésima vez, seu microcérebro... — dei um tapinha na cabeça dela. — *Government Issue*, que quer dizer provido pelo governo. Lembra que por volta de 2000, os soldados eram chamados de *G.I.* porque tudo que eles tinham era provido pelo governo? Foi quando Pops conseguiu a perna dele depois do acidente do governo. Ele diz que é por isso que ela não funciona direito. Ela é barata como as coisas das liquidações e dos *outlets*.

— Ah, por favor! Essa calça *jeans* é de uma liquidação.

— Quis dizer que quando as pessoas ricas precisam de partes do corpo, elas conseguem coisas boas, biônicas, que funcionam como se fossem reais — nós duas compramos em lojas com descontos, como todos que pertencem à classe baixa. — E — acrescentei — eu adoro esse *jeans*.

Sandy sorriu e colocou as mãos na cintura. — Obrigada! — disse ela. — Ele caiu bem, não é?

As roupas dela caem muito melhor do que as minhas em mim. Como a vovó diria: "Ela parece uma transmissão digital lunar completa". Motivo que faz com que o padrasto dela, tenho certeza, a olhe daquele jeito.

Os homens que eu conhecia ou eram loucos como Pops, ou assustadores e esquisitos como o padrasto de Sandy, ou infiéis como Ed. Este é o namorado quase-marido de Ginnie, que também é o pai da minha irmã caçula, Dee. Eu não tinha ideia de como era ter um pai, real ou não, porque o meu faleceu no dia em que nasci. Tudo o que eu tinha era um *chip* de fotos antigas e as histórias que vovó costumava me contar sobre ele. Sandy tirou um espelho de dentro da bolsa e começou a afofar o cabelo, entediada com a própria imagem.

— Preciso de mais batom? Rímel?

— Ora, Sandy, por favor! Estamos apenas indo ver Mike e Derek... Você sabe, amigos! — é assim que prefiro os garotos, como amigos. Qualquer outra maneira é aterrorizante para mim. Às vezes, fico pensando se não sou eu a esquisita. A maioria das meninas da minha idade está se preparando para se tornar sexualmente ativa aos dezesseis, isto é, tornando-se *dezessexual*. Tenho minhas razões para nunca querer transar. Eu só não tenho ninguém com quem possa conversar sobre isso. Especialmente com Ginnie.

Sandy suspirou e guardou o espelho. — Você nunca sabe quem pode estar te olhando — ela encarou longamente o outro lado do corredor do trem.

O garoto que antes havia prestado atenção nela olhou para mim e, rapidamente, registrou todos os detalhes importantes. Ele ergueu uma das sobrancelhas e lambeu os lábios. Prendi a respiração, apavorada de que ele falasse, mas outro garoto chamou sua atenção de volta para a bagunça. Soltei a respiração. Pelo menos por mais alguns meses eu estaria com quinze anos... e segura.

II

Era o final de setembro, céu azul, ar fresco... muito diferente do clima típico de outono em Chicago. Fiquei pensando se era assim que se respirava no campo, o ar limpo e fresco. Dentro de um trem expresso vedado de Cementville até a cidade não era possível sentir isso. Olhei para Sandy duvidando se ela já havia pensado algum dia sobre o tempo, a não ser se ele desajeitasse seu cabelo ou se a forçasse a vestir um casaco sobre algum modelo novo.

— Vamos caminhando — desci a rua com Sandy a meu lado.

Na rua State, as propagandas eram tantas e tão irritantes, bombardeando-nos de dentro de cada loja. — Levem o último audiovídeo portátil, praticamente invisível na sua orelha e compatível com qualquer aparelho celular, por apenas 29 dólares e 95 centavos... Visitem o *Lado Negro*, serviço especial de viagem à lua, comprem uma passagem e ganhem outra para o acompanhante, de domingo a quinta-feira... *Hambúrgueres de Marte*, com um sabor de outro mundo.

Sandy e eu conversávamos usando nosso **AVP** para conseguirmos ouvir uma a outra em meio ao som das propagandas. Estávamos planejando nossa programação do dia quando ouvimos um barulho alto como o de uma batida e, em seguida, mais duas vezes. Três *vans* haviam se chocado com um estrondo bem no meio da rua. O trânsito inteiro parou. Desligamos nossos AVPs. Nenhuma propaganda berrava. O silêncio era total, o que era ainda mais estridente do que a própria batida do acidente que acontecera.

Sandy me encarou, seus olhos estavam arregalados. Por um momento, achei que ela fosse chorar. Em vez disso, ela sussurrou:

— AntiCons.

Minha garganta se fechou de pânico. Olhei à minha volta, procurando alguém que não parecesse comum, mas todos eram normais, exceto por suas expressões confusas. O mendigo que entrou sorrateiramente no beco, atrás da estação de transmissão, quase passou despercebido por meu cérebro.

Uma voz masculina falou pelo aparelho de propaganda: — Este momento de silêncio é fornecido a vocês pela Resistência. No silêncio, as pessoas conseguem pensar com a própria cabeça. Exatamente o que o Governo...

Um som eletrônico estridente cortou suas palavras e a metade das pessoas na rua, incluindo Sandy e eu, levou as mãos aos ouvidos. Uma *van* de cabine dupla guinchou e dois homens armados com *kits* de ferramentas saltaram e correram para a estação de transmissão.

Quando pensei que já não suportaria mais aquele som lancinante, houve um estalido e então: — ... a liquidação da composição musical *O Fim das Guerras* acaba à meia-noite de hoje. Não lute por pechinchas, compre na *Liquida-Rama,* onde todos os negócios são bons negócios.

Vários policiais haviam chegado ao local. Alguns estavam discutindo com os homens do conserto, enquanto outros interrogavam os motoristas envolvidos no acidente. Ouvi um deles dizer: "Policial, eu não sabia o que fazer. Ficou tão silencioso de repente. Achei que fosse algum tipo de emergência. Então, pisei no freio...".

O trânsito voltou ao normal e Sandy e eu religamos nossos AVPs. Ao passar pelos policiais, abaixei a cabeça. Fingi que examinava uma sujeira na minha calça jeans e olhei para o beco onde aquele homem havia desaparecido. Estava vazio.

— Duas semanas atrás, quando minha mãe e eu viemos para a cidade, aconteceu a mesma coisa. Não o acidente, mas o silêncio — disse Sandy. — Fiquei apavorada daquela vez também. Minha mãe disse que isso está acontecendo cada vez mais — ela cerrou o cenho.

— Malditos AntiCons. Como eles se atrevem a dizer que as pessoas não pensam com a própria cabeça?

Eu não ia dizer que gostei do silêncio, fosse por causa dos AntiCons ou não. O constante bombardeio das propagandas realmente não dava chance para pensar. Ginnie sempre nos ensinou que pensar por nós mesmos era a coisa mais importante. Quando vejo Sandy seguindo cegamente qualquer coisa que o último frenesi da mídia diz... sei que minha mãe está certa. Mas é difícil ser a única pessoa que pensa como eu. Às vezes, queria apenas ser como qualquer outra pessoa de minha idade e não pensar em nada.

Estávamos quase chegando à vovó e Pops, então mudei de assunto. Apontando para o prédio do outro lado do rio Chicago, eu disse: — O reflexo na água é bem legal, não é?

Sandy mal olhou para cima. — É. É bom que aquela previsão do tempo não tenha errado — ela deu um tapinha no seu novo relógio *Chronos* "tudo-em-um". — Ele diz que são onze e meia, a temperatura está 16 graus e que estamos na esquina da LaVenda com a rua Wacker — ela estreitou os olhos para ler a placa da rua. — Acho que está certo.

Enquanto esperávamos o farol abrir para atravessarmos, fiquei encarando a parede de vidro que brilhava por causa da luz do sol que refletia na água. Lembrei-me de um quadro que vi na excursão para o Instituto de Arte.

Lá dentro, o *lobby* mal se assemelhava à arte: um lar subsidiado para aposentados e pensionistas com deficiência como Pops, decorado com bege e cinza horrorosos e sem vida, as cores padrão dos prédios do governo. Vovó sempre ameaça fazer um ataque escondido no *lobby* com uma lata de *spray* cor de arco-íris só para conseguir ter um pouco de vida lá dentro.

Fiquei pensando novamente, como faço desde sempre, sobre como seriam as nossas vidas se Pops não tivesse sofrido o acidente. Ele estava a caminho de subir na sua categoria, a caminho de se tornar parte da Corporação antes de isso acontecer. Tudo teria sido tão diferente, talvez meu pai ainda estivesse vivo... se apenas...

— Ei, Nina, em que planeta você está? — Sandy deu um tapinha no meu ombro. — O farol abriu.

Sacodi a cabeça de volta para a realidade, determinada a não me deixar cair em pensamentos sonhadores, impossíveis. Corremos pela ponte.

Na entrada, abri um sorriso falso para o quadro de segurança e coloquei minha mão no painel de reconhecimento automático, anunciando: — Nina Oberon e convidada — agarrei os ombros da Sandy e a posicionei de frente para o painel... ela também sorriu.

— Não me deixe esquecer de comprar um presente de aniversário de casamento para vovó e Pops. — Eu a guiei pela porta que girava e, depois, para o compartimento seguinte. — Trinta e oito anos — gritei através do vidro. Antes que ela pudesse sair, fiquei nos fazendo girar mais algumas vezes. Finalmente, rodopiamos para o outro lado com um ataque de riso. — A maior parte do tempo, vovó e Pops ficam pegando no pé um do outro... Você sabe, como aquelas galinhas no zoológico — puxei a manga da camiseta de Sandy e ela deu um tapa em minha mão, rindo. — Mas eles se amam de verdade.

— Só porque as pessoas são casadas não significa que são apaixonadas. Se Ed amasse a esposa dele, ele não estaria com sua mãe.

— Não — olhei para ela de lado.

— Desculpa.

Ela sabia que eu odiava Ed. Mais vezes do que eu conseguia me lembrar, Ginnie me mandava, e também Dee, para a casa de Sandy quando Ed ia lá. Dessa forma, nós quase nunca víamos a força total da fúria dele, embora eu sempre tivesse lugar na primeira fila para ver as consequências. Geralmente, fazia o máximo para não pensar nele. Especialmente nele e em minha mãe juntos.

— De qualquer forma — disse Sandy —, minha mãe e meu pai eram apaixonados. Lembro-me do quanto eles costumavam rir e dançar em volta de casa quando eu era pequena. O papai girava a mamãe e, depois, puxava-me para junto deles — o rosto dela ficou sombrio e ela apertou o botão do elevador. — Ataque militar idiota.

Achei que tivesse desviado o assunto dos AntiCons depois do discurso da Resistência... acho que não. Eu sabia o bastante para não dizer nada. O pai verdadeiro de Sandy era policial. Quando ela tinha cinco anos, ele e seu parceiro estavam num ataque militar nos túneis embaixo do rio Chicago procurando AntiCons. A polícia havia sido alertada de um grupo da Resistência morando numa cidade subterrânea e escondido nos esgotos antigos. Uma comporta contra enchente ficou aberta e emperrada (de propósito, disse a mídia) e a água inundou o cômodo onde os policiais estavam. Eles morreram afogados.

Ginnie tinha certeza de que fora uma armadilha para fazer os AntiCons parecerem culpados e ela sabia que eles não eram assassinos. Ela devia estar certa, mas eu jamais direi isso para Sandy. Além disso, Ginnie é apenas a caixa de uma lanchonete na *Cor-Cem Works*, então, como ela saberia algo sobre os AntiCons que o restante do mundo não saiba?

III

Mal havia pressionado a campainha, quando a porta do apartamento se abriu e lá estava Pops parado e apoiado na muleta, segurando sua perna *G.I.* na outra mão. — Que droga, isso não serve para nada! — ele acenava com a perna em nossa cara e Sandy se encolheu voltando para o corredor.

— Pops! — falei, abaixando seu braço e cochichando: — Por favor, não faz isso, você está assustando Sandy.

— Hã? — ele parou de exibir ostensivamente a perna e me encarou, confuso. Sorri de volta esperando que seu cérebro acompanhasse o que os olhos viam. Levou um segundo. — Pequenininha! — ele me abraçou o melhor que pôde, considerando as circunstâncias.

Peguei a prótese e a sacodi de volta para ele, sorrindo largamente. Pude ver de esguelha que Sandy olhava para todas as direções, exceto para nós. Abaixei a perna e levei Pops rapidamente para dentro. — Deixa que eu o ajudo a colocá-la de volta — Guiando-o para sua poltrona preferida, perguntei: — O que você estava fazendo na porta daquele jeito?

— Ataque militar. Tinha policial no prédio inteiro, achei que vocês eram eles voltando de novo — ele se acomodou na almofada. — Não tive tempo de colocar minha perna de volta — Apontando para a parte de cima da perna, ele disse: — Tem alguma coisa incomodando aqui.

Sempre tinha alguma coisa ali. A perna inteira era desconfortável, como dizia vovó. Ajoelhei-me ao lado dele e esfreguei para fora aquele ofensivo pedaço imaginário e, em seguida, inspecionei seu coto. — Parece bem, Pops — entreguei-lhe a perna de volta. — As propagandas foram silenciadas hoje no centro e a Resistência fez um discurso. Deve ser por isso que houve uma busca do ataque militar.

— Acho que sim — bufou ele. — Pelo visto há AntiCons na casa. Nós somos velhos pra burro para sermos AntiCons — ele apertou as faixas da prótese, colocando-a no lugar. — Não que eu não quisesse, fique sabendo, se eu tivesse as partes de meu corpo. Alguém precisa colocar o Conselho Regente (CR) em seu lugar. O mundo vai acabar no inferno em...

— Pops, pare. Se o apartamento for alvo de inspeção, aqueles policiais poderão voltar num segundo. Além disso, não queria que Sandy o ouvisse falando sobre querer ser um AntiCon — ela já estava incomodada o suficiente perto dele do jeito que estava.

Felizmente, ele percebeu que ela ainda estava parada no corredor. — Desculpe, mocinha, não queria assustá-la.

— Eu estou bem, Sr. Oberon — ela entrou, mas deixou a porta aberta.

Ela estava com uma expressão respeitosa, isto é, sem expressão alguma e com os olhos arregalados. A mesma que eu usava quando tinha que ouvir a mãe dela falar interminavelmente sobre seu peso e sobre qualquer que fosse a dieta que estava tentando fazer. É o que as amigas fazem, tentam ignorar os malucos da família da outra.

— Onde está vovó? — perguntei.

— Ela volta daqui a pouco. Harriet a chamou depois que os cabeças-xadrez foram embora.

Ai, Pops! Por que ele tinha que insultar os policiais na frente de Sandy? Ele sabia sobre o pai dela. Eu arrisquei uma olhada. Ela não deve ter ouvido.

— Não teve aula hoje, pequenininha?

— É o Dia do Fim das Guerras. Tivemos a chance de escolher hoje ou o Dia da Colonização da Lua para folgar. A classe escolheu hoje porque tudo está aberto e há muitas coisas para fazer.

— E outra coisa — Sandy finalmente fechara a porta atrás dela —, nós já temos no dia da CL uma festa gigante na escola e o AVP está sintonizado com a escola que fica no Lado Escuro. Minha tia é professora lá. É o único momento em que consigo vê-la.

Pops fez um som que parecia meio uma tosse, meio um pigarro, e depois uma careta.

Ele não concordava com a colonização da lua dizendo que aquilo era um sacrilégio. Eu não via na lua nada de religioso ou outra coisa qualquer. A religião se extinguiu como os carros, exceto para pessoas como ele e a vovó. Às vezes, eles iam a uma igrejinha próxima ao Parque Grant. Vovó até lia a Bíblia. Mas todo mundo sabe que se trata de mitologia. Apesar de que algumas vezes, quando vejo como a Bíblia faz vovó se sentir bem, penso se não há alguma verdade nela.

— Eu também gosto do Dia da Colonização da Lua — olhei fixamente para Pops e ele desviou o olhar como um garotinho que pensa que você não consegue vê-lo se ele não estiver olhando para você.

— A lua pertence ao céu sem que as pessoas precisem ficar pisando nela toda — empurrando a muleta para fora do caminho, ele foi mancando até a janela. — Quando eu era garoto... — seus ombros ficaram caídos e ele apoiou a testa no vidro. — Ah... tudo mudou — murmurou ele.

Sandy me olhou com aquela expressão "falei que ele é estranho". Eu aparentei indiferença, mas minhas entranhas se comprimiram. Ele parecia tão infeliz.

A porta se abriu atrás de nós e vovó entrou. Corri para seus braços, afundando o rosto no espaço entre o ombro e o pescoço dela. Envolvida em sua ternura, eu me sentia com cinco anos de novo, quando seus abraços podiam consertar tudo. Parte de mim poderia ficar ali para sempre.

— Como está minha neta preferida?

— Bem — dei uma beijoca na bochecha dela.

Vovó puxou Sandy e a abraçou também e, então, segurou-a pelos braços e disse: — Sua mãe sabe que você está vestindo isso? É muito provocante. Não é seguro.

— Minha mãe não se importa. E sei cuidar de mim mesma. Além disso, tenho quase dezesseis anos — ao mesmo tempo em que falava, Sandy puxava sua blusa sobre o *top* e a fechava com o zíper até quase em cima.

— Dezesseis não é tudo isso que a mídia diz ser, querida — vovó balançou a cabeça. Não era a primeira vez que ela tentava dizer algo para Sandy sobre sua obsessão por todas as coisas da mídia. Eu já havia falado para ela que se tratava de uma causa perdida. Sandy era praticamente uma propaganda *dezessexual* ambulante: suas roupas, o cabelo, a maneira insana que ela agia em relação aos meninos... Exatamente da maneira que as meninas deveriam ser. — E você não se inscreverá no CeFFem? Eu tinha a impressão de que as candidatas deveriam ser virgens.

— Eu sou virgem — Sandy pareceu um pouquinho magoada com a insinuação.

— Sei que você é, querida — vovó abraçou-a. — É que se você se vestir dessa forma, passará uma mensagem para os garotos de que não quer ser.

Antes que Sandy tivesse a chance de confundir vovó com seu raciocínio enrolado sobre o CeFFem e ser *dezessexual*, Pops, que havia voltado mancando para a sua poltrona, perguntou: — Como está Harriet?

Vovó balançou a cabeça. — É o filho dela, o Johnny. O Centro Habilitado em Firmeza, Estabilidade e Segurança (C.H.F.E.S) levou-o. Encontraram algum tipo de transmissor, ou pelo menos foi o que disseram .. — ela deve ter percebido a expressão de Sandy, pois parou de falar no meio da frase.

— O C.H.F.E.S.? Se eu tivesse trinta anos a menos... — bufou Pops.

— Você ainda teria apenas uma perna e nem um pingo de bom-senso nessa sua cabeça — ela lhe lançou um olhar que só poderia ser interpretado como "e não diga mais uma palavra". Pops se calou.

— Vovó — falei —, não podemos ficar. Só queria passar aqui e dizer olá para minhas duas pessoas preferidas do mundo.

— Viu só? Você assustou as meninas com as suas maluquices e todas as bobagens que estava gritando — ela tentou dar uma pancada nele com uma revista de notícias que estava na ponta da mesa.

Pops desviou, queixando-se quando a ponta dela pegou em seu ombro. Dei um beijo na bochecha dele e seu bigode me espetou como se fossem mil agulhas. Sandy acenou para ele. Ela já estava na metade do caminho em direção à porta.

— Meninas, tomem cuidado — vovó enfiou alguma coisa em meu bolso de trás e me deu um abraço apertado de adeus. — Cuide da Sandy — cochichou ela. — Fico preocupada com ela.

"É", pensei, "eu também".

No elevador, puxei o cartão que vovó enfiou no bolso de minha calça *jeans*. Marcava cinco créditos. — Ganhamos um almoço.

Sandy olhou por cima de meu ombro. — Sua avó é mega!

— Com isso e o que sua mãe lhe deu, podemos comer no TJ's. Se Mike estiver duro, teremos que ir para um lugar mais barato, como o Paraíso Tofu, porque terei que pagar para ele. E você sabe o quanto ele gosta de comer.

— É, não é brincadeira. O típico "bolsa-família".

— Sandy! — eu odiava esse preconceito. Eu nunca falava gírias ofensivas... Ginnie me mataria se eu falasse. E todos têm sentimentos, não importa a qual categoria pertencesse.

O pai de Mike não trabalhava e sua família recebia comida de graça da Loja do Governo na rua Clark. Já tinha comido na casa dele algumas vezes quando era pequena. Aquilo tinha o gosto das embalagens e não creio que seja por causa do jeito que a mãe dele cozinhava. Ginnie alega que a comida dada pelo governo é pobre em nutrientes e alta em aditivos químicos que mantêm os assistidos acima do peso, sem saúde e dependentes do governo para empregos servis, como permitir o teste de remédios no próprio corpo. Ginnie fala muito, mas imagino que ela deva estar certa, pois a família de Mike tem todas essas coisas.

— Desculpa, você sabe que gosto de Mike sim — ela encolheu os ombros e, dois segundos depois, mudou de assunto. — Queria ter estado lá quando o ataque militar aconteceu. Os policiais são tão bacanas.

Talvez, se tivesse conhecido o pai de Sandy, eu me sentisse diferente, mas não o conheci e não tenho certeza de que iria querer de qualquer forma. Todas as vezes em que via uma dupla de policiais ignorando um grupo de caras de dezoito anos espancando um mendigo, minha opinião ficava muito mais próxima da de Pops.

Quando chegamos ao térreo, havia um círculo de policiais na entrada. Enquanto passávamos por eles, um policial inclinou seu chapéu xadrez na direção de Sandy. O policial perto dele, que era mais velho, analisou nós duas. Em minha mente, revi tudo sobre mim naquele momento. Eu aparentava ser uma garota adolescente típica, embora não tão ostensiva como Sandy. Não estávamos fazendo nada de errado. Por que eu me sentia culpada? Então, lembrei-me do longo discurso de Pops lá em cima. Eles teriam ouvido? Eles sabiam?

Dois policiais nos abordaram e a palma de minhas mãos começou a suar. Senti que estava ficando vermelha. Nunca havia sido parada em minha vida. As histórias de Ginnie sobre as prisões falsas e sobre ser jogado na cadeia zuniam em minha cabeça. Se eles tivessem um detector de emoção, eu teria problemas. Como eu explicaria minha reação? Do canto dos olhos, vi Sandy mexendo nos cabelos. Droga! Ela não pensava em mais nada além do sexo masculino?

— Meninas — disse o policial mais velho —, deixem-me ver seus documentos.

Eu já havia assistido isso na TV o suficiente para conhecer o procedimento. Juntas, nós apresentamos o dorso das mãos para o policial. Ele passou o *scanner* por cima delas.

— Pulsos.

Viramos os braços para que ele pudesse ver que não tínhamos as tatuagens. Impedir que meu braço não chacoalhasse com o corpo exigiu esforço máximo de mim.

— Nina Oberon — disse o policial mais velho, examinando a tela com as minhas informações. — Você mora em Cementville. O que está fazendo aqui?

— Visitando meus avós — lutei para manter a voz firme.

— Oberon — ele analisava meu rosto, parecendo tentar resgatar alguma lembrança. Tudo o que pude fazer foi estremecer por dentro.

Enquanto isso, Sandy estava despejando toda a história sobre seu pai para o outro policial. Acabou que ele conhecia alguém que conhecia alguém que tinha conhecido o pai dela. Depois de alguns momentos e muito suor da minha parte, eles nos alertaram sobre a ação dos AntiCons na área e nos aconselharam a denunciar qualquer atitude suspeita. Como se soubéssemos o que era "suspeito". Alguns momentos depois, estávamos do lado de fora.

Respirei fundo. — Eu realmente... — eu ia dizer "odeio policiais", mas parei bem a tempo e disfarcei com — fico pensando se Johnny é mesmo um AntiCon. Ele sempre foi tão legal comigo.

— Se ele for — respondeu Sandy, com uma expressão de ódio puro no olhar —, vai receber o que merece: a reincorporação pelo C.H.F.E.S. É o que eles fazem com os criminosos. Lembra-se do Prof. Dunbar?

Encolhi os ombros. Eu nunca vou me esquecer do Prof. Dunbar. Ele havia sido meu professor do oitavo ano de Costumes e Línguas Étnicas e, além disso, um de meus professores favoritos. Ele também era amigo de Ginnie.

Antes que levassem o Prof. Dunbar, ele era divertido, fazia piadas hilárias, levava nossa turma para excursões e contava coisas que não estavam em nossos *chips* de textos. Um mês depois, ele retornou. Porém, parecia não ser mais o mesmo. Nenhuma piada, nenhuma excursão, e ele nunca mais falou sobre o que não estava em nossos *chips*. Havia todos os tipos de rumores sobre a reincorporação, mas ninguém conhecia os fatos sobre ela. Isso era uma das coisas que não se ensinavam na escola.

Qualquer um que conhecesse Johnny Pace saberia que ele não é um criminoso. Na última vez em que Ginnie e eu estivemos na cidade juntas, ele e Ginnie ficaram conversando sobre o governo. Mas aquilo era apenas uma conversa. Não significava que eles eram AntiCons. Mas se pensavam que ele era um AntiCon, o que pensariam de Ginnie? E se ela fosse confundida como uma AntiCon... Não quero pensar sobre isso agora. Não é que essa ideia nunca tenha me ocorrido antes. Ocorreu e com frequência. Mas sabia que tinha que me frear agora, pois qualquer coisa em que eu não quisesse pensar era no que eu não conseguia parar de pensar.

— Queria que eles estivessem com um detector de emoções — disse Sandy, com a cabeça erguida para mim. — Você teria estourado a medição máxima. Vi o quanto você ficou vermelha — ela riu.

— Não é engraçado, Sandy — eu podia sentir que estava ficando vermelha de novo. — E se eles estivessem mesmo com um e o usassem em mim? E se o C.H.F.E.S. me levasse? Hein? — como ela não conseguia perceber o que estava acontecendo? Meus nervos estavam se alterando.

— Ora, por favor, Nina. Todo mundo sabe que os dezesseis são uma catástrofe de emoção. Os policiais raramente usam o D.E. nessa idade por esse motivo apenas — ela colocou o braço em volta do meu e comecei a respirar com mais facilidade. — Eu só estava brincando, ok? Eu não ia deixar que eles fizessem nada com você. Além disso, não era o C.H.F.E.S. Era só a polícia local.

Fomos para o norte de LaSalle, em direção a meu antigo bairro. Eu mal a ouvia enquanto ela falava sem parar sobre como o policial mais jovem era gatinho. O sol brilhava, mas meu humor não. Aqueles garotos de dezoito anos, os ataques militares, os AntiCons, os policiais e, depois, minha mente girando preocupada com minha mãe... Bem, isso podia arruinar o dia de qualquer um.

IV

— Ali está Mike — disse Sandy. — Derek está com ele.

Os garotos passeavam pela rua vindo em nossa direção. Mike gesticulava como um louco e Derek ria. Apenas a visão deles começou a espantar a nuvem que escurecia meu humor. Eles eram tão diferentes um do outro. Mike era baixo e redondo. Derek era, pelo menos, uns trinta centímetros mais alto e mais magro como a haste de um leme. Eu os conhecia desde o primeiro dia de aula no jardim da infância. Depois de Sandy, eles eram meus melhores amigos.

Antes que eles chegassem a nós, Sandy virou-se para mim e perguntou: — O que aconteceu com Mike?

Ele estava com um machucado quase cicatrizado de um corte que atravessava sua testa, o olho esquerdo, e chegava até a bochecha. — Foi o pai dele — cochichei. — Aquelas experiências do governo fazem-no ficar maluco às vezes. Não comente nada, ok?

— Claro.

Eles se juntaram a nós e seguimos pela rua como um grupo. As propagandas soavam alto de dentro das lojas na esperança de que cinco segundos ou mais seriam suficientes para que uma pessoa que passasse por ali ouviria algo que a atrairia para dentro. Essa era a forma mais irritante de propaganda que eu podia imaginar. Para qualquer lado que você olhasse, havia cartazes luminosos, anúncios ambulantes e bordões de propaganda falados. Isso me deixava tonta. Como sempre, eu ligava meu AVP para ouvir música e ignorava todo o restante.

Sandy colocava a cara em todas as vitrines de roupas. — Vem, Nina... Só dessa vez? — ela foi engolida por um grupo de robôs vendedores na vitrine da Marte9.

A vinheta deles era uma menina e mais três caras no corredor de uma escola. Um dos caras era para ser Tylo, que era a celebridade adolescente mais *sexy* do mundo. A garota-robô ostentava a tatuagem XVI e um figurino megachique que tenho certeza de que deve custar mais do que Ginnie ganha em um mês de salário. Os garotos-robôs estavam em volta dela como as luas de Saturno, mas ela só tinha olhos para Tylo.

— Nós não temos condições nem de respirar o oxigênio lá de dentro — respondi, arrastando-a para longe do anúncio. — Vamos comer.

❖ ❖ ❖

Uma hora depois, estávamos sentados à mesa no TJ's à toa com o que havia sobrado do lanche.

Como sempre, Mike não tinha créditos, mas Derek estava cheio. Ele estava tocando música nas ruas de seu bairro. Brinquei que as pessoas só lhe davam dinheiro para que ele parasse de tocar. A verdade é que ele é um ótimo músico. Quando ele cantava a música *A Garota foi para a Lua*, de Van Stacy, fazia-me chorar.

— Você vai comer essas batatas? — perguntou Mike para Sandy.

— Pode pegar — ela empurrou o prato na diagonal pela mesa. — Não sou muito fã. Além disso, estou vigiando meu peso — ela deu um tapinha na saliência imaginária de sua barriga.

— Ah, nem vem! — falei. — Sua mãe é quem está vigiando seu peso. Você está bem. Você sabe que pode comer o que quiser que não vai engordar um quilo.

— Minha mãe diz...

— Sua mãe está totalmente obcecada com a comida que você ingere — inclinei-me e peguei uma batata. — Não tem nada de errado com sua aparência e você sabe disso. Mas você pode me dar essas batatas que eu não estou vigiando nada.

— Quer mais? — perguntou Derek. — Peço mais um pouco para você.

— Hã? — franzi as sobrancelhas para ele. — Não — curvei-me e coloquei o queixo na mão, encarando uma pequena fenda no plástico do banco entre ele e Mike, evitando o olhar de Derek. Ele tem agido de forma estranha ultimamente. Tenho feito o máximo para ignorar cada episódio, como quando ele quis comprar para mim o último *chip* de músicas do Astro-Lite sem sem qualquer motivo. Mas agora esses incidentes estavam se tornando corriqueiros. Eu tinha que dar um fim a isso, mas não tinha certeza de como faria e isso estava me deixando louca.

Eu amava Derek, mas não como namorada. Eu não queria ser namorada de ninguém e Derek sabia disso. Melhor do que qualquer pessoa, ou quase.

Ele sabia que eu queria muito permanecer com quinze anos. Todo mundo sabe o que se espera de uma garota quando ela faz dezesseis. Eles não usam o termo *dezessexual* sem motivo. Espera-se que todas nós estejamos ansiosas com o sexo e querendo fazer com praticamente qualquer cara que pedir. Mas todo esse negócio de sexo definitivamente não era o que eu queria. Já vi mais do que apenas os vídeos de Saúde e Sociologia na escola. Sabia que as garotas não tinham sido sempre tratadas daquela maneira, o que me fazia desejar ter nascido uns cem anos antes.

O pensamento sobre Ed passou por minha mente e eu empurrei as batatas para longe, afastando aquelas imagens. Estava tão imersa em meus pensamentos que não percebi quando Mike esticou a mão sorrateiramente pela mesa até bater em meu cotovelo sem eu ver.

— Mas que...! — consegui me segurar antes que meu rosto batesse no tampo da mesa.

— Estava na lua, Ninizinha? — ele sorriu largamente para mim. Sandy soltou uma gargalhada.

Olhei de volta para os dois, ignorando meu apelido dos primeiros anos na escola e tentando recuperar minha dignidade. Derek abriu a boca para dizer algo, o que me fez temer que fosse algo como um exageradamente preocupado: "Você está bem?". Então, tive que recorrer a uma resposta rápida antes que ele tivesse chance.

— Para sua informação, Comilão, estava pensando em meu aniversário em dezembro e em como simplesmente não quero fazer dezesseis anos.

— Não é uma opção — disse Sandy. — Não vejo a hora de acontecer comigo — ela jogou a franja para um lado e olhou em volta no restaurante, mais para ver se alguém estava olhando para ela. Dois garotos estavam sentados do outro lado. Sandy abriu o zíper de sua blusa, expondo o *top* que mal cobria o corpo.

Soltei um suspiro. Vovó estava certa. Sandy precisava que a vigiássemos.

— Mal posso esperar o dia da seleção. Eu planejo ser escolhida — ela se movia tentando atrair a atenção dos garotos. — Fico imaginando se o representante do CeFFem é bonitinho!

— Não acho que isso seja importante. Provavelmente será a única vez que você o verá — duas vezes por ano, um homem do Departamento do Conselho Regente vem selecionar garotas de dezesseis anos para o treinamento do Centro de Formação Feminino (CeFFem). Todas as garotas das categorias um e dois (a mais baixa das baixas) deviam preencher a inscrição quando faziam quinze anos. As garotas das categorias altas nunca iam para o CeFFem. Não era nem uma opção para elas. Era a única opção para nós, das categorias baixas: o governo havia criado esse programa para que apenas as duas categorias baixas fossem permitidas.

No dia da seleção, o representante do CeFFem (todos o chamavam de selecionador) entrevistava todas e fazia suas escolhas. O CR enviava as meninas que eram escolhidas a uma das estações espaciais: um centro educacional onde eram treinadas para o serviço diplomático.

— Tomara que não seja o namorado de sua mãe — Sandy torceu o nariz. — Ele é nojento.

— É — não tinha como argumentar contra isso. — Você não quer ir mesmo para o CeFFem, quer? — eu tinha 99% de certeza de que não queria. Ginnie deixou muito clara sua opinião sobre esse assunto. Eu já me inscrevi, mas apenas porque era obrigatório. A ideia de viajar para fora do planeta era atraente, com certeza, mas o programa não parecia tão maravilhoso. A pior parte dele era a impossibilidade de entrar em contato com sua família durante os dois anos inteiros do programa.

— É — respondeu ela, mas sem estar prestando atenção em mim. Um dos caras a notou. — É a única maneira que garotas como nós possam entrar nas categorias mais altas.

— Você pode estudar mais e conseguir uma bolsa de estudos — falei. — Assim, você não precisaria do CeFFem.

Ela puxou seu suéter descobrindo um ombro, sorrindo para o cara que olhava para ela e me ignorou completamente.

— Sandy — eu tentava apelar para o bom-senso *dezessexual* dela —, você sabe que não pode se vestir da maneira que faz agora se quiser entrar no CeFFem. Ouvi dizer que tem que usar uniforme. E mais, você vai ficar lá no espaço e quem sabe se haverá garotos lá?

— É claro que vai ter garotos — ela me lançou um olhar que parecia que eu havia dito que dois mais dois são cinco. — Tem garotos em toda parte. E... — ela pausou, para dar um efeito, imagino — você viu as propagandas... Em seu tempo livre, você pode se vestir da maneira que quiser, ir aonde quiser e fazer o que quiser. Tudo, menos aquilo — ela podia ver que eu não estava impressionada. — E, bem, em nenhum lugar na estação. Acho que você não consegue escapar para isso — ela riu, balançando o cabelo, e o outro lado do suéter abriu também. — Ei, Mike, Joan não está no CeFFem?

Mike estava encarando do outro lado da mesa o peito "praticamente nu" de Sandy. — Hã? — ele resmungou.

— Joan — estalei os dedos embaixo do nariz dele. — Sua irmã? Ela está no CeFFem?

— Ela está? — ele lutava para manter o foco em algo que não fossem os seios de Sandy.

Para ajudar, dei um puxão na blusa dela, fechando-a. — Joan? — chutei-o por debaixo da mesa. — CeFFem?

— Ah, é — ele pegou uma batata frita. — Ela estava.

— Talvez eu devesse falar com ela — disse Sandy. — Ela podia me contar tudo sobre como ser escolhida, certo? — ela pousou o queixo nas mãos, inclinando-se na direção de Mike. — Você consegue fazer isso? Por favor?

— Sem chance. Desculpa. Nunca mais falei com ela depois que foi embora.

— Espera. Ela não está lá em cima há dois anos? — perguntei.

— Acho que sim. Minha mãe recebe *chips* dela, acho — respondeu Mike. — Droga, não sei. Meu pai diz que ela deve se achar muito boa para nós agora.

O cara que não parava de observar Sandy fez um movimento solicitando que ela mostrasse o pulso. Relutante, ela fez. Ele balançou a cabeça e se virou para o outro lado.

— Ah, puxa... — ela jogou o cabelo e passou os olhos por outras mesas, sem sucesso.

— Você precisa ser virgem para entrar no CeFFem, não é? — perguntou Derek.

— Claro que sim — Sandy revirou os olhos. — Todo mundo sabe disso. Por que todo mundo fica me perguntando isso? — ela voltou sua atenção para mim. — Fico pensando como deve ser... de verdade? Dá para acreditar naqueles vídeos "como fazer"? A gente assiste àquilo quantas vezes? Uma por semana desde o início das aulas? Quero dizer, sexo deve ser a coisa mais sensacional de toda a galáxia! Fico imaginando o que os meninos devem assistir quando nós estamos vendo nossos vídeos — ela olha para Derek. — Não sei por que eles separam a gente, se vamos fazer isso juntos, então, *dã*...

— Dá para você parar? — já era ruim o bastante que Derek ficasse com aquele olhar apaixonado para mim do outro lado da mesa. Não precisava que Sandy ficasse dizendo nada que talvez o encorajasse a pensar em mim e em sexo no mesmo momento. — Não é surpresa que os caras pensem que tudo que uma garota tatuada quer é ir para a cama.

— E não é verdade? — Mike me encarou com os olhos inocentes e arregalados.

Parte de mim sabia que ele estava brincando, mas a parte que não sabia disse: — Cala a boca! — hesitei, sabendo da reação que teria se eu pronunciasse o que estava em minha mente. Eu não consegui me segurar.

— Vejam o que aconteceu com Angel.

De repente, parecia que o restante de *ketchup* no prato de Mike era a coisa mais interessante que ele havia visto no mundo. Sandy começou a procurar algo dentro da bolsa. Derek olhou para mim por um segundo e, em seguida, virou-se para a direção da janela. Ninguém queria se lembrar. Eu deveria me sentir mal por trazer isso à tona, mas não me senti. Eu já estava farta e cansada dessa conversa constante sobre sexo e das provocações comigo. Meus próprios amigos, pelo menos, não podiam tentar entender que talvez nem todas as garotas — como talvez eu — querem transar?

Angel Cordoba estudava na mesma série que a irmã mais velha de Mike, a Joan, poucas séries à nossa frente. Ela era fofa e legal, e todos nós saíamos juntos na praia da Oak Street, nos dois últimos verões, antes de Joan entrar no CeFFem. Logo depois que Angel recebeu a tatuagem XVI, alguns rapazes a convidaram para uma festa. Era a de um cara de dezoito anos e ela era a única garota ali.

Os garotos saíram com seis meses de serviço comunitário pelo "acidente" com o acendedor líquido. Não houve acusações de estupro. Eles convenceram o promotor que ela quis aquilo, o que acontece muito quando a garota tem dezesseis anos. Todas as histórias contadas no noticiário disseram que era apenas mais uma adolescente de dezesseis hipererotizada que se drogou e acidentalmente colocou fogo em em seu próprio corpo e, em seguida, culpou os garotos depois do ocorrido. Mas todos que a conheciam sabiam que era mentira. Ninguém teve coragem de dizer nada, exceto o irmão dela. Ele começou uma campanha com vídeos no seu *blog* antitatuagem, antigoverno, mas este foi encerrado e ele desapareceu. Há rumores de que ele se transformou em um AntiCon. Ginnie me disse que achava que ele estava morto.

Angel passou por cinco cirurgias no total. No final, ela quase se parecia com o que era antes, mas a aparência não é nada. Ela nunca mais foi a mesma pessoa.

— Desculpa, mas Angel não queria sexo, não é? — coloquei o cartão que vovó me deu sobre a mesa. — Isso cobre o meu. Vou dar uma volta.

— Eu vou com você — Derek começou a se levantar.

— Não, eu alcanço vocês na Torre de Água à uma hora da tarde.

❖ ❖ ❖

Sempre achei as ruas do centro da cidade esmagadoras. Às vezes, sentia que a combinação das propagandas e pessoas iria me sufocar ou me engolir inteira. Meu estômago se contraía e minha respiração acelerava. Tinha que me controlar para não sair correndo. Uma vez, estava em um dos piores momentos desses e corri para o Parque Lincoln, meu lugar preferido.

Uma estátua holográfica do Lincoln, maior do que o tamanho natural, ficava parada na entrada do parque. Ele havia sido presidente dos Estados Unidos, o que não existia mais havia anos. Desde o pacto do Fim das Guerras, o Conselho Regente governa as Américas, as colônias na lua, Vênus e as minas de *ocribundan* em Marte. Com exceção dos Grandes Desertos de Petróleo, com os quais ninguém se importa mais, agora que o *ocribundan* era a fonte de energia principal do planeta, e algumas ilhas fora das Grandes Ilhas Unidas, o restante do mundo era governado por conselhos como o CR.

Protegi os olhos do sol para observar a estátua no alto. Lincoln era feio, mas havia algo em seus olhos que lembrava bondade. Apertei o botão de informações e a imagem começou a recitar o *Discurso de Gettysburg*. Eu deveria reservar algum tempo para aprender mais sobre o que Lincoln acreditava... liberdade e igualdade para todos. Entre a escola, as aulas de arte e a vida, mal tinha tempo suficiente para estudar qualquer coisa que não fosse a lição de casa, que também não conseguia sempre acabar.

Antes que a gravação terminasse, já havia me esquecido do Lincoln e de todo o restante. Minha atenção foi atraída para a cena à minha frente e me afastei pelo meio das cores brilhantes que caíam. As árvores pareciam velas gigantes. Suas folhas pontudas eram fagulhas que voavam aonde quer que o vento as levasse. Eu andava sobre elas no chão, com o som das folhas secas que revelavam suas fendas e estalidos, e o aroma da terra espalhava-se por minhas narinas. Sentia-me mais leve, mais livre. Estar em qualquer tipo de ambiente natural fazia isso comigo. Se não olhasse para os prédios atrás das árvores, poderia imaginar que estava a milhões de quilômetros da cidade. Talvez, na Fazenda Mill Run com as vacas e cavalos. Assim, não me preocuparia com mais nada.

Durante muito tempo, fiquei num montinho de grama que sempre chamei de "minha montanha". Ouvi um barulho que parecia ser o de um animal e, por um momento, assustei-me. "Ora, por favor", pensei, "que tipo de animal estaria solto no parque? Esquilos?" Não é bem o tipo que causa uma preocupação aterrorizante. Contudo, foi ficando mais alto e percebi que havia algo estranho. Subi rapidamente para o topo do monte e olhei para o outro lado dele.

Três caras estavam espancando um outro que se encolhia como uma bola com os braços em volta da cabeça. Eu podia ver que ele era um mendigo por suas roupas.

Eu deveria ter dado às costas e partido, mas não fiz isso.

V

— Parem! — gritei.

Os três garotos, atletas universitários como era possível ver por suas jaquetas, pararam de chutar o que estava no chão e se viraram.

Um deles, um cara musculoso com o cabelo lambido para trás e olhar repugnante, virou-se para mim com uma expressão de maldade. — Você tem dezesseis?

— Não — gritei com medo e virei meu braço com o pulso para cima para ele ver. Foi aí que percebi o perigo que eu corria, completamente só em uma área isolada do Parque Lincoln, enfrentando três caras que estavam prontos para criar confusão. O fato de eu ser mais jovem não seria um problema para eles. Atletas podiam fazer o que quisessem. Não havia a menor possibilidade de eu correr mais que eles; então, finquei os pés firmemente no chão, esperando que a expressão mais forte de fúria que eu pudesse demonstrar escondesse meu terror.

O mais alto dos três puxou a manga daquele com o olhar repugnante. — Vamos, o treinador vai nos colocar no banco se chegarmos atrasados de novo.

O repugnante se desvencilhou da mão dele sem parar de olhar para mim. Em seguida, seu olhar seguiu para baixo. — Ah, docinho, eu ia adorar ter um pouco disso — ele colocou a mão na virilha e deu um impulso com os quadris na minha direção antes de se virar, juntando-se a seus amigos. Eu queria vomitar.

No caminho, passando pelo cara ainda no chão, o repugnante chutou-o mais uma vez.

Finalmente, eles desapareceram atrás das árvores. Eu tremia tanto que tive receio de que, se tentasse caminar, iria cair em prantos. O mendigo ainda estava deitado ali, como um bebê esfarrapado gigante. Eu deveria ir embora. Qualquer pessoa o teria deixado lá.

Mendigos não são melhores do que ratos, talvez sejam até piores. Eles são espancados e mortos sem que ninguém perceba. Ninguém que esteja em seu juízo perfeito tem qualquer tipo de relação com eles. Porém, acredito que nesse momento eu não estivesse com juízo algum em minha cabeça. Mesmo com os joelhos parecendo uma gelatina, respirei fundo e caminhei com o rangido das folhas até o monte de roupas esfarrapadas.

— Você está bem?

Tudo o que pude ouvir foi um grunhido.

— Ei, posso fazer algo?

Rolando de volta até ficar de costas, ele gemeu.

— Merda — ele cuspiu um pouco de sangue e tocou o labio de onde escorria sangue. — Como posso ser tão idiota?

— Não sei — eu olhava fixamente para ele, que parecia quase tão mal quanto Ginnie depois dos ataques de ódio de Ed. — Você parece mais machucado do que idiota.

Fui pega de surpresa. O rosto que olhava para mim não era de um homem, seja velho ou não. Ele era um garoto da minha idade. — A pergunta foi retórica — ele se moveu, tocando o lábio com a camiseta suja.

— Aqui — ofereci-lhe um lenço de papel amarrotado que estava em meu bolso, ignorando sua atitude.

Segurando-o no machucado, ele me olhava com os olhos apertados. — Você não tem medo de falar comigo?

— Não — o que não era uma verdade absoluta. Eu estava aterrorizada. — Você é um mendigo?

Ele se sentou, apertando a barriga. — Cara, isso dói de verdade — murmurou ele, mas não para mim, especificamente, então não comentei.

Protegendo os olhos com uma mão, ele olhou para mim. — Faz alguma diferença se eu for?

— Bem... é... eu...

Eu não conseguia me livrar do impulso de ajudá-lo. Parecia que quanto mais velha eu ficava, mais acreditava que todos, mendigos ou não, merecessem ser tratados pelo menos como seres humanos. Sei que isso era influência de minha mãe. Ela sempre dizia que todos tinham o direito de viver. Apenas porque os mendigos se recusavam a aceitar roupas e alimentos doados pelo governo por causa daquilo que teriam que fazer como retribuição, não significava que eram sub-humanos.

Esse garoto parecia tão vulnerável que tudo o que eu conseguia pensar era em Ginnie depois que saía com Ed. Eu vi isso acontecer durante dez anos. Eu tentava ajudá-la a se limpar depois de tudo, mas ela ficava tão horrível que eu acabava chorando e isso deixava minha irmãzinha, Dee, chateada. Eu já engoli tantas lágrimas que elas se transformaram em um lago de tristeza dentro de meu estômago.

— E então? — sua voz me trouxe para o presente. — Você tem algum problema com isso?

— Não.

— É, certo, princesinha do subúrbio — ele me olhou de cima a baixo, mas não da mesma maneira que o repugnante fizera. — Aposto que não.

Minha cara caiu. Como se eu fosse mentir para um cara qualquer a quem acabara de arriscar minha vida para salvá-lo. E o tom de censura com a palavra subúrbio? Não havia sido escolha minha sair de nosso apartamento da categoria cinco na cidade direto para a nossa existência na categoria dois em Cementville. Qualquer obrigação de ajuda-lo voou para longe como um redemoinho de folhas de outono.

— Parece que você já está bem agora — dei um passo próximo a ele. — Fique com o lenço.

Uma pequena parte de mim queria chutá-lo também, mas não porque ele era um mendigo, e sim porque era um cretino preconceituoso.

— Ei — ele me chamou. — Desculpa. Não estou acostumado... Bem... Essas circunstâncias, você sabe.

Aquilo me fez parar. Eu sabia. Às vezes, quando Ginnie vinha para casa depois das surras, ela descontava em mim. Nunca fisicamente, mas sempre me dizia coisas desagradáveis. Ela precisava dividir sua dor, então eu pegava um pouco da dela. Eu faria qualquer coisa por ela, não importava o quanto doesse. Virei-me.

Sentei-me no chão de frente para ele. — Onde você fica? Tem alguém que eu possa chamar? — tirei o meu aparelho AVP do bolso. — Você quer que...

— Eu não sou mendigo. Moro ali — ele virou a cabeça para a direita. — Aiiii! — ele colocou a mão no pescoço e esfregou-a. — Vou ficar bem, só preciso de um minuto — ele não era um mendigo? Eu já ia perguntar-lhe porque parecia ser um mendigo quando ele disse: — E você? Onde mora?

Minhas bochechas ficaram vermelhas quando me lembrei de sua censura anterior. — Eu moro mesmo no subúrbio — mantive o queixo erguido. — Mas já morei por aqui, na avenida Wrightwood.

— Qual é seu nome?

— Nina.

— Nina do quê?

Por que ele queria saber? Não tinha certeza de que poderia contar a ele meu sobrenome. Ele estava começando a me deixar nervosa, mas tentei bloquear isso. O que poderia acontecer de ruim se ele soubesse meu nome? Não era como se ele fosse pegar o número de meu AVP (empurrei-o de volta para meu bolso, em todo caso). — Oberon.

— Oberon? — ele deixou a mão cair do pescoço. — Nina Oberon — repetiu ele, analisando meu rosto, o que me deixou ainda mais desconfortável.

— E o seu? — senti o calor subir pelo pescoço novamente. Maldita vergonha. Desviei meu olhar.

— Sal Davis.

Olhei de volta para ele, e ele desviou o olhar. Um pedaço do lenço de papel ficou grudado no sangue que havia secado em seu lábio. Mesmo estando sentado, podia dizer que era mais alto do que eu e magro, mas não com aspecto doentio. Cílios escuros e espessos rodeavam seus olhos. Seu cabelo preto, comprido e ondulado estava cheio de folhas grudadas. Ele era meio fofo, acho, o que não me deixou menos desconfortável.

— Você está horrível — apontei para a cabeça dele. Assim que ele ergueu a mão até a cabeça, respirei fundo e perguntei: — Como é possível que você esteja vestido assim se não é mendigo?

— Ninguém presta atenção em mim vestido dessa maneira — ele sacudiu as folhas da cabeça.

— Por que você não quer que prestem atenção em você?

Sal inclinou-se para trás e olhou diretamente para mim. — Você faz mesmo muita pergunta. Por que isso?

Eu? Ele fez tantas perguntas quanto eu, senão mais. Não sei se foi a atitude dele novamente ou o estresse da situação toda, mas uma lágrima idiota escolheu esse momento para escorrer pela minha bochecha. Não fui rápida o bastante para limpá-la antes que ele percebesse.

— Eu estou machucado e é você que chora? — ele começou a rir.

— Quer saber de uma coisa? — levantei num pulo e coloquei o dedo em riste na direção dele. — Eu vim até aqui para ajudar você. Eu estava tentando ser legal.

Caminhei firme para o topo do monte e olhei por cima do ombro, para Sal "não sou mendigo" Davis, as folhas presas nas roupas em farrapos, os olhos protegidos pela mão que ainda segurava o lenço amarrotado e sujo de sangue. — Obrigado, Nina Oberon.

Continuei andando até chegar à avenida Michigan. Quase fiquei feliz ao ouvir as propagandas: — Comemore o Dia da Colonização da Lua no Lado Escuro. Somente 450 a viagem de ida e volta... Moda Maria Corcoran, direto das passarelas de Milão... O último *hit* da Stacy, *Cidade das Lágrimas*... — elas engoliram a voz de Sal dizendo meu nome.

VI

— Você precisa ouvir isso, Nini — Mike me puxou na direção de uma loja de esportes. — Eles estão falando sobre como as bolas se sentem... vai deixá-la doida.

Puxei meu braço de volta. — Para com isso.

— Primeiro você sai pisando duro, depois fica se comportando toda estranha. O que deu em você? — Sandy me olhou de lado.

— Nada — falei. — Tudo, acho.

— Aqui — Derek me entregou uma caixinha. — Talvez, isso ajude.

Ele ficou ali, parado e observando, enquanto eu abria a tampa. Dentro, havia um pingente com a forma de um cavalinho de prata aninhado em uma almofadinha.

— Nossa, Derek! É lindo. Por que você fez isso? — olhei para ele. — Ainda há várias semanas até meu aniversário.

Ele encolheu os ombros. — Eu estava tocando na frente de uma loja, outro dia. O cara disse que eu era bom para os negócios e me pagou com... vinte créditos. Eu sabia que você ia gostar. Não é grande coisa.

Eu devia ter devolvido para ele. Eu podia dizer que aquilo significava para ele mais do que apenas um presente de amizade, mas era tão lindo. Eu não tinha muitas coisas lindas.

— Obrigada — sentada na calçada, tirei meu colar e prendi o cavalinho entre os meus outros dois pingentes. O primeiro era o número sete que a vovó havia me dado no aniversário de sete anos. O outro era do Pops, a letra V de verdade. Ele dizia que a verdade não podia ficar escondida. Os sentimentos verdadeiros de Derek com certeza não estavam. Não mais.

Sandy se sentou ao meu lado, admirando o cavalinho. — Que fofo! Boa escolha, Derek.

Ele colocou as mãos nos bolsos, sorriu largamente para mim e foi até Mike que estava ocupado olhando para os pôsteres de viagens e ouvindo suas propagandas.

— Aqui — entreguei o colar para Sandy. — Fecha para mim? — virei-me de costas para ela e segurei o cabelo alto para que ela pudesse prender o fecho em volta de meu pescoço.

Ela fechou o colar e fiquei sentada por mais tempo, vendo as pessoas. Duas meninas passaram, uma estava com a visão coberta e dava à outra uma descrição minuciosa de tudo a que estava assistindo. Um garoto em cima de uma prancha suspensa inclinava-se na esquina e quase atingiu um cara. Por um momento, achei que o cara que desviou fosse Sal. Ele não me seguiria, certo? Não contei a ninguém o que havia acontecido... Não queria ouvir isso dos garotos, mas também não queria guardar isso só para mim.

— A coisa mais esquisita aconteceu no parque — comecei a contar para Sandy o que tinha ocorrido no **montinho**. Eu mal tinha acabado a história quando ela se lançou sobre mim.

— Você está louca? — perguntou Sandy, com os olhos parecendo cronômetros. — Ajudando mendigos?

— Sandy, estou bem. Ele disse que não era mendigo.

— Você não sabe com certeza, sabe? Qual é o problema com você, Nina!? Você quer ser presa?

Ela estava certa. Ele podia estar mentindo. Não importava agora, pois já o havia ajudado. "Eles não podem me prender por conversar com alguém. — Podem?", pensei comigo. "Além disso, ele estava machucado." Você sabe como fico quando as pessoas se machucam.

Ela sabia. Ela ficava comigo depois das brigas de Ginnie com Ed.

— Mas você podia ter... aqueles atletas... eles poderiam ter...

— Mas eles não fizeram — pela primeira vez, Sandy era minha protetora e eu, a inconsequente. Porém, ela estava certa. Eu poderia ter terminado como Angel ou talvez pior. Estremeci, olhando para as pequenas veias cinza azuladas sob a pele de meu pulso. — Se eu tivesse dezesseis, eles poderiam ter feito o que quisessem e ninguém teria se importado.

— Não vai ser assim, Nina — Sandy me abraçou. — Você só tem que parar de fazer coisas como ajudar mendigos. Os dezesseis vão ser divertidos, você vai ver.

— Odeio que a gente tenha que ser tatuada — esfreguei os números romanos imaginários para fora de minha pele.

— Não há nada que a gente possa fazer. Vamos receber a tatuagem e, então, poderemos transar...

— Achei que você quisesse entrar no CeFFem. Além disso, como você pode ficar preocupada com o que aqueles caras poderiam ter feito comigo se você não consegue esperar para ver isso acontecer com você? — às vezes, eu não a entendia de jeito nenhum.

— É claro que quero o CeFFem. Não quero qualquer cara, ou três me forçando a fazer sexo. Mal posso esperar para ter todos os caras que quero para transar comigo. Você não consegue ver isso, agora? É como nas propagandas. Eu, cercada por Orie, Brek e Jude, todos eles me olhando como... Ah, você sabe.

— Não vai ser Orie, Brek ou Jude se você estiver fora, numa estação espacial aprendendo como ser uma especialista diplomática.

— Quero dizer depois de sair do CeFFem — Sandy deu um pulo para cima. — Sabe de uma coisa?

— O quê?

— Mesmo que ele seja um canalha de proporções galácticas, aposto que sua mãe consegue descobrir com Ed quem será o selecionador e quem poderia escolher nós duas! Assim, a gente poderia ir para o treinamento juntas.

— Já lhe falei um *zilhão* de vezes... Não existe a menor possibilidade de Ginnie me deixar ir para o CeFFem. Depois, tenho que estar aqui para cuidar de Dee — eu nunca consegui ser totalmente honesta com Sandy sobre o CeFFem. Nunca disse a ela que, na verdade, não queria ir. Se o CeFFem confia em um cara como Ed, um ex-espião do CR, para escolher as garotas... Bem, qualquer coisa em que ele esteja envolvido não pode ser um lugar no qual eu queira estar, não importa o que seja.

— Eu posso pedir para minha mãe falar com ela — ofereceu Sandy. — Vai ser tão divertido! Porque você sabe que vou sentir sua falta quando eu for — ela me abraçou apertado.

— Você nem sabe se vai ser escolhida. Pense em todas as meninas em nossa escola que estão fazendo dezesseis.

— É, mas aposto que menos da metade delas é virgem — Sandy apertou as sobrancelhas e acenava positivamente com a cabeça. — É, tenho certeza de que serei escolhida. Ainda sou virgem e pareço com uma integrante do CeFFem — ela encheu o peito de ar e, então, passou as mãos levemente de cima para baixo pelo torso. — Igualzinha à capa do *XVI Normas*, não é? — ela olhava para seu reflexo na vitrine da loja, girando e se inclinado como uma modelo.

— É — parte de mim sonhava em ser escolhida uma vez pelo CeFFem. As garotas formadas lá que vieram conversar conosco na escola passaram todas para a categoria cinco ou superior. Elas conseguiram bons empregos depois do período que passaram lá. Imaginava que quando tivesse terminado o treinamento e ganhado muitos créditos, teria o suficiente para me mudar com Ginnie e Dee de volta para Chicago em uma categoria superior. Ginnie não teria que ver Ed novamente e nós seríamos felizes, como éramos quando eu era pequena.

Sandy estava certa... Havia meios que poderiam ser manipulados. Se quisesse, Ginnie poderia fazer Ed conseguir que eu fosse escolhida. Mas depois que fiz doze anos e me tornei candidata aos créditos extras das aulas preparatórias do CeFFem, Ginnie me disse sem rodeios que ela jamais me deixaria ir. Mesmo que eu fosse eleita, ela iria resgatar meu contrato de alguma forma. No lugar do CeFFem, ela me inscreveu nas aulas de Arte Criativa. Não sei se já me senti alguma vez decepcionada por não ter ido para as aulas do CeFFem... Eu amava arte, e desenhar era muito natural para mim. Era exatamente como a Ginnie nesse sentido.

Olhei para Sandy, que ainda estava toda empinada e se admirando. — E tem outra coisa, Sandy. Eu não sou bonita o bastante para ser escolhida.

Ela pegou sua bolsa e puxou de dentro dela uma *nécessaire* que explodia de tanta maquiagem. — Posso resolver isso! — ela borrifou alguma coisa em meu cabelo. Ajustando algumas mechas de meu cabelo, ela fez um penteado, passando a mão levemente e ajeitando. Depois, ela disse: — A gente podia colocar enchimento em seu sutiã, ninguém saberia — ela pegou a bolsa de novo, enfiando a mão dentro para tirá-la cheia de lenço de papel. — Aqui está.

Felizmente, Mike e Derek nos interromperam nesse exato momento. Empurrei os lenços de papel de volta para a mão de Sandy e passei os dedos no cabelo para voltarem ao normal. Virando-me para meu reflexo na vitrine, certifiquei-me de que me parecia comigo novamente.

— Prontas? Para o zoológico! — anunciou Mike, apontando para a frente.

Seguimos pisando forte rua abaixo e, no caminho, eu olhava para cada rua ou beco que passávamos com um pouco de expectativa de que veria Sal. Mas eles estavam, na maioria das vezes, vazios, exceto pelos poucos mendigos que se dissipavam nas saídas dos becos como fantasmas.

VII

Desde que Mike se tornou voluntário no zoológico, ele tinha um código digital com seu documento pessoal que lhe dava acesso a áreas restritas. Ele deixou que todos nós entrássemos e, então, levou Sandy para o celeiro das vacas para ver os bezerros, enquanto Derek foi comigo até o estábulo dos cavalos. Nós dois enchemos as mãos com petiscos do recipiente e seguimos pela faixa dos animais.

— Espero que você tenha gostado do pingente — seus olhos mostravam uma expressão do tipo sonhadora e seu braço se encostou no meu, ficando mais próximo.

— Eu adorei — dei um passo para trás, olhando para a faixa onde as pessoas precisam esperar. — Não está muito cheio hoje. Não vai demorar muito antes que a gente chegue à frente.

Ele se aproximou ainda mais. — Sei o quanto você gosta de cavalos e...

— É, você gosta também — sem chance que iria deixá-lo dizer algo estúpido se eu pudesse evitar. — Ei, olha, é a Pimenta — apontei para o cavalo que estava sendo acariciado por um casal e a filhinha deles. — Legal! Ela é minha preferida.

Derek pegou minha mão. — Você é a minha prefer...

— Derek — puxei minha mão para longe e a enfiei no bolso, olhando-o repreensivamente. Não era o momento de ser sutil. — Nós somos amigos, ok? Como o Mike? Vocês são meus melhores amigos.

— Mas eu...

Pimenta me deu um empurrão querendo os petiscos. Dei-lhe alguns grãos, quase sem sentir seu nariz aveludado se aninhando em minha mão, o que sempre tinha sido minha parte favorita.

Olhando para cima, achei Mike e Sandy pela porta aberta. — Ei, vamos lá — desviei-me indo para lá e, por pouco, não bati a cabeça em outra pessoa no caminho. — Licença — murmurava, mantendo a cabeça abaixada com o objetivo de evitar outra conversa *tête-à-tête* com Derek.

— Por que a pressa, Nina?

Sal. Virei-me para trás. Eu provavelmente não teria reconhecido Sal com roupas normais, mas não havia como confundir sua voz. Ou os hematomas verdes e roxos. Ele estava me seguindo? Deve ter sido ele que vi na avenida Michigan. Isso não podia ser uma coincidência. Meu coração começou a bater mais rápido. Na verdade, senti-me aliviada quando Derek me alcançou.

— Nina... Ei, quem é ele? — perguntou Derek.

— Derek, este é Sal — olhando por cima do ombro de Sal, na direção do celeiro, puxei o braço de Derek. — Venha — fiz um sinal afirmativo com a cabeça para Sal. —, temos que alcançar nossos amigos. Até mais!

— Se importa se eu for junto? — sem esperar uma resposta, Sal acompanhou nosso passo.

— Ok — respondeu Derek, olhando para mim.

Ignorei os dois e andei mais rápido em direção a Mike e Sandy. Eles estavam atrás do celeiro, apoiados na cerca, mugindo para os habitantes do pasto, que estavam, obviamente, indiferentes a eles.

Sandy nos viu e pulou para fora da cerca. Quando ela viu Sal, jogou os cabelos para o lado. Pensei nesse momento que ela se parecia com um cavalo quando fazia isso, mas os garotos pareciam gostar. Pelo menos, o *XVI Normas*, a revista adolescente mais popular do mundo, disse que eles gostam. Há até um vídeo mostrando como jogar o cabelo de maneira adequada, para um efeito máximo. Sandy ensaiou esse movimento do guia de "Dicas Não Verbais", do *XVI Normas*, todos os dias. Eu achava isso uma estupidez... mas ainda assim, fiquei sentada lá assistindo enquanto ela praticava. Não chegava nem perto de "impressionante" com meu cabelo escuro e curto.

— Quem é ele? — perguntou Sandy para Derek. — É de sua banda?

— Não, ele é amigo da Nina.

Eu podia ver que ela ia dizer alguma coisa sobre isso, então intervi antes que ela tivesse chance. — Este é Sal.

Mike apontou para os hematomas no rosto de Sal. — O que aconteceu com você? Beijou um furgão?

— Pode ter sido isso também — Sal deu risada. — Eu dei com a cara na porta.

— Ei — Derek estava olhando atentamente para ele —, eu conheço você. Você estuda no Daley. Meu armário fica do outro lado do corredor em frente ao seu.

— Ah, é — respondeu Mike. — Você é o cara que teve os pais mortos naquele acidente.

Esse é o Mike, indo direto ao assunto, não importando sua falta de tato.

— Sou eu — respondeu Sal.

— Isso é horrível — falei. — Eu sinto...

— Meu pai também morreu — disse Sandy, escorregando para o lado dele e abrindo seu sorriso mais doce. Ela começou a enrolar uma mecha de cabelo.

Mais um pouco do guia de "Dicas Não Verbais". Sandy estava agindo tão tipicamente dezesseis... Não importava nem um pouco para ela que seu aniversário fosse somente daqui a um mês. Eu não me surpreenderia que ela mencionasse a história de seu pai estar morto para fazer algum tipo de conexão com Sal. Ela estava tão desesperada pela atenção dos garotos, por essa conexão. Isso era a última coisa que eu queria fazer, então fiquei com a boca fechada em relação a meu pai estar morto.

Eu tinha esperanças de que Sal fosse embora, mas aparentemente ele ia ficar. Eu queria que Sandy parasse de agir como uma idiota, jogando-se em cima dele. Parecia que apelar para o papo-furado era minha única escolha. — E com quem você mora, então?

Os olhos de Sal se encontraram com os meus. Não havia pensado no efeito que aqueles olhos castanhos e profundos causariam em mim. Minha pulsação acelerou e senti meu coração martelando dentro do peito. Deixei meu olhar descer até o chão e fiquei passando o pé no cascalho que havia ali.

— Meu irmão, John, me acolheu depois que nossos pais morreram. Eu o ajudo com o conserto de *vans*, furgões etc. Minha cunhada diz que isso paga minhas despesas.

— Você trabalha com *vans*? — perguntou Mike. — Isso é muito legal. Vi uma dessas outro dia que eu queria muito. Era como as primeiras dos anos 30, rabo de cometa vermelho com listras Orion e niveladores cromados. Cara, o que eu não daria para ter algo assim.

— Você já teve uma só sua? — perguntou Derek. Parecia que ele também estava tão impressionado quanto Mike. A pressão não estava mais em mim, pelo menos naquele momento.

— Consegui minha permissão no ano passado. Mas John não me deixa comprar uma até fazer dezoito anos. Ele diz que motoristas jovens provocam muitos acidentes. Soa exatamente como meu pai costumava dizer. Às vezes, piloto o *260G Perseids* dele. Cara, é mais rápido do que o expresso trilevitação.

Quase que instantaneamente, os garotos estavam mergulhados na discussão sobre os prós e contras das *vans* particulares *versus* as coletivas e quais modelos eram os melhores. Sandy me deu um puxão por cima da cerca.

— É ele, não é? — ela mantinha os olhos grudados em Sal. — Ele é muito gatinho. Você não me disse que ele era gatinho — ela virou o olhar para mim por um segundo e, rapidamente, voltou para Sal.

— Ele é normal, se você gosta de alto e magro. E o que aconteceu com meu ser estar em perigo por falar com um mendigo? — eu não disse nada sobre o que tinha achado da aparência dele e não ousaria revelar o efeito que ele causava em mim. Não estava em busca de um namorado, menos ainda de um cara que andava sorrateiramente por aí em trapos e com uma atitude furiosa. Mas eu me sentia mal de verdade por ele, em relação à morte dos pais.

— Bom, ele definitivamente não é um mendigo — ela olhava para ele de uma maneira que me fazia corar. — E prefiro chamar magro, macérrimo. Megagostoso!

— Para com isso, Sandy. Você é tão maldosa como aqueles caras de dezoito no expresso — a maneira que ela disse isso era como se Sal não fosse nada além de algo a ser devorado. Isso não deveria ter feito me lembrar do atleta repugnante, mas fez. Joguei esse pensamento para longe, reprimindo-me por pensar tanto em Angel e no que deve ter acontecido. — Falando em expresso... — ergui o pulso para checar a hora em meu *Chronos*. — É melhor a gente ir logo. Tenho que estar em casa às seis.

Os garotos ainda estavam falando sobre *vans* e furgões. — Ei, temos que ir — falei. — Tenho que cuidar de Dee esta noite.

— Vamos acompanhar vocês até a estação — ofereceu Derek.

— Não, fiquem aqui. A gente se vê.

Sal puxou seu aparelho AVP. — Ei, Nina, apaguei minha lista sem querer. Qual é seu número?

Antes que eu pudesse responder, Mike deixou escapar.

Sal registrou, sorrindo largamente para mim o tempo inteiro. — Ligo para você mais tarde.

Meu coração bateu mais rápido, mas dessa vez foi de raiva. Já ia dizer que não era para ele me ligar quando percebi que todos estavam me olhando. Sandy me encarava com um olhar do tipo "podia matá-la" como um alerta.

— O quê? — olhei para ela em resposta. — Até mais, garotos — Sandy saiu às pressas pela calçada.

Derek olhou para mim e depois para Sal. Em seguida, voltou para mim. — É, até mais, Nina — ele repetiu.

No momento em que alcancei Sandy, ela não estava falando comigo. Infelizmente, isso não durou muito.

Ela parou no canteiro central da rua State, firmou as mãos nos quadris e disparou contra mim: — O que você pensa que está fazendo dando seu número de telefone para Sal? Você sabia que o achei gatinho e queria sair com ele. A gente poderia pegar o expresso mais tarde. Você o quer para você? Não sabia que você queria um namorado.

Parecia que um milhão de *vans* passaram por nós zunindo enquanto ela falava e falava... repreendendo e me culpando. Finalmente, agarrei a manga dela. — Para, Sandy!

Ela puxou o braço para longe e me encarou. — E então?

— E então o quê? Eu não dei meu número para Sal, Mike deu. Não me importo se é gatinho ou não, ou se ele gosta de você ou não. E você está certa, não quero um namorado. Entre você e Derek... que inferno... num minuto você é minha melhor amiga e no outro está me tratando como uma traidora. Um cara que a gente acabou de conhecer é mais importante que o fato de sermos a melhor amiga uma da outra desde praticamente a vida inteira? É?

Sandy baixou o olhar e não respondeu.

— Amigas devem conversar sobre tudo e não se precipitar em conclusões absurdas — falei. — Qual é o problema com você, afinal? É isso que os dezesseis vão fazer com você? Achei que me conhecesse melhor — passei por ela andando e atravessei a rua. Depois, tive que me virar e gritar: — Você não vem?

VIII

Por causa do discurso de Sandy, acabamos pegando o expresso mais tarde e quase não conseguimos chegar a Cementville a tempo. Não conversamos muito durante o caminho de casa. Sandy se desculpou pelo menos umas cinco vezes, jurando que eu era mais importante que qualquer garoto. Sabia que ela estava sendo sincera... pelo menos no momento em que dizia isso.

Até esse momento, não me preocupava muito com o que poderia acontecer quando Sandy fizesse dezesseis. Estava mais preocupada em não me atrasar. Ginnie não me pedia com frequência para cuidar de Dee. E aqui estava eu, deixando um cara e os dezesseis me fazerem quebrar minha promessa.

— Desculpa, eu me atrasei — joguei minha blusa em cima do sofá. — Onde está Dee?

— Está no quarto dela — Ginnie saiu do banheiro e me deu um beijo rápido. A maquiagem mal cobria o amarelo que ainda restava do hematoma nojento em sua bochecha. Não falei nada. Tínhamos uma regra: não se discutiam os machucados causados por Ed, ponto final.

Fiquei surpresa quando vi papéis espalhados no sofá. Ginnie era obcecada por limpeza. — O que é isso? — peguei um envelope de cima da almofada que tinha o nome Rita escrito nele. — Quem é Rita?

— Ninguém especial. É uma amiga — Ginnie pegou-o da minha mão e colocou-o em sua bolsa.

— Você vai sair com Ed esta noite?

— Não — ela calçou um par de botas retrô *Galaxy* e colocou um colete com imitação de pele de ovelha sobre o casaco. — Tenho um compromisso. Não vou chegar tarde em casa. Vovó e Pops estão bem? Você se divertiu?

— Foi legal. Vovó e Pops estão bem sim. Houve um ataque militar no prédio e Johnny Pace foi preso. Aparentemente, ele tinha um transmissor no quarto. Os policiais nos pararam quando estávamos indo embora e checaram nossos documentos. E Sandy e eu brigamos.

— Johnny? Droga — ela bufou. — Não teve problemas com a polícia, teve?

— Foi a primeira vez que passei por um *scanner*. Me aterrorizou um pouco.

Ginnie jogou os braços em volta de mim. — Oh, querida, sinto muito — ela balançou a cabeça.

— Você precisa me ensinar aquela técnica de controlar a respiração. Achei que eles fossem usar o ED em mim e depois...

— Finalmente você está preparada para aprender — ela sorriu radiante para mim. — Vamos começar amanhã, a primeira atividade do dia — segui-a até seu quarto onde ela deu os retoques finais em seu modelo. — Aconteceu mais alguma coisa?

— Aconteceu. Um dos policiais me olhou com uma expressão estranha quando lhe disse meu nome.

— Sério? Deve ser só sua imaginação — pensei, por um momento, ter detectado um tom de preocupação na voz dela, mas ela mudou de assunto. — Então, o que aconteceu com Sandy? Você quer conversar sobre isso? — ela olhou o relógio. — Tenho uns minutinhos antes de sair.

Eu queria falar, mas ia levar mais do que alguns minutinhos para explicar tudo. — Ah, eu conheci esse cara hoje, Sal Davis — pensei melhor em falar como conheci Sal.

— Sal Davis? O nome me parece familiar — ela deu um tapinha nos lábios —, mas não vem nada à minha mente... talvez, mais tarde.

Deixe-me adivinhar sobre Sandy. Ela achou esse cara gatinho, mas ele gostou de você e não dela.

Isso sempre me deixou maravilhada. Como Ginnie sabia exatamente o que estava acontecendo sem eu precisar dizer antes. — É, e tem mais também sobre Derek. Mas isso pode esperar, não quero que você se atrase.

— Tem certeza? — ela colocou o braço em volta de meu ombro e me abraçou apertado.

Eu a abracei de volta. — Tenho. Aposto que Sandy vai ligar mais tarde hoje à noite e vamos resolver isso. As coisas não vão mudar nas próximas horas.

No caminho para o corredor, Ginnie gritou: — DeeDee, querida, estou indo. Cuide de sua irmã.

Dee veio correndo do quarto e se jogou nos braços de Ginnie. Minha irmãzinha tinha mais energia do que dez *genrons.* — Nina pode fazer tofus fritos. Podemos assistir a filmes? Quando você vai chegar?

— Sim, sim e não sei — riu Ginnie, balançando Dee em círculos.

— Não muito tarde, mamãe, quero lhe mostrar os passos de dança que Corrine e eu estamos trabalhando — Dee deu um beijo estalado na bochecha de Ginnie e se soltou de seus braços. — Vou pegar os *chips,* Nini — ela correu pelo quarto para escolher seus preferidos da lista AV.

— Amo você, DeeDee — Ginnie desviou a atenção para mim. — E, Nina, lembre-se... se alguma coisa...

— Para — falei. — Nada vai acontecer. Para de ser boba. Agora vá ou vai se atrasar. Amo você.

— Eu sei, meu amor — ela colocou a mão em meu rosto e me beijou e, então, esfregou o dedo para limpar o batom que ficara. — Amo você também. Nos falamos mais tarde.

— Se cuida — fiquei vendo-a enquanto sua silhueta desaparecia na escuridão.

Dee escolheu suas séries preferidas, a *Arriane Pé de Luz* e *Academia Lunar*. Era uma comédia sobre uma garota de uma escola que ficava na lua. Coloquei o *chip* nos nossos AVFs. Quando nos mudamos para Cementville para que Ginnie pudesse ficar perto de Ed, ele comprou para nós um audiovídeo família novinho. Achei que era por causa de seu remorso por ter quebrado o braço de Ginnie. Mas ela disse que foi para que ele pudesse assistir aos esportes todas as vezes que viesse.

Isso não era tudo o que ele via. Sem querer, cliquei no botão de reprise uma vez depois que ele tinha ido embora. Era nojento... pior do que qualquer coisa que já nos mostraram em Educação Sexual. Só em pensar naquelas imagens me fazia querer correr e me esconder. Eu nunca iria transar se isso tivesse qualquer relação com aqueles filmes: homens usando força em cima das garotas, algumas muito mais novas do que dezesseis. Nunca contei para Ginnie o que havia visto. Em parte, porque fiquei muito envergonhada, mas principalmente porque temia que ela assistisse àquilo com ele. Não queria pensar sobre isso, ou sobre Ed, então foquei a atenção naquilo que era necessário no presente.

— Está com fome, Dee?

— Estou — respondeu ela, sem desviar o olhar da tela. — Não se esqueça dos tofus fritos.

Na cozinha, apertei alguns botões da central culinária. Dez minutos depois, Dee e eu devorávamos hambúrgueres com fritas de tofu e os acompanhamentos, tudo acompanhado das *Aventuras* de Arriane. Às vezes, gostava muito de assistir a programas infantis. Eram como férias da vida real.

Estávamos assistindo ao episódio dois. Arriane estava organizando um *show* de talentos para a escola dela quando meu AVP tocou.

— Continue assistindo. É só Sandy, provavelmente. Já volto — fui para a cozinha com o prato na mão. — Ei — não era Sandy, e sim Derek.

— Nina, o que você está fazendo?

— Assistindo à *Academia Lunar* com Dee. O que houve? — ele não era do tipo que ligava e ficava batendo papo.

— Eu, é, você sabe... foi divertido hoje, no zoológico e tudo mais — ele limpou a garganta. — Você e eu e...

— É — cortei-o antes que fosse mais longe. — É sempre divertido ir ao zoológico com vocês e Sandy. O que vocês fizeram depois que a gente foi embora? Vocês foram à casa de Sal para ver os furgões?

— Não — ele parecia decepcionado. — Sal disse que o irmão dele ficaria louco se visse um monte de gente que ele trouxe sem avisar antes. Talvez nesse sábado. Você vai vir para o centro? Falei para ele que você também gosta muito de furgões. Cara, espero um dia poder comprar um *Sonic* ou um *Janji*.

Soltei uma gargalhada. Uma vez que Derek começava a falar sobre furgões, ele poderia ficar horas nisso. — *Sonics* são legais, mas o que quero de verdade é um mini*Lacodian*, porque tão fofos.

— Carro de menina.

— Ei, tenho que voltar para a sala com Dee. Ginnie saiu e estamos fazendo coisas de irmãs. Até mais!

Voltei para Dee.

— Deixei umas fritas para você — disse ela. — Tenho que cuidar de minha aparência.

— Aparência? — dei risada. — A única aparência que você tem é essa — desenhei uma linha no ar de cima a baixo.

— Não tenho!

— Tem sim — joguei um travesseiro do sofá nela. Ela o pegou e jogou de volta para mim.

Em um segundo, estávamos lutando no chão como duas criancinhas. Eu me sentia bem quando brincava. Muito melhor do que me angustiar com o que Derek estava pensando. Não queria ter que lidar com ele tentando ser romântico ou interessado em mim.

Estávamos já no episódio quatro, em que Arriane confrontava um valentão no acampamento de verão, quando meu AVP tocou de novo.

Pulei sobre os travesseiros que jogamos no chão. — Oi, e aí? — tinha certeza de que era Sandy.

— Nina Oberon? — disse uma voz feminina.

— Sou eu — não reconheci a voz, então peguei meu aparelho AVP da mesa para ver quem estava ligando.

— Aqui é a oficial Jelneck, da polícia de Cementville.

IX

Cliquei na pequena tela de vídeo e pude ver o cabelo dela, ruivo e pegajoso por debaixo do quepe xadrez preto e branco. Seus lábios estavam pressionados em uma linha dura.

Meu primeiro pensamento foi que aquilo deveria ter algo a ver com o ataque militar. Mas a polícia do prédio da vovó nos deixou ir. Sal. Talvez ele fosse mesmo um mendigo... talvez estivesse encrencada por tê-lo ajudado. — Pois não, senhora? — não conseguia evitar o tremor na voz.

— Estou quase em sua casa. Preciso falar com você.

Agora meu corpo estava tremendo por inteiro. — Fiz alguma coisa errada?

O tom de voz dela havia mudado de polido para solidário: — Não.

Então, senti o peso... eram más notícias. Ginnie. — O que aconteceu?

Antes que as palavras tivessem saído totalmente de minha boca, ouvi o som da campainha. Deixei a oficial Jelneck entrar.

Ela me contou que havia ocorrido um ataque militar. Ginnie fora esfaqueada e deixada para morrer em um beco. Como granizo caindo na calçada, as palavras dela não se conectavam em meu cérebro. Não podia ser. Ginnie estava sempre bem.

— Temos que levar vocês duas ao hospital — insistiu ela. — Não há tempo a perder.

— Nina? O que está acontecendo? — Dee apareceu atrás de mim.

Oficial Jelneck começou a falar, mas levantei a mão. Coloquei o braço em volta de Dee e disse: — Mamãe precisa da gente. Vá buscar seu casaco.

O lábio inferior de Dee começou a estremecer. Puxei-a para mais perto. — Vai ficar tudo bem, DeeDee. Vai pegar seu casaco, ok?

Ela correu para dentro.

Olhei para a policial. — Ela vai saber logo o que está acontecendo.

Oficial Jelneck nos levou até o Hospital Cementville, o maior desta parte da cidade. Fomos direcionadas com rapidez para a Ala de Traumatologia em que se lia "Restrito". Havia guardas armados na entrada das portas. Através do vidro, pude ver Ginnie, imóvel, dentro de uma máquina.

— O que é aquilo? — perguntei ao guarda que nos escoltava.

— A Máquina do Infinito — sua voz, seu jeito... não tinham emoção, como um robô. Ele podia passar por um robô se eu não o tivesse visto beber água antes de nos trazer aqui.

Uma Máquina do Infinito. Ginnie era só uma operadora de caixa da categoria dois. Por que eles a colocariam em uma Máquina do Infinito? Elas só eram usadas em casos especiais e somente com pessoas de categorias superiores. Eu ia perguntar para o guarda, mas ele estava ocupado falando em seu AVP.

Não sabia como a Máquina do Infinito lograva a morte, mas era capaz, pelo menos por um pequeno período. Só havia vinte máquinas como essa no planeta. Localizadas próximas de áreas metropolitanas grandes, eram submetidas a regulamentações e segurança rigorosas do governo. Havia guardas armados por toda parte desse andar, não apenas na entrada. Ginnie sempre falou sobre o perigo dessa tecnologia, especialmente nas mãos erradas, e que deveria ser banida. Estou contente por não ter sido.

Espiei novamente pelo vidro. Luzes do monitor piscavam sobre Ginnie e havia tubos e fios por toda parte. Piscando forte, virei-me de costas. Através de minhas lágrimas, vi um homem entrar no elevador e falar com uma enfermeira. Ela saiu na hora exata em que a porta se fechou e passou por mim correndo para dentro do quarto de Ginnie. Fiquei parada olhando o elevador fechado e, depois, virei-me de volta para Ginnie. Era Ed.

Eu não o queria em nenhum lugar próximo a ela, não agora, não nunca mais. Depois de todas as vezes que ele havia batido nela... e se ele tivesse algo a ver com isso? Ele era capaz de matar, tinha certeza disso. Um ódio gelado penetrou em minhas veias.

Uma médica veio falar comigo e Dee, e minha atenção foi desviada do elevador. Os olhos suaves dela e o jeito assertivo me lembraram vovó. Ela me garantiu que Ginnie não estava sentindo dor e, depois, explicou as regras da Máquina do Infinito.

Sua voz era gentil, mas as palavras eram duras. — Vocês podem falar com sua mãe por dez minutos, são cinco minutos por membro da família. Vocês podem tocar o rosto e a cabeça dela, mas tenham muito cuidado para não tocar nenhuma parte do equipamento. Quando passarem nove minutos, uma campainha irá tocar e eu vou entrar. Um minuto depois, a máquina será desligada.

Apontei para o quarto. — Por que ela está aqui? Nós não pertencemos à categoria superior.

A médica balançou a cabeça. — O governo não me diz o motivo.

Não importava. Pelo menos, ela ainda estava viva e nós podíamos vê-la. Apertei com força meu braço em volta de Dee e entramos no quarto. Meu estômago estava comprimido... Sentia como se tivesse entrado em minha própria câmara de execução.

As bandagens que enfaixavam a cabeça de Ginnie ressaltavam o cilindro em que seu corpo se encontrava, como uma cápsula. A enfermeira permanecia próxima dali, regulando botões e painéis de controle.

— Mamãe — sussurrei, aproximando-me da máquina. — Você consegue me ouvir?

— Consigo — ela virou a cabeça levemente para minha direção. Seus lábios não se moviam, seus olhos não enxergavam. A voz era vazia e metálica, não era sua voz... Era a reprodução de seus pensamentos. Era um som que eu tinha certeza de que jamais me esqueceria. — Acho que não estarei em casa cedo, não é? — seu senso de humor ainda estava lá, mas isso não era engraçado.

— Mamãe? — a voz de Dee tremia e as lágrimas estavam rolando por seu rosto. — Você não pode morrer! — ela se moveu para longe de mim com força e correu para Ginnie. Dee tentou tocar nossa mãe, mas era muito pequena para alcançá-la. A enfermeira puxou um banquinho debaixo da máquina e Dee subiu nele. Ela passou a mão no rosto de Ginnie e beijou sua bochecha de novo e de novo, chorando o tempo todo.

— Oh, DeeDee, meu amor, Nina vai tomar conta de você.

— Mamãe! — Dee batia nas bandagens fora de si. — Você não pode ir. Eu amo você. Você não pode morrer.

— DeeDee — disse uma voz fraquinha —, você precisa ser forte. Criei vocês duas para serem fortes. Você e Nina terão que cuidar uma da outra agora. Entende?

Dee meneou a cabeça afirmativamente, engolindo as lágrimas.

Ginnie suspirou profundamente. Houve um ruído no cilindro e pensei em como a médica poderia saber com certeza se ela não estava sentindo dor.

— DeeDee, querida, vá lá fora um minuto, pois preciso falar com Nina a sós.

A enfermeira levou Dee, que soluçava, para fora do quarto. Quando a porta se fechou atrás delas, Ginnie perguntou: — Elas saíram?

Olhei em volta. — Saíram.

— Aproxime-se.

Apressei-me em ficar próxima à cabeça dela. — Estou bem aqui, mamãe — desde que fiz doze anos que eu a chamo sempre de Ginnie. Não era bacana chamar seus pais de mamãe ou papai. Agora, desejava ter sempre chamado de mamãe. Acariciando seu rosto, ajeitei para o lado os fios de cabelo que grudaram em sua testa.

— Cante para mim, meu amor. Aquela canção de ninar que eu costumava cantar para você.

— O quê?

— Por favor, não há muito tempo.

Comecei a cantar a música *Highland Fairy Lullaby*, uma canção que eu conhecia muito bem. — "Deixei o meu bebê dormindo aqui, dormindo aqui, dormindo aqui..."

Ginnie começou a falar suavemente enquanto eu cantava. — Se eles estiverem ouvindo, não vão conseguir entender o que eu estou lhe dizendo. Continue cantando.

Não entendi o que ela quis dizer, mas continuei cantando, esforçando-me para ouvir cada palavra dela. — "Deixei meu bebê dormindo aqui, para ir e me reunir com as frutinhas de mirtilo".

— Não há como explicar o início, Nina. Seu pai ainda está vivo. Não tenho certeza de onde ele está, exatamente, mas acho que em Chicago.

Fiquei em silêncio. Meu pai? O homem a quem Ginnie sempre se referiu como a pessoa que mais amou na vida, além de mim e Dee, estava vivo. — Há quanto tempo...?

— Por favor, continue cantando — a aflição em sua voz era indiscutível, mesmo com a máquina.

— Perdoe-me, mamãe — minha voz tremia, mas continuei. — "Hovan, Hovan Gorry og o, Gorry og o, Gorry og o...".

Enquanto Ginnie dizia: — Não há tempo para explicações. Ouça-me. Você deve encontrá-lo e dar a ele o livro que deixo na cabeceira de minha cama. Você sabe qual é.

Eu sabia. Ela só tinha um livro ali... O livro de bebê da Dee. — "Hovan, Hovan Gorry og o, perdi meu bebê querido, o"!

— É muito importante. Ele tem todas as respostas.

Ela não estava falando coisa com coisa. Papai havia morrido na noite em que nasci. Talvez, a Máquina do Infinito estivesse traduzindo seus pensamentos de forma errada. Ou, talvez, ela estivesse alucinando. Já ouvi dizer que as pessoas, às vezes, fazem isso quando estão morrendo.

— "Encontrei a pequenina trilha marrom da lontra, trilha da lontra, trilha da lontra..."

— A última vez em que o vi foi alguns meses antes de Dee nascer — disse ela. — Nina. Preste atenção. Não estou louca. Por favor!

Atenção. Sim. Não havia tempo para as emoções que estavam jorrando de dentro de mim. Depois, poderia pensar sobre meu pai... Meu pai que esteve vivo durante toda a vida, mas que não teve nada a ver comigo. — "Encontrei a pequenina trilha da lontra, mas nunca mais vi um vestígio de meu bebê, o"!

A parte em que saía a voz da máquina fez um ruído estranho. Parecia que estava chorando. Olhei para cima e vi a enfermeira parada na entrada. Pensei em quanto tempo ela devia estar ali. Quando ela me viu olhando em sua direção, saiu rapidamente do quarto. Ela estava nos ouvindo, tenho certeza.

O ruído estranho soou novamente. Continuei a canção: — "Hovan, Hovan Gorry og o, Gorry og o, Gorry og o...".

Ginnie disse: — Você precisa levar esse livro para seu pai, Alan. Você tem que manter Ed longe de Dee. Não deixe que ele chegue perto dela. Prometa para mim, Nina — era como se sua voz fosse uma mão que me agarrava, exigindo minha promessa.

A campainha tocou. Parei de cantar. Dee voltou correndo para o quarto e a enfermeira e a médica estavam bem atrás dela.

— Eu prometo — sussurrei.

— Saiba apenas que eu amo vocês duas mais do que qualquer coisa desse universo ou de outro. Vocês sempre foram a razão de tudo que já fiz. Vocês foram minha vida. Cuidem para que uma mantenha a outra em segurança.

Eu queria chorar, mas não podia. Se eu deixasse que as lágrimas caíssem, elas nunca mais iriam parar.

— Sinto muito mesmo — a médica colocou a mão sobre meu ombro.

Encostei a bochecha no rosto de Ginnie e sussurrei: — Mamãe, eu amo você.

— Paz, minha querida — disse ela —, finalmente.

A enfermeira me afastou da máquina. Deixei meus dedos demorarem o máximo de tempo que pude sobre o rosto de Ginnie. Envolvi Dee com os braços e me forcei a ser forte por ela.

A médica apertou um botão e minha mãe morreu.

X

Quando saímos do quarto da Máquina do Infinito, a oficial Jelneck estava no final do corredor com um homem e uma mulher. Ela disse algo para eles e fez um gesto em minha direção e na de Dee.

A médica inclinou-se sussurrando para mim: — São agentes C.H.F.E.S. Tenha cuidado!

Endureci enquanto os via caminhando em nossa direção.

— Estas são as filhas — disse a oficial Jelneck. — Ela tem quinze anos e a pequena, onze.

— Sou o agente Meadows — disse o homem. — Esta é a agente Crupp. Vocês vêm conosco.

"Isso é um pesadelo", pensei. Minha mãe morta, meu pai vivo e aqui temos dois agentes do C.H.F.E.S. que estão levando levando Dee e eu para sei lá onde. O minúsculo controle que ainda tinha sobre minhas emoções estava escorregando para longe.

— Agora — a mulher girou sobre seu salto e saiu andando.

— E minha mãe? — perguntei. — Preciso chamar meus avós.

— Seus avós já foram informados — respondeu Meadows. — Devido Por causa das normas correspondentes ao uso da Máquina do Infinito, o corpo pertence ao governo e será descartado de maneira regular — ele fez um sinal impaciente para seguirmos com a agente Crupp.

Olhei para a médica. — Não deixe que a machuquem, por favor — eu sabia que era apenas um corpo, mas ainda assim era minha mãe.

— Farei o que puder — os ombros dela se encolheram. — É melhor você ir.

Saímos da mesma maneira que chegamos. Exceto que dessa vez fomos escoltadas por dois agentes C.H.F.E.S. Nenhum dos dois disse uma palavra para nós, nem mesmo um "sinto muito por sua mãe". Mantive-me ocupada confortando Dee. Dessa forma, não teria que pensar no terror alucinante que sentia vindo pela garganta.

Eles nos colocaram no banco de trás de um furgão com vidros pretos. Ninguém podia ver dentro do carro, mas também não conseguíamos ver o lado de fora.

— Aonde estamos indo? — perguntou Dee entre soluços. — Eles estão nos levando para a vovó e o Pops?

— Não sei — abracei-a mais forte. Antes que tivesse tempo de imaginar todos os lugares possíveis em que poderíamos acabar, a *van* parou. Quando a porta se abriu, estávamos em frente ao nosso condomínio.

O agente Meadows colocou a mão no bolso. — Aqui está o mandado — ele empurrou o pedaço de papel com aparência "oficial" em minha direção.

— Destranque a porta — disse a agente Crupp.

— Mandado? — perguntei. — Minha mãe não fez nada. Alguém a assassinou e não o contrário.

A agente Crupp bateu a ponta do sapato de salto na calçada.

Fiz o que mandaram.

Lá dentro estava exatamente como havíamos deixado. A *Academia Lunar* ainda estava passando no AV, o restante do jantar em sua frente e os travesseiros espalhados onde Dee e eu tínhamos brincado.

— Vou pegar essas coisas do chão...

— Não toque em nada — Meadows disse.

— Vocês duas. Ali — a agente Crupp apontou para o sofá.

Sentamos.

Primeiro, eles olharam cada *chip* de vídeo que tínhamos. O homem quebrou facilmente a caixa trancada onde Ed mantinha seus *chips* particulares. A agente Crupp analisou-os rapidamente, quando bufou:

— Tem um aqui que se chama *Faça as de Dezesseis Gritarem*. Bem educativo, esse aqui.

Desviei o olhar, com o rosto enrubescido.

Depois dos vídeos, eles inspecionaram os poucos livros que tínhamos.

— Leve estes — a agente Crupp colocou o livro *1984* e *Ascenção de Marte* nas mãos do homem. — Não é leitura adequada para ninguém — ela comprimiu os olhos e disse para mim: — Pornografia e conspiração. Sua mãe era mesmo uma pessoa e tanto — agarrei com força a extremidade do sofá. Não me atrevia a falar. — Venham — ela nos fez segui-la.

Assistimos a tudo enquanto faziam uma busca em nosso quarto. Em seguida, no quarto de Ginnie, Meadows começou a jogar tudo o que havia nas gavetas da cômoda em cima da cama dela. O livro de bebê da Dee estava em cima da pilha.

Meu coração bateu mais forte e um arrepio passou por todo o meu corpo. O livro.

Meadows o pegou e disse: — O que é isso?

Minha respiração ficou presa na garganta enquanto ele passava o livro para a agente Crupp.

Ela virou algumas páginas. — Um livro de lembranças que a mãe faz para o filho. Nada importante — jogando-o longe, eles continuaram a busca.

Quando terminaram, eles nos agruparam novamente na sala e a agente Crupp disse: — Se vocês forem espertas, garotas, irão esquecer todas as ideias estúpidas que sua mãe alimentou sobre o governo. São radicais como ela que acabam sangrando até a morte na sarjeta — ela fechou a porta da frente, deixando-nos sozinhas no meio daquela bagunça.

Nós duas nos jogamos no chão, chorando. — Odeio você! — gritou Dee para a porta fechada.

Peguei-a em meus braços, cobrindo sua boca. — Não. Não faça isso — eu não sabia do que aqueles agentes eram capazes ou o que conseguiriam ouvir. Não ia correr o risco de deixá-los com raiva.

Depois de parecer ter transcorrido horas, consegui me controlar o suficiente para ligar para vovó.

— Estamos no expresso. Devemos chegar em quinze minutos — disse vovó. — Onde vocês estão?

— Em casa.

— Faça um chá para nós. Vocês precisam se ocupar agora mesmo. Não pense muito. Estaremos aí o mais rápido que pudermos. Amamos você, Nina.

Desliguei meu AVP. — Vovó disse que eles precisam de chá. Vamos ferver a água — fiquei de pé. Estendendo as mãos para a minha irmãzinha, puxei-a para cima e a abracei. — Vamos superar isso, DeeDee. É isso o que as irmãs fazem. Elas superam as coisas juntas.

Coloquei Dee para trabalhar, esperando que vovó estivesse certa, que a atenção em uma tarefa específica ajudasse. — Use a chaleira. Vovó gosta das coisas feitas à moda antiga. Eu já volto. Preciso pegar algo.

Correndo para o quarto de Ginnie, peguei rapidamente o livro do bebê e o abri. Havia uma folha dobrada no saquinho da frente. Era uma lista escrita com a letra de Ginnie: 1) Rita, com um "x" ao lado da palavra. 2) Contrato do CeFFem — Vovó, com um "x" ao lado também. Folheei o livro até as últimas páginas. Parecia normal. Ginnie havia feito anotações sobre Dee ao lado das fotos e das lembranças. Queria analisar aquilo com mais cuidado, mas a chaleira estava apitando e Dee me chamou.

Guardei o livro no fundo de minha gaveta. Teria que esperar até mais tarde.

❃ ❃ ❃

As vítimas de assassinato que pertenciam às categorias baixas não justificavam grandes investigações. Depois de alguns dias, ainda não sabíamos se eles haviam encontrado o assassino e eu tinha certeza de que não estavam procurando com afinco. Havia ligado para a oficial Jelneck algumas vezes, para contar sobre minhas suspeitas sobre Ed e sobre minha certeza de que ele havia estado no hospital. Deixei recados, mas ela nunca me ligou de volta.

O dono do apartamento que nós alugávamos deu o prazo até o final do mês, todos os seis dias, para sairmos. Só o que precisamos foram três.

O apartamento do conjunto popular era tão pequeno que nós quatro lotamos o lugar até o limite máximo e, também, havia tanto a fazer que não tive oportunidade para ficar a sós com o livro de bebê ou para pensar sobre meu pai. Não tinha a menor ideia do tipo de reação que teria se realmente encontrasse meu pai. realmente. Não tinha certeza nem da reação que eu gostaria de ver ou como seria a minha própria. Ainda não podia acreditar que ele estivesse vivo... Depois de todo esse tempo... Tentei não pensar muito sobre isso ou no motivo que fez minha mãe esconder isso de mim, então foquei em sobreviver nos dias seguintes.

Vovó e eu nos ocupamos em separar, jogar fora e empacotar toda minha vida como eu a conhecia. Começamos pela sala quando alguém bateu na porta. Eram dois homens. Um deles me entregou um cartão que dizia: "Entregas Johnson".

— Estou aqui para pegar o AVF. O homem disse que você já sabe que é dele — o cara enfiou a cabeça para dentro da porta. — Está ali — ele me empurrou, passando por mim. — Disse que tinha uma caixa de *chips* de vídeos também.

Uma risada seca escapou de mim. — Vídeos? Aqui não — senti um pouco de satisfação, pois na manhã seguinte da morte de Ginnie, joguei no lixo os *chips* asquerosos de Ed quando estava limpando a bagunça que os agentes do C.H.F.E.S. deixaram para nós.

O cara deu de ombros. — Ora, então ele deve vir e pegar esse negócio ele mesmo — levou cerca de três minutos para que eles o desconectassem e partissem.

— É do Ed? — perguntou Vovó.

Concordei com vovó, muito zangada para confiar em mim mesma para falar.

— Bem, ele deve ter ouvido a notícia se está buscando seu AVF — disse ela. — Estou surpresa por ele não ter ligado ou vindo para saber de Dee.

— Eu não — eu podia ouvir a voz de Ginnie através da máquina me dizendo para manter Dee longe de Ed. Minhas mãos se fecharam. — Além disso, Ginnie não quer que Ed tenha nenhum tipo de relação com Dee.

— Ele é um homem horrível. Horrível. Nunca entendi o motivo que fez Ginnie ficar com ele — vovó fez um som de desaprovação com a língua. — É certamente melhor que ele não apareça. Apesar de ele ter os seus direitos.

Sei por que Ginnie quis que eu mantivesse Dee longe de Ed. Mesmo que ele sempre tenha tratado-a bem quando estava por perto, não havia como saber o que aconteceria agora. Sabíamos que os homens pegavam suas filhas ilegítimas para as transformar em meninas cinderelas, isto é, empregadas, entre outras coisas, de suas famílias oficiais.

Queria contar a vovó o que Ginnie disse sobre Ed e meu pai. Mas não queria envolver Dee ou Pops. Dee ficaria chateada por causa de Ed e Pops ficaria apenas chateado. Eu o amava demais, mas ele conseguia ultrapassar os limites por causa de quase tudo. E com todos os seus problemas de saúde, contar para ele que seu único filho ainda estava vivo poderia ser um choque muito grande.

Quase contei para vovó, mas Pops e Dee estavam na cozinha. As paredes do apartamento eram tão finas que eles poderiam ouvir tudo. Não podia arriscar e assustar Dee com a ideia de ser uma menina cinderela.

Sandy surgiu na porta. — Posso ajudar?

— Por que vocês duas não vão terminar o quarto da Nina? — disse vovó. — Estamos quase prontos para ir.

Sandy se jogou em minha cama. A cama, como o restante da mobília, pertencia ao apartamento. — Não posso acreditar que você está se mudando — disse ela. — O que vou fazer sem você aqui?

— Eu sei — pisquei para impedir que uma lágrima inesperada rolasse. — Mas só estarei a uma viagem de expresso de distância. Vovó e Pops moram próximo da estação.

— Acho que sim — ela se deitou sobre os lençóis e o apoio da manta da cama. — Como todos vocês vão caber naquele apartamento? É minúsculo. Não é apenas para pessoas aposentadas?

— Os donos do prédio concordaram em nos deixar morar lá e iremos para um apartamento maior — peguei a roupa de cama que estava embaixo do cotovelo dela e a enfiei na caixa marcada com "Nina". No fundo dela, debaixo de todas as minhas roupas e de meu material precioso de artes, estava o livro de bebê da Dee. Eu iria investigá-lo assim que tudo estivesse desempacotado em meu novo lar.

— Então, onde você vai estudar? — perguntou Sandy. — Não consigo imaginar você frequentando uma escola em Chicago. Elas recebem todas as categorias altas, até os da dez. Você consegue imaginar? Categorias superiores, bem perto de garotas como nós! Nós não temos aqui ninguém nem da categoria cinco. Se eu pudesse ficar perto de todos esses caras da categoria dez... — a voz dela foi diminuindo aos poucos. Virei-me e a vi sentada na cama encarando o teto com um sorriso no rosto.

— Sai dessa — falei. — O prédio de apartamentos fica no mesmo bairro onde eu morava antes. Então, estarei no Daley com Mike e Derek. E, sim, haverá muitas categorias... Todas que chegam até dez. Como se isso fizesse alguma diferença.

— Vai fazer, sim, diferença — disse ela. — Além disso, você terá seus amigos e eu não terei ninguém.

— Aqueles meninos não são você, Sandy — sentei-me ao lado dela. — Prometa que você virá me ver?

— Claro que irei.

Ela começou a falar de todas as coisas que podíamos fazer quando vovó interrompeu. — Nina, Sr. Eskew está aqui, pronto para carregar a *van* com as coisas. Chegou a hora.

O padrasto de Sandy havia se oferecido (com o empurrãozinho de Sra. Eskew, com certeza) para nos ajudar com a mudança. Não havia muito para carregar. Quinze minutos depois, Sandy e eu estávamos paradas no meio-fio com a vovó e Dee, esperando nosso transporte para a estação do expresso. Pops havia ido na frente com Sr. Eskew.

Quando a *van*-táxi apareceu na esquina, agarrei Sandy e a apertei forte. Sandy estava chorando, mas não me atrevia. Dee estava nos observando e se eu fraquejasse, ela iria chorar também. Eu tinha que ser forte. Afastei para longe o pensamento que talvez alguém também seria forte por mim. Isso não iria acontecer.

Com a cabeça para fora da janela, acenei para Sandy até que ela fosse apenas um pontinho distante. Na viagem, mal ouvia a conversa de vovó com Dee. Eu queria silêncio... silêncio... e o luxo de ser capaz de chorar. Mas nada disso era possível. Havia muito a ser feito.

❖ ❖ ❖

Quando chegamos ao apartamento, Sr. Eskew e Pops já estavam lá. Os caras da manutenção do prédio já haviam empacotado todas as coisas de vovó e Pops e as levado para o apartamento maior. Jogado lá dentro: essa seria uma descrição melhor do que fizeram. O apartamento parecia mais um depósito do que uma casa.

Ajudei o pai de Sandy a descarregar a *van*. Nunca gostei dele, especialmente da maneira como olha para Sandy, mas ainda assim o agradeci pela ajuda. Ao vê-lo se distanciar na *van*, a gravidade da situação me atingiu. Ginnie se fora. Minha vida nunca mais seria a mesma.

❖ ❖ ❖

Depois do jantar de sanduíche de pasta de nozes e leite de soja (vovó não tinha feito compras e a central culinária ainda não fora programada na cozinha), vovó colocou todos nós para trabalhar na arrumação e colocar o apartamento em ordem. Estava desempacotando uma das caixas em que se lia "sala" na tampa quando vi alguns livros.

Peguei um deles e fiquei virando-o na minha mão diversas vezes. — O C.H.F.E.S. levou todos os nossos livros — falei. — Ainda não entendo o motivo que os levaram a mexer em nossas coisas. Ginnie não era criminosa, era vítima. Eles sempre agem assim?

— Eles fazem o que querem — respondeu vovó.

— Você não conseguiria impedi-los se tentasse — disse Pops. — Não tinha nada lá para eles, tinha? Como se a pobre Ginnie tivesse algo para esconder.

Vovó não respondeu, mas eu sabia que tinha algo acontecendo pela expressão que ela fez. Teria dado qualquer coisa para saber o que ela estava pensando. Às vezes, quando nós todas vínhamos visitá-los no passado, ela e Ginnie iam para a cozinha conversar a sós. Elas não sabiam que eu havia percebido e todas as vezes que eu entrava na cozinha, elas mudavam de assunto. Costumava achar que elas conversavam sobre assuntos que não queriam que crianças ouvissem, mas agora imagino se não era algo completamente diferente. Talvez até mesmo algo que pudesse causar o assassinato de alguém.

— Vamos lá, Deedles — Pops agarrou a mão de Dee. — Vamos arrumar seu quarto.

— Mas eu vou dormir com Nina — os cantos dos olhos dela ficaram vermelhos.

Antes que ela começasse a chorar, falei: — É claro que você vai, mas talvez você queira ter um lugar para colocar os objetos que não precisa pegar o tempo todo.

Pops piscou com um olho para mim sem que ela visse. — Ela está certa, Deedles. Vai ser quase como se você tivesse dois quartos. Isso é melhor do que eu tenho. Estou preso com ela — ele apontou o dedo para a vovó — pelo restante da vida.

— Que não vai durar muito se você continuar com esse dedo apontado para mim, velho — vovó gracejou com o próprio dedo na direção dele. — Agora, vocês dois, sumam.

Quando eles estavam longe o suficiente para não ouvirem, decidi arriscar. — Vovó, Ginnie tinha uma amiga chamada Rita?

Ela me olhou por cima dos óculos. — Hum, não tenho certeza. Por que você está perguntando?

— Quando estava empacotando, encontrei um pedaço de papel com o nome dela escrito. Nunca vi ninguém que ela conhecesse com o nome Rita.

Vovó mordeu o lábio inferior por um minuto. Finalmente, ela disse: — A única Rita de que me lembro era uma amiga de Ginnie do tempo da escola. Ela era alguns anos mais velha do que eles. Acho que era parente do... — ela parou para pegar um pedaço de fiapo de linha da própria manga. — Não, não consigo me lembrar do nome. Parece que ela era irmã de outra amiga da Ginnie e do Alan. Pelo que me lembro, ela era dos primeiros grupos de meninas escolhidas quando o programa do CeFFem começou cerca de trinta anos bem esquisitos atrás. Que coisa mais estranha se for a mesma garota. Pensando agora, ela desapareceu no caminho para O'Hare para pegar o coletivo espacial para o treinamento do CeFFem. Nunca mais foi vista ou ouviram falar dela novamente — vovó balançou a cabeça. — Alguns acharam que era um plano dela o tempo todo para não ir, mas acho que ela foi sequestrada, simples assim. Ela não foi a única pessoa que seu pai conheceu que sumiu do mapa nos vários anos que se seguiram.

Ginnie nunca me contou nada parecido com aquilo... Amigos desaparecendo. Tinha certeza de que vovó sabia mais histórias sobre meu pai e Ginnie das quais eu nunca tinha ouvido falar. Refreei minha vontade de contar a ela sobre o livro e sobre meu pai estar vivo. Eu precisava ver o livro de bebê da Dee com mais atenção primeiro e ter certeza de que era real. Não havia sentido em dar esperanças à vovó se tudo isso fosse resultado de alucinações causadas por remédios.

— Tem outra coisa, vovó. Seu nome estava no mesmo papel com uma anotação sobre meu contrato do CeFFem.

— Ah, sim. Ginnie comprou-o, querida, e me mandou para mantê-lo em segurança. Ela estava preocupada com o fato de Ed colocar as mãos nele. Ele tem cotas para cumprir e não tenho certeza de que ela confiava nele para deixar você em paz se ele estivesse com poucas escolhas no momento.

— Ou se estivesse com raiva dela — murmurei.

Ela me olhou com uma expressão intrigada. — O que você quer dizer?

— No verão passado, Ed disse a Dee que ele iria se mudar conosco para um apartamento da categoria cinco no lado oeste de Cementville. Ela estava tão animada. Todas nós estávamos. Então, uma noite Ginnie chegou em casa com hematomas nos braços. No dia seguinte, Ed disse a Dee que, por causa da mãe dela, nós permaneceríamos bem onde merecíamos, no conjunto de apartamentos populares da categoria baixa. Ela ficou arrasada.

Vovó olhou zangada. — Tem alguma coisa muito errada com aquele homem. Quem faz uma coisa dessas? E para a própria filha. Espero que ele não apareça aqui querendo vê-la. Embora ele deva querer sim. Ele tem seus direitos — seu olhar zangado foi substituído por uma expressão de reprovação.

Senti um nó no estômago. — E se ele quiser levá-la como uma menina cinderela?

— Ginnie deixou claro que se qualquer coisa acontecesse com ela, seu avô e eu seríamos os guardiões legais de Dee. Ele não pode encostar nela — ela deu uma apertadinha em meu braço. — Não há sentido em trazer para hoje as preocupações de amanhã, querida. Vamos nos concentrar em deixar essa casa em ordem — ela se abaixou e pegou alguns objetos decorativos de dentro da caixa que eu estava desempacotando. — Coloque estes ali em cima.

Arrumei os objetos de acordo com as instruções de vovó e o nó de meu estômago relaxou um pouco. Não confiava em Ed, mas com vovó e Pops como guardiões legais de Dee, ele não poderia levá-la embora. Pelo menos não sem luta.

Mas, ainda assim, eu tinha 99% de certeza de que era Ed no hospital. O que me fazia pensar que ele sabia o que tinha acontecido com Ginnie antes que a notícia fosse divulgada. Pensei se um dia ainda saberia o que realmente acontecera com ela. O ódio fervia dentro de mim. Desejava que quem quer que a tivesse matado fosse pego.

O AVP de vovó tocou. — Ah, é Harriet. É melhor eu ir ver se ela está bem. Ela não melhora desde quando levaram Johnny. Diga à sua irmã que já está na hora de as duas se aprontarem para dormir.

❖ ❖ ❖

Deitada em minha cama nova, um tapete inflável que vovó pegou emprestado com Harriet, fiquei encarando a janela. Dee estava do outro lado do quarto, dormindo na velha cama estreita do exército de Pops. O ritmo de sua respiração era interrompido, ocasionalmente, por um soluço. Ela ainda chorava sozinha todas as noites. Meu único choro foi logo depois que os agentes do C.H.F.E.S. partiram. Desde então, obrigava cada lágrima a permanecer dentro de mim. Dee precisava que eu fosse forte. E então, eu era.

Espremido entre os prédios no caminho, o céu da noite oferecia de fundo um quarto da lua pálida. Fiquei imaginando se em algum lugar de Chicago meu pai, Alan Oberon, estava olhando para a mesma lua.

Todos esses anos ele estava vivo, mas nunca tentou me ver ou me contatar. Como ele pôde fazer isso? Era ainda mais difícil de compreender a realidade de que Ginnie sabia da verdade, mas que me fez acreditar numa mentira. Ela sempre disse que ele havia sido seu verdadeiro amor. Eu não podia imaginar que ele ainda não a amasse também. Era por minha causa que ele não estava lá? Ele não me queria? Eu tinha tantas perguntas e nenhuma resposta.

Eu sabia que precisava encontrá-lo e entregar o livro a ele. Não por ele, não por mim, mas por Ginnie.

Eu me virava de um lado para o outro, desejando que o sono viesse. Quando comecei a cochilar, o AVP de Dee tocou. Pulei da cama e agarrei o aparelho antes que ela acordasse.

— Alô? — sussurrei.

Um clique e, depois, silêncio.

Ed.

XI

Na manhã seguinte, levantei na mesma hora que vovó. Ela estava no meio da cozinha, cercada de caixas da mudança com as costas viradas para mim.

Tomei a decisão de contar a ela o que sabia. Mas ela parecia tão frágil e vulnerável, meus joelhos tremeram e meu coração começou a palpitar irregularmente. Antes que pudesse ceder às minhas dúvidas, falei de uma vez só: — Ginnie me disse que meu pai está vivo.

— Sério? — ela pegou uma xícara de café de dentro da caixa mais próxima, desembrulhou e a lavou na pia. Ela geralmente fazia seu café numa cafeteira elétrica antiga, mas naquela manhã estava usando a central culinária. — Fico imaginando por que ela diria uma coisa dessas.

Bem diferente da reação que eu esperava depois de contar a ela que seu único filho, meu pai, estava vivo e não morto pelos últimos quase dezesseis anos.

— Eu acreditei nela. Ela estava morrendo. Por que ela mentiria para mim?

Vovó encheu a xícara e apertou o botão do aparelho. Um líquido branco rodou para baixo da superfície do café.

— Ela disse que ele estava vivo e que provavelmente estava aqui em Chicago — olhei esperançosa para ela. Talvez ela já soubesse. Talvez ela estivesse guardando o mesmo segredo. Mas por quê?

— Nina, minha querida — ela tomou um gole de café. — Ele se afogou no caminho para casa depois do hospital na noite em que você nasceu. Um *transport* o jogou para fora da ponte na Wacker com a Michigan. O corpo dele nunca foi encontrado.

A mesma história que ouvi um milhão de vezes. Nenhuma diferença, nenhuma mudança. Exceto por Ginnie, que disse outra coisa.

Vovó continuou: — Com certeza, ela estava sob influência daquela geringonça do Infinito. Não conheço muito sobre isso e ainda não posso acreditar que eles a usaram em alguém que não fosse da categoria superior. Mesmo assim — seu olhar ficou longe, a sobrancelha cerrada —, é muito pouco usada. Somente em casos extremos, em que há permissão para ser usada ou uma determinação para ser autorizada ou algo assim. A não ser que eles estivessem esperando alguém praticamente morto de uma categoria baixa aparecer para fazer algum experimento — ela tomou outro gole de café, fazendo uma careta, indicando seu gosto ruim.

— Vovó, ela disse que ele está vivo.

— Nina, eles eram muito apaixonados. Às vezes, quando as pessoas estão morrendo, elas têm a impressão de ver seus entes queridos que se foram antes delas. Tenho certeza de que ela acreditava que o que dizia era verdade. Provavelmente, ele parecia estar vivo para ela naquele momento.

— Hã? — indagou Pops da porta de onde veio mancando com a muleta. — Quem acredita no quê? Quem está vivo? Além de mim?

— Ninguém, velho — vovó olhou zangada para o espaço vazio onde devia estar a prótese dele. — Quantas vezes tenho que lhe dizer para colocar a perna antes de se levantar? Esse barulho da muleta está para nos deixar bem populares com os vizinhos do andar de baixo — mesmo enquanto reclamava, ela ia desempacotando outra xícara.

— Ginnie disse que meu pai ainda está vivo — ignorei o olhar de reprovação de vovó. Não acreditei nas explicações dela... e precisava de alguém que me corroborasse. Só esperava que Pops fosse mais forte do que aparentava. Ginnie teve uma boa razão para manter a vida de meu pai em segredo. Estava determinada em descobrir a razão disso.

Vovó limpou a garganta e se virou para desempacotar uma caixa de pratos.

— Alan vivo? Isso não me surpreenderia nem um pouco, pequeninha — Pops soltou uma risada, sozinho. Ele tomou um gole do café que a vovó lhe entregou e tentou dar um tapinha no bumbum dela com a muleta quando ela passou por ele. Só que ele perdeu o equilíbrio e quase caiu. Segurei uma risadinha.

Ela se virou e Pops, sorrindo inocentemente, segurou sua xícara no ar. — Melhor café javanês do mundo.

— É da central culinária e não meu — retrucou ela, mas um sorriso pairou no canto de sua boca. Depois, ela franziu o cenho. — E agora não fique falando para Nina que Alan está vivo — sua voz ficou fraca: — Você sabe tão bem quanto eu que ele se foi.

Pops abaixou a xícara e se sentou. — Sei o que eles nos disseram, Edith. E sei que ele tinha tudo para querer viver... Nina, por exemplo — ele deu um tapinha na minha mão. — E sei que ele sabia nadar — o tom de voz de Pops ficou estridente. — Não acredito em nada que o governo diz. São só mentiras — seus olhos flamejaram. — Olhe para mim — ele deu um tapa no próprio coto para enfatizar. — Eles cuidaram muito bem de mim, do jeito que prometeram, não foi?

— Os delírios de um velho lunático — vovó passou a mão na própria testa. — Eles deviam ter trocado seu cérebro quando tiveram chance — ela começou a remexer nas caixas. — Já que a central culinária não está pronta para fazer a comida ainda, vou fazer para nós um café da manhã de verdade.

— Panquecas? Com manteiga e cobertura? — Pops parecia um garotinho pedindo bolo.

— Já vai sair — ela procurou os ingredientes, amontoando-os no balcão um por um. — Tenho tudo, menos o fermento. Aqui, querida — ela me entregou um cartão. — Corra até o mercado e traga um. Vá rápido, porque posso começar até você voltar.

Peguei minha blusa do gancho da porta e corri. O elevador demorou um tempão, mas logo eu cheguei ao térreo. Corri para o *lobby* na manhã fresca de outono.

Percorri rapidamente os dois quarteirões até a Foodland. No *self-service* mais próximo, apertei o fermento em pó. Passei o cartão de vovó no *scanner* e, um segundo depois, a caixa registradora tocou. Retirei o pote da rampa de entrega sem me preocupar em embalá-lo. A voz do quiosque disse: — Por favor, confirme o recebimento de todos os seus itens. Remova seu cartão e obrigado por comprar na Foodland.

— Obrigada, você — fiquei feliz que o mercado estivesse vazio, pois assim ninguém me ouviria conversando com uma máquina falante. Estava quase na porta de saída quando vi Sal passar pela porta de entrada.

— Nina — chamou ele. — Espera.

Não o via desde o dia do zoológico... O dia que Ginnie foi assassinada. Era difícil de acreditar que isso havia acontecido apenas cinco dias atrás. Parecia uma eternidade. Ele me ligou, mas ignorei as chamadas. Não queria falar com ele ainda, mas mesmo assim parei. Às vezes, era muito boazinha para meu próprio bem.

— Tentei ligar para você — ele contornou o balcão. — Mike me contou sobre sua mãe.

— Ele contou? — fiz uma anotação mental para gritar com Mike na próxima vez que o visse.

— É, eu estava checando se tinha registrado seu número certo e ele me contou sobre o... é...

— Assassinato? — olhei fixamente para ele. — Pode dizer. Foi o que aconteceu. Alguém matou minha mãe, certo?

Ele ficou analisando meu rosto, tentando medir meu estado emocional, achei. — Sinto muito mesmo. Sei como isso é difícil.

— Você não sabe nada sobre mim — não queria compaixão dele e não queria que se intrometesse em minha vida. — Estou com pressa, ok? — comecei a passar pela porta, mas ele pegou meu braço.

— O quê? — gritei, puxando o braço para longe dele. A atendente solitária do mercado olhou através da lateral do vidro de isolamento térmico do cubículo que se encontrava. Fiz um sinal para ela de que era bobagem. A última coisa que queria era que ela chamasse a polícia. Ela franziu o cenho antes de voltar para o jogo AV.

— O que você quer? — questionei com um tom de reprovação.

— Conhecer você um pouco melhor. Ok?

— Tenho que correr. Minha avó está esperando.

— Podemos conversar depois?

— Certo, tanto faz — não iria atender à ligação dele de jeito nenhum.

XII

Finalmente, havia conseguido abastecer a central culinária com todas as batatas da receita da vovó e estava ocupada limpando os recipientes e enchendo-os com os ingredientes.

Ginnie não era ótima na cozinha. Muitas vezes, ela trazia comida para casa da lanchonete onde trabalhava. Daria qualquer coisa para comer aquele lixo institucional lá mesmo, para poder dar risadas com ela no balcão.

Ginnie nunca me contou o motivo que a fez largar seu emprego na categoria cinco em Chicago para aceitar o da categoria dois em Cementville. Ela dizia que era para ficar mais perto de Ed, mas sempre achei que deveria haver outra razão. Acho que nunca saberei a resposta.

Foi tão difícil a mudança de nosso apartamento bacana na avenida Wrightwood Arms para aquele conjunto de apartamentos horrendo. Ser vizinha de Sandy era a única coisa que não era péssima em Cementville. Aprendi a lidar com as roupas baratas, com o almoço da escola e os esnobes das categorias mais altas. Ginnie conseguiu obter créditos para me colocar nas aulas de Arte felizmente. Não sei o que teria feito se não fossem as aulas. Normalmente os alunos que pertencem à categoria cinco, ou mais alta, é que frequentavam as aulas de Arte para receber o título Criativo. Ginnie queria que eu tivesse essa oportunidade também. Mas quando os alunos de minha sala descobriram que minha mãe era uma operadora de caixa da categoria dois, a maioria parou de falar comigo. Não deixei que isso me afetasse tanto... Quando éramos da categoria cinco, nunca conversava com os que pertenciam à dois. Ficava tão envolvida em meus desenhos que provavelmente ignoraria até Van Stacey se ele entrasse na sala.

Somente o pensamento sobre aquela mudança me fazia sentir raiva e, depois, remorso... Como podia sentir raiva de Ginnie agora? Então, Dee entrou e se apoiou nas costas da cadeira, com os dedos do pé passando no chão. — Você acha que Maddie e Justin ainda frequentam a Dicken?

— Claro. Aposto que seus amigos estarão em sua antiga escola. Só ficamos fora durante quatro anos — eu esperava estar certa. Ela precisava de algo para se sentir melhor. Ela precisava de amigos.

— Nini... Sinto falta da mamãe — ela soluçou silenciosamente perto de mim.

Abracei-a, derrubando a embalagem de farinha com o cotovelo. Abracei minha irmã tão forte quanto podia, impedindo minhas lágrimas de rolarem. Mesmo ela tendo onze anos, parecia tão pequena, tão vulnerável. Finalmente, ela parou de chorar.

— Me perdoa — ela fungou e engoliu com dificuldade. — Você sente dela também, não sente?

— Sim, eu sinto.

— O que eles fizeram com o corpo dela? Está lá no espaço com todas as outras cápsulas funerárias? — ela enxugou os olhos com o dorso das mãos e olhou para mim esperançosamente.

Eu não sabia o que tinha acontecido... "O corpo será descartado da maneira regular..." Tinha que dizer algo para confortá-la. — Sim, ele foi. Eles enviaram o corpo dela naquela mesma manhã. Ela está entre as estrelas agora.

— Vovó disse que ela está no paraíso — ela olhou para mim. — Você não acredita no paraíso, acredita?

— Se vovó disse isso, então é verdade, Deeds. Vovó não mente — não como eu.

Religião era uma coisa em que nunca pensava muito. Havíamos estudado as guerras da religião no passado e, então, decidi que aquilo não era para mim. Ajudou o fato de que Ginnie sentia-se da mesma maneira.

Religião era para mim como um grupo de pessoas que dizia para outro grupo que sua cor vermelha era a melhor. E que todo mundo tinha que acreditar naquilo, ou então...

O pacto do fim das guerras exigiu que as Igrejas não tentassem impor suas crenças a ninguém. O CR deu um passo além e considerou ilegal pregar crenças em qualquer forma de mídia. Alegaram que esse tipo de pregação poderia ser usada para provocar inquietação e distúrbio da ordem. Depois de tudo o que li sobre as guerras da religião, era fácil entender por que as pessoas aceitaram o decreto do CR.

Sem o apoio da mídia e a transmissão das programações religiosas, a maioria das igrejas acabou fechando. Vovó e Pops iam de vez quando a uma das poucas restantes em Chicago. Uma vez, vovó me disse que eles poderiam fechar todas as Igrejas do universo, mas eles nunca fechariam o coração de uma pessoa para Deus. Eu também nunca pensei muito sobre Deus durante minha vida.

Dee trouxe-me de volta de meus pensamentos. — Estou feliz por mamãe estar entre as estrelas — disse ela. — Vovó disse que todos nós estaremos juntos no céu um dia.

— Tenho certeza de que estaremos, sim — mal as palavras haviam saído de minha boca e minha saudade por Ginnie me feriu como uma lâmina. Ela não estaria aqui quando eu recebesse meu título Criativo. Não seria a mão dela segurando a minha quando a agulha furasse o XVI no meu pulso. Nós nunca mais ficaríamos abraçadas juntinhas no sofá, depois que Dee dormisse, assistindo a filmes antigos, comendo pipoca e bebendo Sparkles. Ela nunca mais iria fazer as coisas melhorarem quando eu não conseguisse encontrar uma maneira para fazer.

E agora que eu precisava de respostas sobre meu pai, sobre o livro e de como deveria lidar com os meus dezesseis anos chegando... Podia sentir as lágrimas numa tormenta para sair. Precisava me concentrar em outra coisa. Meus olhos encontraram por acaso a farinha que havia espalhado por todo lado. — Veja essa bagunça! Você me ajuda a limpar?

— Claro — Dee puxou a mangueira do aspirador de pó e sugou o que havia caído no chão. — Você acha que vovó vai deixar a gente fazer o almoço?

— Vai lá perguntar. Eu termino.

— Ah, Nini! — gritou Dee do corredor. — Meu pai ligou hoje de manhã. Só para ter certeza de que eu estava bem.

Meus joelhos dobraram e tive que me segurar no balcão da cozinha para não cair. Sabia que ele acabaria ligando. Afinal de contas, ele era o pai de Dee. As palavras de Ginnie soavam em meu ouvido: "Não deixe Ed chegar perto de Dee." Fiz uma promessa. O alívio que eu havia sentido quando vovó me contou sobre ser a guardiã legal de Dee e de mim desapareceu. Eu não confiava nele. Nem um pouco.

Durante o almoço, questionei Dee sobre a ligação. — Então, Deeds, o que Ed disse? — tentei parecer desinteressada, mas quase engasguei com a colher de sopa enquanto esperava a resposta.

— Ed? — vovó trocou olhares com Pops, depois virou a atenção para Dee. — Quando você falou com Ed?

— Qual é o problema? Ele ligou de manhã para perguntar se eu estava bem — ela deu uma mordida em seu sanduíche.

— E? — tentar tirar informações dela podia ser mais difícil do que evitar as propagandas no centro da cidade se ela não estivesse com bom humor ou falante.

— Eu disse que estava bem — ela continuou mastigando.

— Ele disse mais alguma coisa?

— Não, ah, só que se desculpava por não ter ligado antes porque estava em algum lugar a trabalho.

Não acreditei naquilo nem por um segundo. Ele esteve no hospital naquela noite. Ele sabia provavelmente mais do que qualquer outro sobre o que havia acontecido.

— Pops? — disse Dee. — Vamos ao Parque Grant para o Festival Étnico como no ano passado?

— Sim, senhorita Deedles — sorriu largamente Pops. — Lembra no ano passado quando aqueles palhaços tentaram me levar para o trapézio?

— ele fingiu que ia cair para trás, abanando os braços. Dee deu risada e começaram a conversar, planejando o que iam querer ver no festival deste ano.

Enquanto me sentia bem ao ver Dee sorrindo, minhas suspeitas sobre Ed cresciam cada vez mais fortes. Se Ginnie havia resolvido a custódia, ela não precisaria ter me alertado contra ele. Mas ela o fez. Ela não achava que Dee estava segura. Não podia baixar minha guarda. Não havia a menor possibilidade de Ed levar Dee para longe de mim.

❁ ❁ ❁

Dee, Pops e vovó foram para o festival, mas decidi com antecedência ficar em casa com a desculpa de que precisava arrumar meu quarto. Na verdade, precisava de um tempo, sozinha, para estudar o livro de bebê. Era a primeira vez que me encontrava completamente sozinha desde a morte de Ginnie. Ao saber que Ed havia ligado para Dee, sentia ainda mais urgência de encontrar meu pai e poder falar com ele. Com certeza, ele me ajudaria a protegê-la. Mesmo que ela não fosse sua filha, ela era minha irmã e filha de Ginnie. Isso eu tinha que contar.

Meu AVP tocou. Era Mike.

— Ei, o que está fazendo? Quer ir ao centro?

— Na verdade, não. Estou ocupada guardando as coisas.

— Ok, mas a gente pode ir aí mais tarde?

— Melhor não — respondi. — Preciso mesmo acabar isso. E também não estou no clima para sair. Eu quero, tipo, ficar sozinha.

— Ah, ok. É claro. Vejo você depois então, Nina. Tchau — desligou.

Depois de resolvido isso, apanhei o livro da gaveta de minha cômoda (que não passava de uma caixa virada de cabeça para baixo). Peguei também um caderninho da sala e me joguei na cadeira de Pops. Ela tinha o cheiro dele: gengibre e pós-barba. Ele adorava bala de gengibre e dizia que tinha começado o hábito com um dos amigos de escola de meu pai. Fiz uma anotação para perguntar-lhe sobre isso. Precisava de toda informação que pudesse conseguir sobre ele agora. Acomodando-me na cadeira, abri o diário do bebê.

A primeira página era coberta de flores cor-de-rosa pastel, folhas verde-claras e um céu azul cheio de nuvens fofas. Havia gatinhos e cachorrinhos entre as flores. Tudo gritava "coisas de bebezinhos fofos". A página da frente estava preenchida com a letra caprichada de Ginnie.

Nome: Delisa Jane Oberon
Nascimento: 21 de abril de 2139
Mãe: Virginia Dale Oberon
Pai: ________________

Escrevi tudo no caderninho com uma anotação específica de que o nome de Ed não estava lá. Ele era casado com outra mulher. Além disso, não era a certidão de nascimento dela. Talvez, Ginnie não quisesse nenhuma lembrança de Ed no livro.

Havia rabiscos e flores feitos à mão por toda a lateral da página. Ginnie gostava sempre de desenhar coisas sem sentido como eu. Ela e eu até desenhávamos juntas algumas vezes. Ela os pendurava na central culinária de nosso apartamento, perto de meus desenhos das aulas de Arte. A campainha tocou. Meu coração quase pulou para fora do peito.

Correndo para o visor, inclinei-me. — Sim?

— Deixe-nos entrar — o rosto de Mike estava grudado na tela, com o nariz parecendo uma bolota gigante. — Estamos aqui para alegrar você.

"Droga. Por que nenhum de meus amigos nunca me ouve?" Queria mesmo ficar sozinha. Não podia ficar com raiva deles, pois tinham boas intenções. Apertei o botão de abrir. — Sobe aqui.

Correndo para meu quarto, escondi o livro e abri a porta assim que eles bateram. Mike e Derek tentaram um passar na frente do outro, como numa cena de comédia. Derek conseguiu primeiro.

— Olha quem a gente encontrou no caminho para cá — Mike puxou Sal de trás da porta.

— Oi! — disse ele, baixinho.

Mal o cumprimentei com a cabeça. Sal era a última pessoa que eu esperava ou queria ver. A pequena batida que senti no coração não podia ter sido causada pelo brilho nos olhos azuis dele quando meio que segurou um sorriso aberto.

Ele apontou para trás de mim. —Parece que você deixou uma coisa cair.

Olhando por cima de meu ombro, lá no chão estava o caderno com as minhas notas, aberto e com as páginas para cima.

XIII

Passou por minha cabeça mergulhar em cima do caderninho, mas pensei melhor. Não deveria fazer disso uma coisa importante. Antes que pudesse fazer algo, Sal atravessou a sala e o pegou.

Com dois passos, eu estava atrás dele. — Ei... — arranquei o caderno para longe.

— Desculpa — ele ergueu as sobrancelhas.

— Nossaaaa... — disse Derek. — O que tem aí, segredos do governo? Deixe-me ver...

— É particular — enfiei o caderno dentro de meu bolso de trás.

— Uau! — gritou Mike da cozinha. — Aqui é bem maior do que a outra casa deles. Onde está todo mundo? Ei, Pops, é o Mike! — ele voltou para a sala com uma maçã na mão.

— Eles estão no Parque Grant — falei. — E sim, Mike, pode se sentir em casa.

— Ok — ele deu uma mordida na maçã e abriu um sorriso enorme para mim.

Algumas coisas nunca mudam.

Ele e Derek ficaram zanzando na sala, enquanto Sal analisava o que tinha na estante.

Era impossível não perceber o quanto ele era gatinho. Virei para o outro lado de propósito. Não iria ficar toda *dezessexual* como Sandy, olhando provocativa para todo cara bonito que visse. Era só para ver o que ele estava fazendo que me virei de novo e olhei para ele sobre o ombro, memorizando seu perfil.

— Este é seu pai? — ele apontou para uma foto na prateleira. — Você se parece com ele — Sal pegou a foto e a segurou alto, olhando dela para mim. — Ei, Derek, você acha que Nina se parece com ele? O nome dele era Alan, certo?

— É, Alan Oberon.

Derek e Mike se juntaram a Sal, olhando a foto e depois para mim.

— Ela se parece sim, acho... — Mike deu de ombros.

— É, bastante — respondeu Derek. Ele, Mike e Sal observavam atentamente meu rosto.

— Vocês já acabaram de me examinar? — esfreguei o pescoço para disfarçar o rosto ruborizado que estava aparecendo sob o olhar de Sal. Ele colocou a foto de volta.

— Onde é seu quarto, Nini? — perguntou Mike. — Você ganhou um só para você?

As perguntas de Mike interromperam qualquer outra comparação entre mim e Alan, e eles pararam de encarar os meus olhos e nariz. Pensei comigo se Sal achava que eles eram normais ou, talvez, até bonitos? Levantei o olhar até ele e um sentimento quente envolveu meus ombros, e por menos que um nanossegundo...

Argh! Eu conseguia ser mais *dezessexual*? Virei-me e caminhei com passos firmes pelo corredor completamente irritada comigo mesma. Qual era a importância de ele pensar algo sobre mim? Recusei-me a ser como Sandy ou como praticamente qualquer outra garota de quase dezesseis anos. Não me enfeitava na frente do espelho ou ensaiava as dicas do *XVI Normas* para fazer os meninos prestarem atenção nas garotas. Não iria deixar um cara qualquer complicar minha vida. Ponto final!

Abri a porta de meu quarto e me encolhi de vergonha. Estava uma bagunça, sem espaço por causa das duas camas, das várias caixas e da minha cômoda falsa. Nunca me preocupei com que Mike ou Derek vissem as minhas coisas. Não era um problema de categoria. Mesmo Mike sendo da categoria um e Derek, bem, ele era da categoria cinco, e nós todos éramos amigos. As categorias não importavam para nós. Mas o que Sal iria pensar? Ele estava vestido como mendigo quando o conheci, mas depois, quando nós o vimos no zoológico, ele estava com roupas que definitivamente não eram de liquidação ou do Megaworld. Elas eram, no mínimo, tão boas quanto as de Derek, se não fossem até melhores. Percebi a ponta do livro do bebê à mostra debaixo de minhas roupas. Andando de lado, empurrei-o para escondê-lo com meu calcanhar.

— Dee está dormindo aqui, também, por enquanto. Ela ainda está muito chateada por causa de Ginnie e é difícil para ela conseguir dormir. Ela vai para o próprio quarto, no outro lado do corredor, um dia.

— Como você está? — o olhar de Sal era penetrante e a compaixão que vi nele era tão óbvia que senti um nó na garganta e não arrisquei dizer nenhuma palavra, pois me revelaria. Ele pegou uma foto de Ginnie que estava ao lado da cama de Dee. — Esta é sua mãe? Ela é linda.

Queria arrancar a foto dela das mãos dele e gritar para ele manter aquelas mãos longe dela. — Sim, é ela e estou bem — quis pegar o porta-retratos, mas acabei pegando a mão dele sem querer. Nossos olhares se encontraram e como se fôssemos duas crianças brincando de "não pode piscar", nenhum dos dois parecia que ia desviar primeiro. O que havia começado como um confronto, agora se transformou em um lugar que eu nunca antes havia estado. Queria desviar o olhar, mas algo dentro de mim não queria interromper o que estava acontecendo. Mike surgiu do nada.

— De mãos dadas? — ele sorriu para mim malicioso. — Olha os pombinhos apaixonados...

— Argh, não! — soltei a mão de Sal como se fosse um rato e peguei a foto.

Derek me olhou zangado. Apertei a foto contra o peito, desejando que a sabedoria de Ginnie sobre garotos fluísse dela e entrasse em mim. Nós nunca conversávamos sobre garotos. Sempre disse que ainda não estava preparada quando ela tentava abordar esse assunto. Abracei a foto mais forte.

— Quase me esqueci — Mike puxou um chocolate Wolf Bar do bolso. — Vocês querem um pouco? É do tipo 72% só de cacau.

— De onde você arranjou créditos para comprar isso? — perguntou Derek.

— Minha mãe pegou escondido para mim depois que meu pai recebeu o pagamento de uma dessas experiências que ele faz.

"Claro", pensei. "O pai dele nunca seria tão legal para ele. Ele costumava bater em Mike sempre, mas um dia parou, porque Mike ficou maior do que ele."

Dividimos o chocolate e, por alguns minutos, o único som no quarto era o "nham-nham".

— Vamos ao Jackson dar uma olhada nos lançamentos — disse Derek.

— Eu vou lá com vocês — fui empurrando eles para fora do quarto. O livro de bebê ia ter que esperar. — Mamãe — sussurrei para a foto —, sinto tanto sua falta — beijei seu rosto sorridente e coloquei a foto de volta no lugar, engolindo as lágrimas que doíam querendo sair. Finalmente, encontrei um lugar dentro de mim, aquele vazio de emoções e, assim, estava pronta para me juntar a meus amigos.

❖ ❖ ❖

Depois que cruzamos o rio, Derek e Mike mergulharam nas propagandas. Eu também deveria, pois, se não fosse isso, teria que conversar com Sal.

— Mike me contou que seu pai morreu há muito tempo — disse ele. — Você não chegou a conhecê-lo?

— Não — eu esperava que as respostas monossilábicas encerrariam qualquer conversa. Porém, não tinha precisado os limites da sua persistência ou da necessidade ridícula que eu sentia em ouvir sua voz.

— Sua avó e Pops são pais dele ou de sua mãe?

— Dele.

— Mike me contou sobre a perna de Pops. O que aconteceu com ele?

Essa pergunta precisava de pelo menos umas duas frases para responder. Eu seria breve. — Ele era engenheiro e trabalhava no elevador da estação de lançamento espacial Beyond Atmosphere, em Cape. Durante um teste, houve uma explosão e dois caras morreram. Pops perdeu a perna. Um de seus amigos perdeu as duas pernas e um olho.

— Que horrível — senti Sal estremecer. Não havia percebido que estávamos tão perto um do outro. Sempre tenho a mania de me inclinar em quem quer que esteja caminhando comigo. Ginnie também tinha. Afastei-me para a direita, deixando bastante espaço entre nós. Se Sal percebeu, eu não saberia dizer.

— E as próteses biônicas? Elas são bem legais, não são?

— Pops teve sorte de receber o que deram. O governo não ia fazer nada por ele ou pelo outro cara. Houve bastante ódio disseminado nos *blogs* e a mídia se aproveitou para transformar a notícia em um grande evento. Isso aumentou a pressão. Pelo que sei, essa foi a única vez que a mídia fez algo útil na vida — parecia Ginnie falando, isso era exatamente o tipo de coisa que ela teria falado.

— Eles não fariam nada se fosse agora — disse Sal. — Em vez disso, teriam fechado os *blogs* e, provavelmente, prendido os blogueiros também — ele me deu uma olhada de lado, quase como se quisesse ter certeza de que eu entendia o perigo e a gravidade de seu comentário.

Eu entendia. A primeira coisa que passou por minha cabeça foi a vigilância, causando em mim um reflexo automático de olhar para o céu.

— Não se preocupe — disse ele. — Há muitas propagandas para que eles possam entender do que estamos falando.

Mesmo com o sol brilhando, senti um arrepio percorrendo o braço. Envolvendo minha blusa para mais perto de mim, permaneci em silêncio, desejando não ser puxada para nenhuma discussão sobre o governo. Certamente, não com um cara que se vestia como se fosse um mendigo, aparecendo em lugares nos quais não deveria estar, como meu apartamento, com pessoas que ele não deveria andar, como, no caso, meus amigos.

Ainda assim, parte de mim estava curiosa sobre esse Sal Davis e as coisas que ele devia ter para contar. Coisas que me lembravam de Ginnie e estavam perigosamente próximas a AntiCons e conversas sobre a Resistência. Eu devia tê-lo deixado ali e me aproximado de Mike e

Derek, mas queria ouvir o que ele tinha a dizer, mesmo que isso me aterrorizasse.

— Sei tudo sobre o governo e a mídia e o que eles fazem — a amargura na voz de Sal me surpreendeu. — Meu pai era jornalista na *Global Times*. O CR insistiu que ele se infiltrasse como repórter em um movimento suspeito da Resistência nas Ilhas Ocidentais. Minha mãe foi com ele porque nunca havia estado nas Grandes Ilhas Unidas. O barco que os levou da ilha principal para as Ilhas Ocidentais naufragou no mar violento. Seus corpos nunca foram encontrados, então o governo se recusou a pagar os benefícios de sobrevivência até que os oito anos obrigatórios de espera acabassem. É claro, quando esse tempo chegar, serei velho demais para receber os benefícios — ele deixou escapar uma risada sombria. — O *Times* deu para mim e John uma pequena pensão para fazer com que eles parecessem bons — Sal enfiou as mãos no bolso. — Quase me faz querer fazer algo sobre isso...

Por trás de seu olhar duro, vislumbrei uma tristeza enorme. Pelo menos a Máquina do Infinito me deu a chance de me despedir de Ginnie. Instintivamente, coloquei a mão em seu braço. — Sinto muito!

Ele parou de andar, olhou primeiro para minha mão e, depois, para mim. Talvez, como eu, ele não lidasse bem com compaixão. Retirei minha mão e arrisquei um sorriso pequeno. Quando ele sorriu de volta, uma torrente de calor como um chocolate quente no frio correu através de mim. Não estava acostumada com isso. Precisava de algo familiar e rápido. Onde estavam Derek e Mike? Achei os dois na loja de eletrônicos no final da rua ouvindo um tocador de CD antigo e apressei-me em direção a eles com Sal seguindo atrás de mim.

— Ei, pessoal, ouçam isso — disse Mike. — É ótimo!

Reconheci a música. — Ei, eu conheço essa. Você toca essa música, não é, Derek?

— Toco, é Van Morrison. É irado — ele se virou para Sal. — Meu irmão mais velho, Riley, tem um monte dessas músicas. Ele estuda Músicas Antigas na Universidade e está se especializando na metade do século 20. Vou fazer a mesma coisa quando me formar. Também me inscrevi para uma bolsa de estudos. Eles aceitam da categoria quatro para cima, então vou entrar de qualquer jeito.

— Espertalhão — Mike sorriu com malícia para Derek. — Você sabe que vai conseguir essa bolsa de qualquer jeito. Ei, alguém está com fome? — perguntou Mike. — Esses créditos que minha mãe me deu estão morrendo de vontade de se transformar em comida.

— Você está brincando? Mesmo que eu tivesse me empanturrado no Dia do Banquete da União, teria dito sim — respondeu Derek. — Não consigo me lembrar da última vez que você pagou.

— Lanchonete TJ's? — sugeri. Senti-me bem, até normal, por estar com meus amigos.

Sal olhou para a placa que marcava o tempo e a temperatura mais próxima e, depois, olhou diretamente para mim. Havia algo nele que fazia meus joelhos virarem gelatina. — Parece ótimo, mas não posso. Umas *vans* ferradas chegaram tarde ontem, então tenho que trabalhar hoje. Vejo vocês na escola.

Fiquei olhando seu reflexo na vitrine da loja enquanto ele atravessava a rua. Ele se movimentava sem esforço, como se fosse um gato. Ele olhava para o início da rua e o cabelo cobria seu rosto, mas quando ele virou o rosto para o outro lado, vi seu maxilar tenso e a expressão de preocupação. Senti-me mal por nossa conversa ter abordado a morte de seus pais, mas queria que ele fosse embora, não queria? Um desejo enorme de segui-lo e dizer alguma coisa, qualquer coisa, para ajudar aumentava repentinamente dentro de mim. Cruzei os braços, apertando os ombros e segurando esse sentimento dentro de mim.

Não haviam passado cinco minutos desde que Sal partira quando isso aconteceu. Dessa vez, não houve silêncio e nenhum acidente de carro. Apenas o anúncio:

— Na tentativa de manter o sistema de categorias funcionando, o CR instituiu o CeFFem e o teste de drogas em humanos. O que eles não contam para vocês é o que realmente acontece com aqueles da categoria um que se submetem aos testes e aonde vão parar as garotas que são recrutadas no CeFFem...

Tão abrupto como começou, o anúncio parou. As pessoas que instintivamente se agruparam quando a transmissão começou, foram se afastando umas das outras e continuando seu caminho. O ar parecia que ia quebrar de tanta tensão. Muitas pessoas olhavam furtivamente por cima do ombro e ninguém olhava no olho de ninguém, como se temessem que seus próprios pensamentos fossem revelados.

— AntiCons. Uau! E aquela voz era a do Eliminador! — a admiração cobria as palavras de Derek como se fosse cobertura de chocolate. — Acho que...

— Derek, agora não — apertei seu braço, sinalizando para cima. Era óbvio que os policiais de vigilância com escutas estariam monitorando o centro seguindo aquela transmissão. Definitivamente, não era uma boa hora para Derek dar voz a nenhuma posição pró-Resistência da qual eu nunca tinha tido consciência que ele tivesse. Tínhamos sorte de que o CR não tinha aperfeiçoado a vigilância de pensamento. Apesar de que havia rumores sobre o C.H.F.E.S. estar testando protótipos em Nova York e em Los Angeles.

Já tinha ouvido falar no Eliminador, mas nunca havia ouvido uma de suas transmissões. Não sabia muito sobre ele, apenas o que ouvia das notícias da mídia. Ele era o líder principal AntiCons da Resistência e Ginnie o considerava um herói, apesar de nunca poder dizer isso em voz alta.

— Será que Sal ouviu isso? — perguntou Derek.

Pensei na saída repentina dele. Espontaneamente, meu cérebro traçou uma linha até o mendigo que sumiu furtivamente no beco em meio à interrupção das propagandas no dia em que Ginnie foi assassinada. Afastei esse pensamento. Era uma coincidência, só isso.

❋ ❋ ❋

No TJ's, sabia que a cabeça de todo mundo estava na transmissão AntiCon, mas ninguém ousava falar sobre isso. Pedimos comida e os meninos conversaram sobre propagandas e furgões. Simplesmente os ignorei.

Aparentemente, havia muito pouco com que se preocupar nesse mundo, pelo menos de acordo com o CR. Não havia fome nem desemprego, um teto sobre a cabeça de todos... Pelo menos para quem quisesse um. Então, por que minha vida inteira vivi com um alerta alto e constante de ansiedade?

Por quatro anos, tentei ignorar a violência contra Ginnie, mantendo-me fora do caminho de Ed e me aterrorizando com a ideia de fazer dezesseis e de tudo o que estava vinculado a isso. Sabia que nunca tiraria as imagens dos vídeos pornôs de Ed da cabeça. Agora, tinha que manter Dee em segurança, encontrar meu pai e fazer isso sem minha mãe. Tudo isso era demais para mim.

Talvez, fosse muito sensível para essa situação. A maioria das garotas de minha idade se preocupava com assuntos sem importância, como o que vestir, sair com o cara da categoria certa, usar a gíria certa, e com garotos. Elas não achavam que fazer dezesseis anos fosse algo com que se preocupar... Não da maneira que eu achava. É claro que todas tinham medo da tatuagem, embora a maioria das meninas que conhecesse não admitisse isso. Elas diziam que tinham medo da agulha ou de que iria doer. Mas nunca diziam que não se sentiam preparadas para o sexo ou que as assustava ser tão vulneráveis aos avanços dos garotos. Talvez elas não tivessem medo, mas isso me aterrorizava.

Depois, ainda, havia toda a história da inscrição no CeFFem e a escolha. Pelo menos, ao saber que Ginnie comprou meu contrato, eu poderia riscar essa preocupação de minha lista. Ainda assim, Sandy estava me estressando no limite do universo ao querer ser escolhida. Sua melhor chance de sair das categorias baixas era o CeFFem. Eu tinha artes e o meu título Criativo, mas Sandy não era inteligente o suficiente para conseguir a bolsa de estudos e com certeza não estava interessada em nada criativo. Existia a possibilidade de ela conhecer um cara de uma categoria mais alta, pois toda garota de categoria baixa sonhava com isso, o que não significava que aconteceria um dia. Talvez eu devesse ser uma amiga melhor e ligar para Ed, mas como poderia trazê-lo para nossas vidas se tudo o que queria era mantê-lo longe de Dee? Quem sabe o que ele iria querer em troca desse favor? Senti um calafrio.

Já havia me conformado em permanecer numa categoria baixa ou, talvez, ganhar uma bolsa de estudos. Minhas notas eram boas e, com o título Criativo, teria chance de entrar no Instituto de Arte. Criativos que vinham de categorias baixas normalmente eram sérios em sua arte, fosse ela música, pintura, cênica ou literatura, e o CR os deixava em paz, a menos que seus trabalhos ultrapassassem alguma linha arbitrária e se tornassem ultrapolíticos. Esses Criativos simplesmente desapareciam. Ninguém jamais falou sobre o que acontecera a eles. Eu não tinha planos de ser crítica com a política nunca.

Eu estava me deixando levar pela depressão ao pensar demais, quando Derek me tirou dessa. — Você sabe, Sal é legal. Ele gosta de música e seu irmão tem todos aqueles furgões sensacionais. Como foi que você o conheceu, afinal?

— Na verdade... — eu deveria contar a eles como? Até agora, só Sandy sabia sobre o incidente no parque. O que poderia acontecer? Eles eram meus amigos também. Com todo aquele barulho no TJ's, não estava tão preocupada com os policiais de vigilância com escutas captarem a conversa de uma garota falando com um garoto.

— Alguns atletas no Parque Lincoln estavam batendo nele. Eu, é, mandei-os pararem.

— Atletas? — Derek fez uma careta, balançando a cabeça e os ombros.

— Cala a boca, cara — Mike falou entre os dentes e apontou com a cabeça na direção de uma mesa cheia de caras vestindo jaquetas da Universidade de Chicago.

Derek encolheu os ombros. — Ah, então foi assim que Sal ganhou aqueles cortes e hematomas.

— É — respondi. — Eles fizeram mesmo um monte deles. De qualquer forma, meio que o ajudei. Fiz questão de ver se ele estava bem. Vocês sabem... — os dois concordaram com a cabeça. — Ele estava vestido de mendigo e ainda não entendi o motivo. Por que isso?

— Garotas, tsc, tsc... — respondeu Mike, balançando a cabeça. — Putz! O cara está lá deitado quase morto e você se preocupando com o que ele estava vestindo?

— Pode ser que ele estivesse envolvido em coisas que não quer que ninguém saiba. Peças do mercado negro? É um negócio grande lá com *vans* e furgões envenenados. Talvez seja por isso que ele não nos tenha levado para a loja do irmão ainda — os olhos de Derek se estreitaram com malícia. — Ou, talvez, ele estivesse brincando por aí... como quando você muda a cor do cabelo ou veste roupas diferentes.

— Eu não mudo a cor do cabelo — retruquei — e visto as mesmas roupas o tempo todo.

— Eu sei — ele apertou o nariz e fez um careta. — Pobrezinha de você!

— Ah, e você é o que, categoria cinco, Derek? — dei um empurrão nele. Ele estava sentado na ponta do banco e escorregou caindo sentado no chão.

Mike gritou "Uuuu!" e eu soltei uma gargalhada. A garçonete deu uma bronca.

Derek se levantou sorrindo, sacodiu o pó do traseiro da calça *jeans* e se sentou de novo. — Não conhece sua própria força, não é? Pelo que Sal já demonstrou ser, por que não perguntar simplesmente para ele?

— É. Vou fazer isso. Mas acho que vou deixar de fora a parte que vocês acham que ele e o irmão são gângsteres poderosos — não me dei ao trabalho de dizer a Derek que já havia perguntado isso a Sal e deixei de dizer que sua resposta foi no mínimo enigmática. — Queria que Sandy estivesse aqui. Sinto saudade dela. Mal posso esperar voltar para a escola de novo e ver todo mundo.

— E a gente "entiu audade" de você também — resmungou Mike com a boca cheia de batata frita.

— Ah-hum — Derek me olhou com os mesmos olhos sonhadores. Apertei o pingente de cavalo que estava em minha correntinha.

Mais uma vez, a memória do que Ginnie e eu íamos conversar veio à tona. Acabei descobrindo como lidar com Derek. Mas não tinha a menor ideia de como iria lidar com a falta de Ginnie.

XIV

Na manhã de segunda-feira, Dee e eu descemos da *van* 33 na esquina da Dickens com a Clark e entramos no nosso antigo bairro. Duvidei de que ela se lembrasse da mesma maneira que eu, já que ela havia acabado de completar seis anos quando nos mudamos.

Passamos pelos prédios antigos com fachadas de tijolo marrom e pequenas lojas da moda. Mike e Derek estavam esperando por nós na esquina seguinte. Nós quatro passamos pelo meio das folhas espalhadas no chão rumo à escola de Dee. Na metade do quarteirão, encontramos a amiga dela, Maddie. Elas ficaram tão animadas ao se verem que tive que repetir para ela me esperar no ponto do coletivo depois da escola. Ao ver seu aparelho AVP preso na mochila, lembrei-me de Ed. Agarrei o braço dela. — Dee, tome cuidado e não vá a lugar algum com outra pessoa. Promete?

— Putz! Que tipo de boboca você acha que sou? Até mais! — ela sacudiu o braço para longe e correu com Maddie sendo engolida instantaneamente pela multidão de alunos que corria para dentro da escola.

Vários quarteirões depois, estava parada na frente do Colégio Daley, com meus nervos gritando. Mesmo que tenham passado quatro anos desde que as vi, acabei reconhecendo algumas garotas. Elas se lembraram de mim, também disseram "oi" e me acalmei um pouco.

— Nina, encontre a gente na hora do almoço — disse Mike. — Vamos ao Mickey.

Lá dentro, seguimos em direções separadas. Olhei em meu aparelho o horário das aulas, pois tinha baixado na noite anterior. Minhas primeiras aulas foram previsíveis e chatas, então fui para a sala de orientação. Mal o professor apontou uma carteira vazia para mim, uma menininha asiática, de cabelos pretos e lisos que iam até as costas, começou a dançar na sala, cantando a música "Voo Só de Ida para Vênus" a plenos pulmões.

— Wei Jenkins — exigiu o professor —, sente-se e fique quieta.

Ela o saudou. — Sim, senhor, Prof. Haldewick — caminhando para a carteira à minha frente, ela sorriu para mim e se sentou ruidosamente.

O Prof. Haldewick revirou os olhos e suspirou. Ele se sentou também e ficou folheando alguns trabalhos.

— Vejo que temos uma aluna nova — olhando por cima dos óculos antigos que apertavam seu nariz na ponta (eles deviam ser de mentira, pois ninguém mais usava óculos, a menos que fossem da categoria um e não pudessem pagar pela cirurgia corretiva), ele apontou para mim. — Você aí — e fez um sinal em minha direção. — Venha até aqui e se apresente.

Eu havia temido isso. Nenhum dos outros professores por que passei até agora se incomodaram com essa parte. Todos ficaram olhando enquanto eu seguia pelo corredor. Reconheci três alunos, mas isso não servia de consolo. Sentia minha boca como se tivesse passado um ano no deserto marciano e tenho certeza de que meus lábios estavam presos a meus dentes.

Olhei pela sala e arrisquei um tchauzinho. — Sou Nina Oberon — bom, pelo menos meus lábios estavam se movendo. Com muito esforço, continuei com dificuldade: — Eu frequentava o Colégio Granito. Acabei de me mudar de volta para Chicago.

De alguma forma, apesar das pernas de gelatina, consegui retornar para minha carteira e me sentar sem desmoronar em uma pequena pilha das partes de meu corpo. Fiquei pensando se seria capaz de engolir novamente.

— Oberon? — Wei se inclinou. — Você é...

— Senhorita Jenkins! — a intervenção do professor despertou a atenção de nós duas. — A palavra é silêncio. Mais uma olhada vinda de você e vai direto para a sala da Sra. Marchant.

Ela fez um sinal positivo com a mão. Ele não parecia ter gostado.

Durante a aula de Socialização na Colônia de Marte no século 22 (com tanta sorte, tive Organização Social e Saúde na sala de orientação), percebi que Wei tinha uma tatuagem no pulso, bem no lugar onde o XVI deveria estar. Ela provavelmente tinha quinze anos, achei. Era ilegal cobrir o XVI, então ela tinha que ser lavável. Do contrário, ela seria... bem, não tenho certeza do que aconteceria com ela. Nunca ouvi falar de ninguém que brincasse com seu XVI. Não desde os incidentes que fizeram os *blogs* subversivos... Uma garota tentou queimar a própria tatuagem e mais de uma garota sangrou até morrer depois de tentar fatiar essa parte da pele com uma lâmina. A mídia descreveu esses incidentes como se fossem suicídios... Talvez eles fossem.

Wei me viu olhando sua tatuagem fixamente e deu um tapinha no próprio pulso com a caneta de desenho. Depois, pude ver o XVI, bem no meio, completamente intocado pela tatuagem complexa que o cercava. Ela piscou para mim.

Eu queria falar com ela. Tinha alguma coisa nela, a maneira com que se portava, sua atitude. Eu tinha que saber sobre esse XVI. Talvez ela já tivesse o Criativo. Já tinha ouvido falar das que pintavam em volta de suas tatuagens, algumas alunas das categorias mais altas de minha turma falavam de lugares em que você poderia fazer isso, mas nunca havia visto ninguém que tivesse feito realmente. Talvez, depois que conseguisse meu título Criativo... Não, eu nunca teria como pagar por uma tatuagem. Isso era apenas para categorias superiores.

O sinal tocou e todos nós saímos da sala. Vi Sal correr até Wei quando fui tomar água no bebedouro, mas nenhum dos dois me viu. Observei enquanto eles saíam juntos pelo corredor. Disse para mim mesma que aquele sentimento vazio em meu estômago era fome.

Mike, Derek e eu almoçamos no Mickey, uma lanchonete pequena próxima da escola, que estava lotada de alunos de todas as categorias. Os únicos adultos à vista eram Mickey e sua esposa. Ele recebia os créditos de alimentos e todo mundo praticamente se entupia de hambúrgueres de feijão de soja e tofu frito em vez da gororoba de proteína vegetal transgênica cozida que a escola oferecia como almoço.

Sentamos apertados em uma mesa perto da janela assim que seus ocupantes saíram.

— Então, essa garota de minha sala de orientação, a Wei...

— Ela está em sua sala de orientação? — perguntou Derek.

— Você está prestes a viver um ano agitado — acrescentou Mike.

— A tatuagem dela — falei. — Como ela conseguiu se safar disso?

— As flores do cardo não tocam o XVI — respondeu Derek.

— Flor do cardo?

— É, tem a ver com símbolos arcaicos, foi o que eu ouvi. Ela fez na primavera passada. Alguns pais fizeram bastante barulho por causa disso, então os inspetores do governo apareceram. Uma vez que não interferisse na leitura de pulso, elas poderiam fazer o que quisessem. Além disso, ela tem o título Criativo e pode fazer quase tudo o que quer. Eu acho legal!

Mike engoliu o restante da comida. — Ela é da categoria mais alta, a dez, acho — ele esticou a mão pela mesa. — Posso comer o restante de seu hambúrguer?

— Claro — tentando parecer indiferente, perguntei: — Ela é namorada de Sal?

— Não sei — Mike deu de ombros e mastigou o restante do hambúrguer.

— Ele apareceu no final da aula e eles saíram juntos.

Derek estreitou os olhos bem suavemente. — E daí se eles forem?

Ele estava esperando alguma reação de minha parte. — Nada de mais, só estava pensando.

Naquele momento, Sal e Wei passaram pela janela. Ela me viu e sorriu. Ela tinha um sorriso muito sincero e eu não consegui evitar, sorri de volta. Ela disse alguma coisa para Sal enquanto passavam. Ele olhou por cima do ombro para mim e, então, voltou-se para Wei. Enquanto eles caminhavam para longe, percebi que não estavam de mãos dadas, não que eu me importasse se eles estivessem.

XV

Não aconteceu nada no restante da tarde na escola. Vi mais algumas pessoas das quais me lembrava da época em que estudara aqui, mas não vi mais Wei ou Sal. A onda de alívio que senti quando vi Dee me esperando na esquina me surpreendeu. Não havia percebido o quanto estava preocupada por causa de Ed até então. Ela estava tão animada com o primeiro dia na escola que falou durante todo o caminho para casa e não consegui dizer uma palavra.

Depois do jantar, Dee estava arrumando seus *chips* de textos na mesa quando Pops perguntou: — Quer ajuda com isso?

— Claro — Dee puxou sua cadeira para mais perto da dele e tirou o aparelho audiovídeo da mochila.

— Que tipo de lição de casa você tem? — perguntei.

— História Local e... — ela coçou o nariz — Matemática.

— Pops é ótimo em Matemática. Por isso que ele é engenheiro — dei um beijo na bochecha dele.

— Jeito moderno de fazer isso nessa telinha pequena — ele tirou os óculos do bolso. — Será que consigo chegar mais perto? — ele encostou o nariz na tela AV e Dee riu.

Ouvir sua risada fazia meu coração cantar. Acabei de limpar a mesa de jantar e fui para meu quarto tentar conseguir um tempinho para examinar o livro de bebê de Dee quando percebi que vovó estava sentada no sofá. Ela estava esfregando os olhos.

— Você está bem?

— Vem aqui, querida — ela deu um tapinha na almofada ao seu lado. — Encontrei esse álbum de fotos velho enquanto desempacotava.

Reconheci a capa vermelha gasta. — Costumava vê-lo quando era criança — aconcheguei-me ao seu lado no sofá. — Este é meu pai — apontei para a foto do menino vestindo uma fantasia preta e vermelha com a letra "E" grande, bem no meio, e uma capa flutuando atrás dele. — Quantos anos ele tinha?

— Ele tinha nove. É a fantasia dele no Dia da Imaginação. Ele queria destruir o mal — os olhos de vovó ficaram sombrios. — Eu já deveria saber...

— Ele sempre foi o bonzinho, não é?

— Sim — vovó virou a página. — Aqui ele está no colégio, com sua idade de agora, talvez um pouco mais velho.

Nessa foto era possível ver mais ainda o quanto éramos parecidos. Cabelos castanhos, repartidos no mesmo lugar, olhos grandes e nariz fino. — O que ele está segurando? — apontei para uma medalha em sua mão.

— Ele havia acabado de ganhar um debate sobre influência da mídia e o desgaste do livre-arbítrio. Ele era pró-cidadão e seu rival sem sorte era pró-mídia.

Eu podia ouvir a voz de Ginnie dentro de minha cabeça: "Nunca acredite no que vem de fontes do governo. Descubra a verdade por si mesma. Não seja uma presa da mídia, prometa-me". Eu sempre prometia, mas ela também me ensinou a não questionar os fatos em voz alta, em público... Você nunca sabe o que pode acontecer.

Vovó me trouxe de volta de meus pensamentos. — Está vendo Ginnie? — apontava para a foto. — Ela e Alan eram perfeitos um para o outro.

Os dois, lado a lado. O braço de meu pai estava em volta da cintura dela. Eles estavam olhando um para o outro em vez de olharem para câmara.

Na página seguinte, havia ele e outro cara na frente de um prédio, embaixo de um toldo enorme. Já tinha visto esse álbum inúmeras vezes, mas ainda não conhecia a metade das pessoas que estavam lá. — Vovó, quem é este?

— É Jonathan. Ele era o melhor amigo de Alan. A última vez que o vi foi no velório de seu pai, quinze anos atrás. Ele e a esposa, Jasmine... Não, não era esse... — ela olhou para o teto como se o nome estivesse se escondendo lá. — Ah, é — sorriu ela — Jade. Ela é a responsável por ter deixado seu avô viciado em bala de gengibre — ela deu risada. — Eles estavam lá com o bebê deles, só um pouquinho mais velho que você... Muito, muito fofo. Cabelo escuro e olhos castanhos grandes. Não lembro se era menino ou menina. Você sabe, nunca mais os vi de novo. Acredito que tenham acabado se mudando para outro continente. Pelo menos foi isso o que Ginnie disse.

Curioso, Ginnie nunca falou sobre eles para mim. — Eles mantiveram contato com ela?

— Acho que sim. Pelo menos, até que ela começasse a sair com Ed — vovó fez uma careta. — Depois disso, não sei mais. Acho que ela perdeu a maioria dos amigos que ela e Alan fizeram na época da escola. Se não fosse por você e depois por Dee, duvido que nós ainda a veríamos.

— Vocês tratam Dee como se ela fosse neta de verdade — falei. — Mesmo ela sendo filha de Ed.

— É claro que sim — respondeu vovó. — Ela não o escolheu como pai, mas com certeza nós a escolhemos para tê-la em nossas vidas. Jamais trataríamos vocês duas de forma diferente. Vocês são nossas netas, seja por sangue ou não.

Aconcheguei-me ainda mais nela. — Amo você!

— Também a amo, querida — ela colocou a mão em cima do álbum. — Você quer continuar olhando? Não estou chateando você com essas fotos velhas, estou?

— Não, vovó, elas são maravilhosas — talvez houvesse mais no livro, alguma coisa que pudesse me indicar um lugar para procurar meu pai. Olhei de volta para a foto. Acho que Jonathan, Jade e o bebê deles partiram há muito tempo.

Olhei para a foto mais de perto e percebi outra coisa no fundo. Peguei o álbum da vovó e olhei mais perto. Havia uma placa no prédio atrás deles. — A senhora sabe onde eles estão? Aqui diz "Roost".

Vovó ajeitou os óculos, estreitou os olhos na direção da foto. — Ah, é o Robin's Roost. Eles todos praticamente viviam lá. Que hotel maravilhoso! Foi o lugar onde Alan e Ginnie tiveram a festa de casamento deles — seus olhos ficaram distantes como das pessoas velhas que estão voltando ao passado em suas memórias.

— Robin's Roost. Onde fica?

— Ficava na Wells com a Lincoln, mas está abandonado agora. O governo se apoderou dele depois que vários ataques militares confirmaram que o lugar era usado como abrigo das atividades AntiCons.

— AntiCons. Ginnie era sincera quando falava sobre o governo — disse eu. — Mas ela não se envolveria com os AntiCons, não é? Ela jamais colocaria Dee e eu nesse tipo de perigo — não tinha certeza do que meu pai era capaz de fazer.

— Ah, não, nunca. Alan também não se envolveu com atividades subversivas. Ele era franco e falava publicamente sobre seu ponto de vista, o que acabava trazendo problemas para ele. Mas nada subversivo.

— Fico imaginando se o Robin's Roost ainda está lá — fiquei curiosa sobre esse lugar onde Ginnie e meu pai tinham passado tanto tempo juntos. Conhecendo Ginnie, devia ser um lugar muito especial.

— Ah, ainda está lá. Primeiro, fizeram o C.H.F.E.S. Mas o lugar era muito público para eles — fungou ela. — As pessoas queriam descobrir o que eles realmente faziam lá. Muitos grupos tentaram transformá-lo em uma casa para mendigos, mas o Conselho Regente recusou. Eles o cercaram de tábuas e lá está, vazio e inutilizado.

— Sério? Mas eles sempre falam sobre não desperdiçar espaços e como cuidam dos mendigos. Talvez, por ser velho, o prédio não seja seguro.

— Humpf! Segura aqui — ela me entregou o álbum e deixou a sala. Quando retornou, estava carregando uma máquina pequena e preta, quase do tamanho de uma caixa de lenços que ela conectou na tomada e apertou o botão de ligar. Nunca tinha visto uma coisa como aquela. E também nunca tinha visto vovó mexer em eletrônicos. Ela quase não ficava *on-line* em seu AVP.

Ela se sentou ao meu lado. — Esta é minha rede segura — ela deu um tapinha nela com o dedo. — O motivo por que o CR não aprovou aquele prédio como abrigo para mendigos não era a infestação de ratos em um bairro ruim — seus olhos brilhavam e fiquei chocada com a veemência em sua voz. — O que o governo aprova é casa abaixo do padrão em bairros violentos, comida com o mínimo de nutrição e empregos sem dignidade que mal pagam o suficiente para cobrir o custo de qualquer coisa. É uma droga total!

— Vovó — não podia acreditar que ela estivesse dizendo aquilo. E se tivesse satélites de vigilância virados para nós? Ela estava parecendo Ginnie explodindo com discursos sobre o governo. — Pensa... — olhei para cima, esperando que ela tivesse entendido minha preocupação.

— Não se preocupe. Esta caixinha está cuidando de qualquer vigilância de escutas. Nina, querida, você não pode acreditar em tudo, bem talvez não tudo, que o governo diz. Por diversas gerações, o CR vem fazendo lavagem cerebral com o barulho das mensagens da mídia. Veja sua amiga Sandy... Veja o que a propaganda política sobre os dezesseis fez com ela. Dois anos atrás, ela era doce e inocente como uma menina normal. Agora, está prestes a se tornar uma adolescente erotizada selvagem: *dezessexual*. O CR quer manter as pessoas em seu lugar, usar os implantes de GPS, o XVI...

— Mas o CeFFem... Não é bom? Sandy quer entrar para poder subir na categoria — minhas próprias palavras pareciam fracas.

— Esse é o tipo de desinformação que eles ensinam na escola, não é? — ela bufou. — Não é verdade. O governo não faz nada pelas pessoas, só toma conta de si mesmo. Nosso sistema inteiro é designado para manter o CR em controle. Eles controlam a mídia e a mídia controla a gente. Isso vem acontecendo há tanto tempo que ninguém mais percebe — vovó fechou o álbum de fotos e desligou a máquina. — Alan percebeu — ela colocou as mãos em meu rosto. — Você se parece tanto com ele — o AVP dela tocou e nós duas pulamos. — É Harriet. Volto em um minuto — ela olhou por cima do ombro para mim enquanto ia para a porta. — Falamos mais depois.

Nunca havia percebido o quanto vovó se parecia com Ginnie. Peguei o álbum e o folheei, parando na foto de meu pai com Jonathan. Eu conhecia a esquina da Lincoln com a Wells, mas por mais que tentasse me lembrar, não conseguia visualizar o prédio. Tomei uma decisão: no dia seguinte iria encontrar o Robin's Roost. Se ele tinha tanto significado para meus pais, talvez tivesse algum tipo de sentimento que eu pudesse captar. Talvez uma intuição, uma dica ou um empurrãozinho em direção de meu pai. Sei que estava parecendo meio maluca, mas sem pistas concretas não tinha escolha, além de explorar qualquer informaçãozinha que pudesse encontrar sobre ele.

Pops veio mancando com a muleta. — O que isto está fazendo aqui? — ele deu um tapinha na máquina.

— Vovó pegou. Ela disse que era sua rede segura.

Ele jogou a cabeça para trás e deu risada. — Este é meu velho criptógrafo.

— Seu o quê?

— Criptógrafo. Ele embaralha as frequências deles — ele levantou a muleta para o ar e fez um círculo com ela. Depois, inclinou-se e sussurrou: — Eu o peguei no trabalho e nunca mais o devolvi — ele dava tapinha na máquina como se fosse um cachorro. — Me fez muito bem durante os anos. Vocês duas pretendiam fazer uma decolagem pela galáxia? — ele ria sozinho. Depois, seus olhos começaram a ter o mesmo brilho distante que vi tantas vezes antes.

— Vovó foi na Harriet — falei. — Devemos deixar isso aqui?

— Hã? O quê? — Pops voltou ao presente. Ele desligou e disse: — É melhor você guardá-lo no buraco do esconderijo, pequenininha. Ele fica no armário acima do aquecedor, atrás da saída. Você vai encontrá-lo.

Depois de ter escondido o criptógrafo, fui para meu quarto. Dee estava acabando a lição de casa, então fui para o quarto dela para ligar para Sandy. Sentada no chão, cercada de caixas da mudança, despejei nela minhas novidades tristes da escola, deixando de lado qualquer menção a Sal. Ela ainda estava sensível com aquele dia no zoológico. E eu, com certeza, não mencionei o Robin's Roost. Mesmo amando Sandy, esse não era o tipo de assunto que eu podia falar com ela.

Mais tarde, enquanto estava deitada na cama, fiquei ponderando o que vovó havia dito. Meus pensamentos giravam como uma lâmina. Mendigos. Achei que o governo fazia a coisa certa por eles: um lugar para viver, comida e empregos, se eles os quisessem. Entretanto, não me toquei do preço a pagar. Suas vidas não pertenciam a eles. CeFFem. Ginnie queria desesperadamente que eu ficasse longe disso. Ela conseguiu comprar meu contrato de volta. Como ela conseguiu os créditos, não sei dizer. Não tinha certeza se queria saber. Tatuagens. Escorreguei o pulso para dentro das cobertas. Não havia saída. Meu aniversário estava próximo. Em algumas semanas, seria marcada e institucionalizada. Implantes GPS. Não queria os meus, pelo menos quanto a isso eu tinha opção. Poderia ter meus implantes removidos aos dezesseis anos. Não precisava do CR para me manter segura e rastrear todos os meus passos. Cruzei os braços sobre o peito, abraçando-me forte.

Talvez devesse ceder, começar a ler o *XVI Normas* e encontrar uma maneira de lidar com o inevitável. Um raio vindo do corredor brilhou por baixo da porta e iluminou o quarto o suficiente para chamar minha atenção para a foto de Ginnie ao lado da cama de Dee.

Ginnie. Ela nunca foi como a mãe de Sandy que sempre a pressionou e encorajou a seguir as orientações da mídia. Sra. Eskew comprou para Sandy todos os vídeos de "como fazer" do *XVI Normas*. Ela até fez Sandy ensaiar a paquera e se exibir na frente do padrasto malicioso. Eu nunca falei isso para Sandy, mas a mãe dela era uma idiota.

Ginnie nunca me pressionou, a não ser com a arte, e isso nem era exatamente uma pressão. Ela era tão contra a onda da mídia que instalou um interruptor que bloqueava o suprimento de comerciais de nosso AVF e o desligava sempre que podia. Uma vez, ela se esqueceu de religá-lo antes que Ed chegasse, e assim que ele descobriu o que ela tinha feito, ficou furioso.

Deitada ali debaixo das cobertas, estremeci. As memórias congelantes de sua brutalidade me pegaram. Ainda podia ouvi-lo depois de ter encontrado o dispositivo nos controles: "Onde você achou isso?". Quando Ginnie se recusou a responder, ele a fez pegar a caixa de *chips* de vídeo. "Você precisa de um cursinho para refrescar a memória, amorzinho", disse ele. Depois, ele me obrigou a levar Dee para a casa ao lado, da Sandy. Ele nunca quis que a filha visse a pessoa horrível que era. Comigo, por outro lado, ele não se importava nem um pouco. Eu sabia que retornaria e que Ginnie estaria péssima. Ela mal conseguiu andar por uma semana. Seu olho direito ficou fechado pelo inchaço durante dias. Ele disse a Dee que sua mãe era estabanada e que batera o rosto na porta do armário.

Eu o odiei.

Eu queria acreditar em um tipo de amor diferente, como o que a vovó disse haver entre Ginnie e meu pai. Mas eu nem sabia como isso se parecia. Se era tão ruim quanto os vídeos de Ed revelavam ser, tinha muita dificuldade em imaginar como a raça humana havia sobrevivido. Coloquei o dedo na letra V do pingente em meu colar e engoli as lágrimas, sussurrando na escuridão: — Como vou saber qual é a verdade?

XVI

No dia seguinte, na sala de orientação, Wei se virou para mim e disse:

— Sal me contou sobre sua mãe. Sinto muito mesmo. Isso é tão horrível. E depois ter que se mudar para outra escola...

A expressão dela tinha tanta bondade e essa declaração foi tão inesperada que achei que fosse me descontrolar e chorar ali mesmo.

— Estou me virando — não olhei para ela. Em vez disso, mexi nervosamente em meus *chips* de texto em cima da carteira. — Na verdade, estou bem — mentir sobre os meus sentimentos estava ficando mais fácil.

— Se você quiser conversar, sou uma boa ouvinte. Sal também é — ela estendeu a mão e apertou meu braço. — Ele sabe como você se sente.

— Como eu...

O Prof. Haldewick entrou na sala com afetação e nos mandou ficar quietos.

Sabia que eles eram amigos, mas fiquei pensando o quanto Wei conhecia Sal. Apesar de ela estar certa, Sal devia saber como me sentia, pois ele também estava só.

O sinal tocou e Wei saiu rápido da sala antes que eu tivesse chance de dizer algo a ela.

❊ ❊ ❊

Passei a última aula revendo meus planos de visitar o Robin's Roost em vez de me concentrar na aula de Mídia Através da História. Talvez, hoje, eu encontrasse alguma pista que me levasse a meu pai. Dee iria para casa com a amiga dela, Maddie, nesta tarde. Derek e Mike também não estariam me esperando. Derek iria ensaiar as músicas com seu irmão e Mike tinha que pegar seu pai no prédio de pesquisa médica do governo depois de um dia de experiências e testes em seu corpo. Se alguém perguntasse, diria que estava indo ao zoológico e, depois, para casa. Estava pronta.

Finalmente, acabaram as aulas e peguei o 33 para o sul e desci do coletivo na Lincoln com a Wells. Fiquei parada na esquina, como se estivesse esperando o sinal abrir, até que o coletivo sumisse de minha vista e, então, virei para o outro lado. Lá, como um vulto bem em minha frente, estava o Robin's Roost.

Estava chocada. Devia ter andado em frente a esse prédio destruído e dilapidado umas mil vezes antes, mas nunca tinha olhado para ele duas vezes. Havia pouco para ver do que um dia ele já tinha sido.

Não sei o que esperava encontrar aqui, mas Robin's Roost não era grande coisa. O toldo verde da foto tinha se acabado havia muito tempo. A estrutura quebrada do toldo esburacado era presa nas paredes encardidas como videiras mortas. A maioria das janelas no piso térreo tinha sido quebrada e coberta com tábuas. O fantasma de uma pedra retangular na frente das portas era a única evidência do lugar onde a placa esteve. Alguém a deve ter tirado por causa do valor da sucata ou talvez como um suvenir dos tempos felizes — espero que tenha sido o último motivo. Um aviso laranja de plasticina colado em uma das portas proclamava: "Este prédio está condenado". Abaixo, em letras pequenas, dizia: "Demolição prevista e confirmada para 10 de dezembro de 2150". Meu aniversário... daqui a um mês. Se tivesse descoberto esse lugar um pouco mais tarde, já não estaria mais aqui. Pela primeira vez, a sorte estava ao meu lado.

Uma corrente pesada com cadeado cercava as maçanetas da porta. Esfreguei o vidro, tentando limpar uma parte para poder ver dentro, quando uma voz atrás de mim disse: — Alguma coisa interessante lá dentro?

Rodopiei para trás, surpresa. Era Sal.

— Não — senti um calor subindo pelo pescoço. O que Sal tinha que causava esse efeito em mim? Era como se eu fosse duas pessoas diferentes. Não queria nada com ele, mas, ao mesmo tempo, parecia que eu o queria mais perto de mim. Parecia que eu estava em constante conflito para manter meu juízo comigo. Quando ele ficava parado perto de mim, era como se eu não tivesse nenhum desejo de lutar com tanta força quanto precisava.

Ele colocou as mãos em volta dos olhos quando se aproximou da porta, espiando lá em cima. — Sujo, provavelmente fede lá dentro também. Então, Nina, o que é tão fascinante nesse prédio? — os olhos dele procuraram os meus e fui ficando vermelha.

— Eu estava curiosa, só isso — não tinha que explicar nada a ele. O que eu fazia não era da conta dele.

— Sério?

— Tenho uma foto velha de meu pai e de um amigo dele parados em frente a esse prédio — fiquei mexendo nervosa nos pingentes de meu colar. — A festa do casamento dele foi aqui. Pensei em vir dar uma olhada — era verdade. Ele não precisava saber nada além disso. Tentei virar a mesa. — E o que você está fazendo aqui?

Ele não respondeu. — Venha, você quer um refrigerante? Eu pago.

Por que ele conseguia tirar respostar minhas, mas eu nunca conseguia uma dele? Eu não queria refrigerante, mas sair de perto do Robin's Roost. — Claro... Eu acho.

Atravessamos a rua, desviando das *vans* e táxis barulhentos e paramos perto de um ambulante na extremidade do parque. Sal tentou pagar, mas passei meu cartão antes que ele tivesse a chance de fazê-lo. Com o refrigerante em mãos, começamos a andar.

— Ali que nos conhecemos — ele apontou para o monte de terra onde fiquei parada em pé quando o vi pela primeira vez.

— É — só de pensar nisso, fiquei envergonhada por ele. — Tenho certeza de que você não quer se lembrar desse dia.

— Por que não?

— Bem, você estava, é... apanhando.

— É — a voz dele suavizou-se. — Eu não estava pensando nisso.

Tentei imaginar no que ele estava pensando, quando uma revoada de borboletas invadiu meu estômago. Tomei um gole longo de refrigerante, mas não resolveu. Quando abaixei a lata, Sal estava sorrindo para mim.

— O quê? — passei o dorso da mão no queixo e chequei a frente de minha blusa.

— Você tem covinhas.

Não confiei em mim para falar. Comecei a beber outro gole, mas quando ergui a mão, ela tremia e fiquei com medo de derramar o refrigerante todo em cima de mim. Era fácil rejeitar Derek quando ele estava sendo ridículo, pois sabia o que era ridículo na atitude dele. Com Sal, estava completamente fora de meu território. Sentia-me tanto quente (o que era bom) como formigando (o que era assustador) ao ficar perto dele. Era quase como se meu corpo não estivesse conectado ao cérebro. Uma vibração corria dentro de mim e eu não tinha certeza se era terror ou excitação. Queria partir, mas não queria deixá-lo. O silêncio e a confusão em meu cérebro estavam me matando. Finalmente, encontrei algo para dizer.

— Venho aqui desde que era pequena. Esta é minha montanha — seus olhos grandes e marrons debaixo daqueles cílios escuros ficaram estudando meu rosto. "Devo estar parecendo uma menina de dez anos", pensei. — Bem, quando era pequena, isso parecia uma montanha.

Sal sentou-se na grama, então também me sentei.

— Quem vinha com você quando era pequena?

Olhei para a grama. Focar em qualquer coisa que não fossem seus olhos era bom. — Ginnie. A gente trazia uma cesta de piquenique e estendíamos uma toalha bem aqui — passei as mãos pela grama, imaginando o azul-clarinho espalhado em minha frente e a risada quente de Ginnie quando eu caía para trás em cima dela, piscando sob o sol. — Não pensava nisso havia um século.

Um turbilhão de memórias passou por mim e me entreguei ao momento em que tinha cinco anos. Quase podia sentir o gosto dos sanduíches de manteiga de amendoim e geleia de uva. Eles ficavam na toalha com o leite de soja, as batatas orgânicas e os *brownies*. Ginnie e eu brincávamos de esconde-esconde... Eu sempre a encontrava. Às vezes, ficava tão cansada depois, que ela me carregava para casa, aninhada em seu ombro. Fechei os olhos, lembrando-me da maneira que seu cabelo fazia cosquinha em meu nariz e em seu perfume de rosas. Ela sempre amou rosas.

— Ei, Nina, você está bem? — perguntou Sal, suavemente, tocando meu braço.

Alguma coisa na maneira que ele me olhava, o sol morno nas minhas costas, este lugar... Meus olhos se encheram de lágrimas e minha voz cedeu: — Sinto tanta falta dela — não conseguia impedir as lágrimas de rolarem pelo rosto. Isso não estava nos meus planos, isso não estava nem um pouco em minha cabeça, chorar na frente de Sal, um garoto que eu mal conhecia! Chorar era uma fraqueza, eu sabia disso. Ginnie nunca chorava depois dos espancamentos brutais de Ed. Nem uma única vez. Como podia deixar que um cara, especialmente Sal, me visse chorar?

Nem em um milhão de anos teria previsto a reação dele. Ele não desviou o olhar ou me pediu ansioso para eu parar. Ele esticou a mão e tocou meu ombro. Cobri o rosto com as mãos e chorei até não conseguir mais chorar. Quando achei que já tinha capacidade de controlar, ousei olhar para ele.

— Você está bem? — ele perguntou.

Concordei com a cabeça, funguei e limpei o nariz com a manga. Ele colocou a mão no bolso e tirou um lenço.

— Permita-me retribuir um favor.

Peguei-o e enxuguei os olhos. — Obrigada. Sinto-me tão idiota... Chorando... Você sabe.

— Não sei, mas tudo bem — ele tirou outro lenço já que o primeiro estava, agora, em pedaços esfarelados. — Aqui — colocou-o na minha mão.

De repente, do nada, perguntei: — Wei é sua namorada? — eu queria morrer. Não sei por que deixei essa pergunta estúpida pular de minha boca. Este, definitivamente, não era meu dia.

Ele começou a rir. — Wei? Minha namorada?

— Bem, é — olhei para ele e um formigamento começou a subir por meus braços. Fiquei pensando se todas as nossas conversas na minha montanha iriam acabar com ele rindo de mim ou me deixando irritada.

Ele parou de rir. — Desculpa, é que eu conheço Wei desde que a gente era bebê. Ela é como uma irmã. Nossos pais eram amigos e crescemos juntos. E, bem, já que você está perguntando... — ele olhou fixamente para o chão, arrancando uns pedacinhos de grama. — Derek é seu namorado?

— Derek? — era a minha vez de achar graça. — Sem chance. Ele, Mike e eu somos amigos desde o jardim de infância. De onde você tirou que ele é meu namorado?

— Ele fala de você o tempo todo — o olhar dele ainda estava na grama —, do tipo quanto você é... especial.

Balancei a cabeça. — Eu sabia. O pingente de cavalo significava outra coisa para ele.

— Hã?

— No dia em que conheci você, Derek me deu esse pingente para meu colar — mostrei para ele. Sal se inclinou para olhar mais de perto. — Ele estava agindo de uma maneira tão estranha, de uma maneira tão diferente dele. Achei que talvez estivesse interessado em mim, então falei diretamente que a última coisa que queria era um namorado.

— Ah... — Sal endireitou as costas de repente.

Percebi o que tinha acabado de falar. Não sabia como explicar, como fazê-lo entender o que eu queria sem fazer papel de boba completamente. O negócio era que eu não sabia o que queria, não mais. Sentia-me com tantos conflitos perto dele. Não queria ser uma garota *dezessexual*, mas também não queria pressioná-lo. Antes mesmo de recebê-la, a tatuagem XVI estava controlando minha vida e eu não sabia como a fazer parar.

As borboletas em meu estômago viraram pesos naufragando e eu lutava para conseguir dizer a coisa certa. — Sal... eu nunca tive um namorado. E as únicas pessoas que vi com namorados fazem papel de bobas ou machucam a outra pessoa. Como Ginnie e Ed, o... o namorado dela — Sal parecia confuso e percebi que ele não sabia nada sobre Ed.

— Argh, meu discurso não está fazendo nenhum sentido. Veja, a mídia diz que você tem que agir de uma determinada maneira e a Organização Social e Saúde diz que quando os caras e as meninas... e você espera isso e aquilo acontecerem e... — eu estava falando desconexamente, não estava falando nada com sentido. Era como Dee quando não queria ir para a cama e ficava falando, falando e falando.

Coloquei a mão em meu colar, novamente, e encontrei a letra V. Parei de gaguejar, respirei fundo e olhei Sal bem dentro de seus olhos escuros. — Tenho medo de ter um namorado. Não sei como fazer isso sem perder quem eu quero ser. E tenho medo do que é estar perto de um garoto, um garoto de que eu goste de verdade.

Ali estava a verdade.

Ele pegou minha mão e olhou para ela pelo que pareceram anos-luz. — É, é assustador — ele ergueu o olhar até encontrar meus olhos. — Mas não acho que você consiga evitar isso para sempre, Nina.

Então, ele se inclinou e me beijou. Bem na boca. Meu primeiro beijo.

Foi tão carinhoso, seus lábios eram macios e eu me senti flutuando. Do nada, recomecei a chorar. Ele me puxou para perto e me segurou forte. Nunca me senti tão confusa, feliz, assustada e segura em toda a minha vida. Pela primeira vez, os medos que regeram minha vida se desvaneceram e eu me sentia mais calma, mais leve. Sei que eles voltariam, mas ao menos tinha o gosto da liberdade. Fiquei ali, envolvida, como uma nuvem branca e fofa em um dia de verão.

Ficamos sentados ali por um longo tempo, abraçados, sem dizer nada. Uma segurança do parque que fazia rondas em sua *van* diminuiu e olhou para nós. Sal ficou de pé e me ajudou a levantar, e ela foi embora.

— É melhor eu ir embora — falei.

Ele acabou me acompanhando até em casa. Nenhum de nós disse uma palavra, mas ele segurou minha mão. Temia que se falasse, o encantamento seria quebrado.

Quando chegamos ao prédio, ele tocou meus lábios com os deles. — Vejo você amanhã.

Fiquei olhando-o descer a rua até desaparecer da minha vista.

XVII

A manhã seguinte foi bem normal, apesar de eu não coseguir parar de pensar no beijo de Sal e em como seria quando eu o visse. Sentia-me alternadamente hiperfeliz e apavorada até os cabelos com o que iria dizer, com o que ele iria fazer. A maioria das aulas dele foi em outra parte do prédio. Assim, não nos vimos até depois da escola e, então, foi somente por um minuto e com todo mundo em volta.

— Ei, tenho que correr. John e eu estamos trabalhando em uma *van* equipada para um figurão da Corporação Infinito — Sal apertou rapidamente minha mão quando ninguém estava olhando. Acho que nenhum de nós sabia como agir na frente de nossos amigos. — Ligo para você mais tarde — ele se foi e Derek e Mike acenaram um tchau para mim quando fui na outra direção buscar Dee.

A princípio, fiquei feliz por ele não ter feito alarde. E se aquele beijo não tivesse significado nada para ele? Ele era de uma categoria superior. Ele nunca poderia gostar de uma garota de categoria inferior, sem brilho como eu. Minha insegurança tomou conta de mim e me pegou num turbilhão de defeitos que eu tinha quando Wei interrompeu.

— Ei, Nina — ela estava sorrindo como sempre e começou a acompanhar meus passos. — O que está fazendo?

— Oi! Estou indo à Escola Dickens pegar minha irmã caçula.

— Oh, sensacional! É meu caminho. Vou com você. Mas vamos devagar, porque tenho que treinar quando chegar em casa.

— Que tipo de treino? — ouvi Sal dizer a Derek que ela era um tipo de *expert* em artes marciais.

— Piano — ela torceu o nariz. — Eu adoro e odeio. Em alguns dias, é só trabalho duro. Você toca algum instrumento?

— É... não tenho vocação para a música — senti-me muito envergonhada por admitir que nunca tivera créditos o bastante para fazer aulas de música ou dança. Ninguém abaixo da categoria quatro podia. Tinha sorte de Ginnie ter economizado o suficiente para pagar minhas aulas de arte. Sabia que isso tinha sido um peso para ela.

— Mas você faz curso de artes, não é? Vi você indo para a aula do Prof. Tobin. Quando você recebe seu título? Qualifiquei no último verão. Foi quando recebi isso — ela apontou para o XVI. — Depois, recebi isso — ela sorriu largamente, virando a mão para a frente e para trás, para que eu pudesse ver as linhas da tatuagem que circulavam o XVI e, em seguida, se espalhavam para o dorso da mão.

— É muito linda — mesmo se conseguisse meu Criativo, sabia que nunca seria capaz de pagar uma tatuagem como aquela.

— Quando a tinta do XVI ficar fraca, vou aplicar mais. Ninguém nunca vai poder dizer que ele estava aqui. Você sabe que pode desenhar sua própria tatuagem para esconder o XVI. Aposto que você é uma artista boa. Que tipo de trabalho você faz?

— Desenho, principalmente, com canetas especiais coloridas. Não sou muito boa — em Cementville, era a melhor de minha sala. Não fiquei no Colégio Daley tempo suficiente para ver muitos dos trabalhos que os outros alunos estavam fazendo.

— Provavelmente você é mil vezes melhor do que pensa — respondeu ela.

— Talvez. Eu lhe mostro uma hora dessas — estava mais que surpresa por alguém de uma categoria tão alta, como obviamente Wei era, se interessar por uma pessoa como eu, mesmo ela sendo amiga de Sal. Isso me fez ficar sem graça, falar de arte, então mudei de assunto. — Você tem irmão ou irmã?

— Os dois. Tenho uma irmã, Andie, e um irmão, Cris. Ele se formou na faculdade ano passado e entrou na Orion Reseach como técnico. Ele é muito inteligente.

Paramos na esquina, esperando que o sinal abrisse para atravessarmos. Wei inclinou a cabeça e estudou meu rosto. — Seu pai é Alan Oberon, certo?

Quase caí da calçada. — Como você sabe isso? — afinal, não havia contado nada a ela sobre mim. Sal teria contado? Por que ela se importava afinal de contas? Meu pai não era ninguém importante.

— Depois que Sal me contou sobre sua mãe, contei essa história à minha mãe e ela perguntou seu nome. Ela disse que o conhecia. Ela e meu pai e os pais de Sal também eram amigos do pai de sua mãe e de seu pai.

Meu coração quase parou. Eles conheciam meu pai? — Você está brincando.

— Nada. Vamos por aqui — ela virou na Lincoln com a rua Belden e eu a segui.

Não podia acreditar na sorte que estava tendo. Não tivera ainda chance de pensar em voltar ao Robin's Roost. Não desde o beijo de Sal. — Espera... Qual é o nome de seus pais? — não podia acreditar na minha sorte. — Talvez minha avó os conheça.

— Meu pai se chama Jonathan Jenkins.

Não podia acreditar no que estava ouvindo. Jenkins. — Tem uma foto que minha avó guarda. É seu pai ao lado do meu. Eles estão parados em frente a um lugar chamado Robin's Roost. Eu... eu fui lá outro dia.

— Ah, é, meu pai já falou desse hotel antes — Wei parou para olhar as roupas na janela de uma butique para categorias superiores. — Ei, meus pais querem conhecê-la.

Meu coração batia tão forte no peito que achava que a cidade inteira estava ouvindo. Eles conheciam meu pai. Eu iria encontrar alguém, além de vovó e Pops, que conhecera meu pai de verdade. Fiquei pensando se eles sabiam que ele estava vivo, se me ajudariam a encontrá-lo.

Olhei para o início da rua e vi Dee com alguns de seus amigos.

— Ei, Dee... espera! — berrei. Depois, virei-me para Wei. — Quando poderei encontrar seu pai?

— Vou perguntar e lhe falo amanhã. É melhor eu ir para casa e pegar firme no piano. Até mais! — ela seguiu para a rua Broadway e eu corri para alcançar Dee, praticamente vibrando de emoção.

Os pais de Wei o conheciam. Meu cérebro estava girando com pensamentos de Ginnie e de meu pai. Como tudo poderia ter sido diferente para nós se pelo menos...

Interrompi a mim mesma. Ginnie disse que ele estava vivo. Se pelo menos nós tivéssemos ficado juntos como uma família, eu poderia ter conhecido Wei há anos, desde que era pequena. Será que eu... Será que teríamos sido de uma categoria superior, da categoria dez, como ela? Eu mal conseguia imaginar isso. Minha vida não teria sido nem um pouco parecida com a que foi. Mas... então, não teria Dee e eu não gostava desse pensamento nem um pouco.

Completamente envolvida com meus pensamentos, pisei fora da calçada sem olhar o trânsito. Uma *van* verde zumbiu pela esquina, quase me acertando. — Retardada estúpida! — a moça ali perto me trouxe de volta à realidade. A *van* apareceu do nada e, por um segundo, pensei que tivesse desviado, na verdade, para minha direção. Corri para atravessar a rua e alcancei Dee.

XVIII

Vovó e eu mudamos Dee para o final do corredor, para seu próprio quarto, naquela noite. Eu me aconcheguei debaixo das cobertas, supostamente lendo *L & L* para a lição de casa, sozinha. Na verdade, meus pensamentos estavam como um *hip-hop* por todos os lados: Sal... meu pai... o beijo... Ginnie... meu pai... Sal...

Meu AVP tocou. Quem estaria me ligando aquela hora da noite? Olhei o aparelho. Sandy.

Não nos falávamos havia dias, desde antes do beijo de Sal. Não tinha intenção alguma de contar a ela sobre isso, mas parecia que minha vida estava dividida entre AB e DB (antes do beijo e depois do beijo). Não era surpresa que eu não conseguisse me concentrar. Cliquei o AVP. — E aí?

— Queria ligar para você antes, mas esta é a primeira vez que tive chance. A escola é uma assassina. Tenho tanta lição de casa.

Pobre Sandy, sempre a ajudei nas aulas e com a lição de casa. Sem minha ajuda, imaginei que seria bem mais difícil para ela do que normalmente. Sentia falta de estar com ela depois da escola no apartamento. Dee assistia ao AV ou fazia a lição de casa dela, enquanto eu ajudava Sandy entender matérias como Governo ou Saúde e Sociologia. Sandy não era burra, ela só tinha dificuldade de concentração. Quanto mais perto ela chegava dos dezesseis, mais difícil tudo ficava para ela.

— Então, como vão as coisas para você? Já está saindo com toda a categoria superior? — perguntou ela.

— É diferente — eu não iria reclamar. Vovó e Pops estavam tentando, mas eles eram velhos, não chegavam perto de Ginnie. — Pops dorme primeiro, às vezes até antes do jantar. Vovó passa muito tempo com Harriet. Dee está toda envolvida com os amigos. Garotos são garotos. Sinto falta de você.

— Seus antigos amigos não estão todos no Colégio Daley? — sua voz expressava solidão. O que me fez sentir triste por estar longe de casa por ela.

— Todos têm seus grupinhos próprios de categoria — respondi. — Então, fico na maioria das vezes com Mike e Derek. Tem essa única garota... — frase pela metade, mudei de ideia sobre falar de Wei. — Ela está em minha sala de orientação, só isso.

— E Sal? Você o vê?

— Às vezes. Os garotos estão saindo mais com ele — não iria mentir, essa era a verdade. Não queria entrar em detalhes, ainda não, pelo menos. Mudei de assunto. — Você já arrumou namorado?

— Tem um cara novo, Lochlan. Ele é mega! — o tom melancólico mudou para efervescente quando ela começou a me atualizar sobre todos os garotos das aulas. Alguns de que eu não me lembrava de serem tão fofos três semanas atrás agora eram "tão gostosos que você derreteria" e todos estavam dando atenção a ela. "Dezesseis" era tudo o que ela falava.

— Putz! — ela interrompeu. — Quase me esqueci do motivo de ter ligado. É sobre Ed.

— O que tem ele? — só de pensar nele já me deixava com raiva.

— Ele estava na escola outro dia. Acabei de saber que ele vai ser o selecionador. Você acha que poderia ligar para ele? Por favoooooor?

— Não — droga. Não queria falar sobre Ed, pensar em Ed ou jamais ter uma conversa com ele novamente até o dia que eu morresse. Não era suficiente eu ter de pensar nele para garantir a segurança de Dee?

— Ah, vai. Não é que você precise vê-lo ou algo assim. Preciso muito, muito, muito entrar no CeFFem. Minha mãe espera que eu entre. Ela já está planejando onde vamos morar quando eu começar a ser paga. Não ser escolhida a mataria.

— Isso não a mataria — falei. Não havia nada que impedisse Sra. Eskew de arrumar um emprego. Assim, eles teriam o dobro dos créditos e poderiam pagar uma mudança.

— Vai, Nina — Sandy não desistia. — Ed provavelmente a atenderia por causa de sua... — ela parou de falar, o que era uma coisa boa, considerando o quanto minha raiva estava aumentando.

Senti o sangue subir até as têmporas. — O quê, Sandy? Por causa de Ginnie? Não acho que a morte dela o tenha transformado, miraculosamente, em um cara legal.

— Bem... pensei... tipo, achei...

— Você achou? Depois da maneira como ele a tratava? Você acha que ele lamenta? Você acha que faz alguma diferença para ele que ela esteja morta? Ele não sentia remorso por espancá-la. Ele era perverso o bastante... Ele pode ter algo a ver com a morte dela. Você já pensou alguma vez nisso, Sandy?

— Nina, acalme-se. Só quis dizer que...

— Ele nunca apareceu para ver o que tinha acontecido ou como Dee estava. Tudo o que ele fez foi mandar uns retardados em casa para pegar o precioso AV dele e os vídeos nojentos. Ele ligou uma vez para Dee e tudo o que disse é que soubera de Ginnie pelo noticiário. Pelo noticiário! Duvido até que tenha sido isso. Nenhum assassinato da categoria dois chega às manchetes da mídia. Ele está mentindo, enganando, aquele porcaria maldito.

— Nina, talvez ele tenha ligado para Dee porque quisesse ter certeza de que ela está bem. Ele me perguntou se vocês estavam felizes vivendo com os avós. Ele acha que talvez eles sejam muito velhos para cuidarem de Dee.

Os pelinhos de meu pescoço ficaram arrepiados e tentei desesperadamente me lembrar de que Sandy era minha melhor amiga. Ed poderia tentar contestar a guarda de vovó e Pops, alegando serem incapazes de tomar conta de forma apropriada de Dee em razão da idade. Não podia deixar aquilo acontecer... Não podia deixa Dee se transformar em uma menina cinderela. Não disse nada. Só tentei me acalmar para não descontar tudo na Sandy novamente.

Depois de um longo momento de silêncio, Sandy disse. — Foi uma péssima ideia, Nina, desculpe-me.

Minha raiva diminuiu, mas estava mais ansiosa do que nunca. — Está tudo bem — deveria estar acostumada com Sandy a essa altura. Era mais frequente que a boca dela falasse antes que ela tivesse chance de pensar no que estava dizendo do que o contrário. Permanecemos amigas porque sempre entendi isso e nunca usei contra ela. Espero poder voltar a esse mesmo momento.

Falamos mais um pouco sobre nada em especial e, finalmente, vovó mandou desligar as luzes. Sabia que ela estava falando para Dee, mas aproveitei a oportunidade para dizer tchau. Não confiava no que eu ainda poderia dizer.

Fiquei deitada sem dormir o maior tempo possível. Ed. Dee falou que ele disse a ela que estava fora a trabalho, quando Ginnie foi assassinada. Sabia que era ele quem vi no hospital. Aquela fala de que ficou sabendo na mídia era uma lorota. Não assisti a nada que tenha falado sobre o assassinato de Ginnie no noticiário. Ela não era importante para ninguém, além de mim e Dee. Uma mulher da categoria dois esfaqueada em um beco escuro dificilmente era digna de notícia. Mas ele mandou aqueles caras pegarem o AVF, então, obviamente, sabia o que estava acontecendo. Acho que ele deve ter ligado para o trabalho dela e descoberto, ou soube por seu próprio trabalho.

Tinha que o manter longe de Dee. Ele não queria ser um pai para ela, ele não queria ser pai para a própria família. Ela acabaria como uma menina cinderela da família dele e eu não poderia fazer nada em relação a isso.

Fiquei virando na cama por horas. Finalmente, exausta, caí num sono indeciso e cheio de sonhos estranhos. Ginnie estava neles e Ed também. Ele tinha Dee e Ginnie estava perseguindo-o em uma *van* vermelha. Estava montando a Pimenta e o alcancei na extremidade de um rio. Agarrei Dee no momento em que ele estava pronto para jogá-la na água. Ginnie bateu nele com a *van* e pulou antes que esta desaparecesse no fundo da água. — Bom trabalho! — disse ela para mim.

❖ ❖ ❖

Acordei com o que pensei ser a voz de Ginnie por meio da Máquina do Infinito. Era só o alarme da vovó que dizia: — Charlene, são seis e cinco. Você gostaria de uma soneca?

Ouvi os passos dela pelo corredor até o banheiro. — Ah, cale a boca — ela resmungou. Sabia exatamente como ela se sentia. Puxando as cobertas até a cabeça, tentei afastar o pavor que estava crescendo dentro de mim.

Enquanto Dee estava em seu quarto, preparando-se para a escola, contei para vovó e Pops sobre Ed.

— Esse miserável fedorento — bufou Pops. — Primeiro liga para Dee e agora isso. Quem ele pensa que é para questionar se somos saudáveis ou não?

Vovó colocou café para ele e pousou o bule como se pesasse uma tonelada.

Ele bebeu um gole. — Saudável como um maldito touro! — ele bateu no próprio peito, o que desencadeou um ataque de tosse.

Tive que desviar o olhar para evitar as risadas ou o choro. Ele não tinha saúde nenhuma. Não tinha certeza sobre vovó.

— Não é tão estranho — disse vovó, colocando torradas e suco de laranja na minha frente. — Às vezes, as pessoas se sentem culpadas quando alguém morre.

— Por que Ed se sentiria culpado? — perguntei, amarga. Por bater nela? — Ele nunca quis cuidar de Dee quando Ginnie estava viva. Não entendo esse interesse súbito nela, agora, a menos que ele a queira como menina cinderela.

— Isso nunca vai acontecer. Não enquanto eu estiver vivo — Pops colocou sua xícara na mesa com tanta força que espalhou café pelos lados.

Vovó revirou os olhos para ele. — Ele não passava tempo com ela antes? — perguntou ela para mim.

— Não muito. Quero dizer, ele dizia que a amava e tudo mais, porque ela é filha dele. Mas nunca ficou lá para passar tempo junto, como um pai de verdade faz.

— Tenho certeza de que Ginnie estava protegendo vocês duas — interrompeu Pops.

— Protegê-las do quê? — perguntou vovó, com cuidado. Ela o fulminou com sua versão de olhar maligno.

— Você sabe... CeFFem e esse negócio de Cinderela... — ele limpou a garganta. — As coisas não são sempre como parecem.

— O que você quer dizer, Pops? — perguntei.

Pops tomou um gole de seu café. — Nossa! Bom e forte hoje, Edith — nunca entendi por que ele nunca a chamava pelo nome. Deve ser só mais uma das manias dele, acho. Esperei enquanto ele tomava outro gole. — Agora, pequenininha... — ele me olhou através da mesa. — Quando digo que as coisas não são como parecem, o que quero dizer é... bem... — ele parou e olhou para vovó, que mantinha uma sobrancelha arqueada e o encarava fixamente. — Bem — continuou ele —, o que quero dizer é que... — ele pausou e olhou para ela novamente.

— E então, velho? — o perigo pingava das palavras dela.

Pops olhou para ela novamente. O ar entre eles era repleto de segredos.

— Tudo bem, Pops. Acho que entendi o que você quer dizer.

— Sério? — ele pousou a xícara e esfregou a parte de trás do pescoço, evitando o olhar de vovó.

— É como uma dessas coisas de que as pessoas falam, certo?

Pops concordou com a cabeça e vovó olhou-o de uma maneira que não pude interpretar antes de ela se virar para a central culinária e acabar de misturar o tofu. Tomei um gole do suco de laranja, silenciosamente, observando os dois.

Mike, Derek e eu acompanhamos Dee até a escola, como sempre, mas Ed ainda estava em meus pensamentos. Eu precisava de ajuda. Isso era algo que não podia fazer sozinha. Eles tinham que saber que algo podia acontecer, já que eu os arrastava comigo até a escola de Dee. Até onde sabia, eles estavam acostumados com isso, já que eu planejava acompanhar Dee do ponto do coletivo até a escola todos os dias enquanto ela estudasse.

Assim que Dee e suas amigas desceram a rua da escola, contei a Mike e Derek como havia prometido a Ginnie que manteria Dee longe de Ed, minha conversa com vovó e a ligação de Ed para Dee.

— Eu diria que vovó está certa — comentou Derek. — Ele provavelmente se sente culpado por ter sido um canalha total.

— Quem é o canalha? — Sal caminhava bem atrás de nós.

— Ed — respondeu Mike.

— Quem é Ed?

— Ele é o pai de Dee — contei a ele o que havia dito aos outros. — Estou preocupada com o fato de ele a querer como menina cinderela.

Havia duas meninas cinderelas em minha escola, em Cementville. Elas nunca chegavam no horário, sempre pareciam cansadas e iam embora assim que o sinal tocava. Acho que nunca as vi conversando com ninguém. Ninguém, nem os da categoria um queriam ser vistos com as cinderelas. De forma alguma iria deixar isso acontecer com Dee.

— Você não acha que ele só... — começou Sal.

— Ouça — Derek se impôs como costumava fazer quando éramos crianças e eu precisava ser protegida de algum garoto grandão que estivesse me provocando —, você não conhece toda a história. Ed é pior que cachorro com febre do Lado Escuro.

Sal franziu a testa. — Nina?

— Eu... Derek está certo. Ed não é bom.

— Talvez ele ache que Ginnie tenha um monte de créditos escondidos em algum lugar e esteja querendo — disse Derek.

— Talvez ele seja um espião do governo e Ginnie fosse uma Anti-Con de verdade — falou Mike, rindo. Ele não tinha a menor ideia do efeito de suas palavras em mim. Não é que eu nunca tenha pensado nisso, eu mesma, algumas vezes, especial e recentemente. Ginnie certamente não era cuidadosa com seu ponto de vista. Ed era um selecionador. Esse era um trabalho do governo. Meu coração bateu mais rápido.

— Talvez, vocês dois estejam assistindo a muitos vídeos de detetive — disse Sal. — Dee é filha dele e ele só está cuidando dela.

— Sério, Sal — Mike balançou a cabeça. — Você não sabe o que está falando. Nina vai lhe contar. Aquela porcaria do Ed faz meu pai parecer um herói.

Uma rajada de vento cortante atravessou-me e ouvi as palavras de Pops de novo: "As coisas não são como parecem ser". Eu temia que ele estivesse certo.

XIX

Wei veio a mim no corredor depois do último sinal. — Nina! Onde você está indo?

— Estou procurando Sal — ainda tinha um tempinho antes de encontrar Dee.

— Ele deve ter ido embora depois da quarta aula. Não o vi quando estava indo para minha última aula. Geralmente o vejo.

— Ah — aparentemente, meu desapontamento apareceu.

Ela me observava através das franjas pretas desfiadas. — você gosta dele, não gosta?

— Ele é legal — até para mim isso pareceu furado. Mas, pelo menos, eu não ficava toda *dezessexual* e melosa em relação a ele.

Ela sorriu. — É, ele é. Vem, vou com você.

Lá fora, com o finalzinho do sol de outono, estavam Mike, Derek e Sal. Meu coração deu um salto quando o vi e não consegui esconder o sorriso que brincava em meus lábios.

— Achei que o professor a tinha segurado depois das aulas — Derek me provocou. — Você foi uma menina má?

— Cala a boca — cutuquei-o no quadril.

Ele deu um pulo para trás. — Ei, olha... Toma cuidado!

— É — disse Mike —, você pode causar um hematoma em seu corpo macio e magrelo.

Derek deu um empurrão em Mike que retribuiu com outro empurrão de volta. Wei e eu reviramos os olhos para esse tipo de brincadeira de luta dos garotos, que começa quando são pequenos e parece que nunca vai parar. Quando o Prof. Haldewick apareceu no primeiro degrau da escada, apontando como sempre sua caneta *laser* e fazendo cara feia para eles, eles pararam.

Sal pegou meu braço e me levou para longe da conversa de todos. — Vamos ao parque.

— Primeiro, preciso ter certeza de que Dee vai chegar em casa bem, depois da escola.

— Vou com você — nós nos despedimos do restante da turma e ele caminhou a meu lado, perto o bastante para fazer tudo dentro de mim sorrir, não importando o assunto que estávamos conversando. — Me conta sobre esse cara, o Ed.

Nos dez minutos que levamos para chegar ao ponto do coletivo onde Dee me encontraria, contei a ele praticamente tudo sobre Ed, com exceção dos vídeos. Não podia falar daquilo com Sal.

Ao chegarmos ao ponto do coletivo, vi Dee, do outro lado da rua, olhando para uma vitrine de loja. Ao mesmo tempo, vi Ed dentro de uma *van* verde que se parecia muito com a que por muito pouco quase me acertara na rua, no dia anterior. Ele não estava só. Havia uma mulher no banco do passageiro, mas não a reconheci.

— Sal... é Ed — agarrei o braço de Sal e apontei para a *van* verde parada no cruzamento, próxima a Dee. O pânico correu por todo o meu corpo. — DeeDee! — gritei com os braços para cima, acenando. — Aqui! Estou aqui!

Atravessei a rua, correndo. Por sorte, não vinha ninguém. A *van* fez um barulho alto ao ligar e arrancou. Sal me seguiu.

— Nini! — gritou Dee. — Você está louca? Você poderia ter sido atropelada!

— Estou bem, Dee. Eu não queria que você nos perdesse, porque... é... — inclinei-me, ofegante. — Me ajuda aqui — sussurrei para Sal, que me olhava como se eu tivesse perdido totalmente o juízo.

— Porque Nina e eu estamos indo passear e ela mal pode esperar para ficar sozinha comigo — ele piscou para ela.

— Você é o namorado dela? — perguntou Dee.

— Talvez — Sal abriu um sorriso enorme para ela. — Ela precisa de um?

— Todas as meninas precisam — respondeu Dee —, especialmente quando praticamente têm dezesseis anos.

Tenho certeza de que fiquei mais vermelha que minha jaqueta. Queria que alguém inventasse um controlador de rosto vermelho.

O coletivo 33 estacionou. Dee entrou primeiro. Eu estava entrando quando Sal sussurrou: — Então, Nina, você precisa de um namorado?

A sensação de seu hálito em meu pescoço e o cheiro suave de algum tipo de pós-barba, talvez Orion, fez me sentir estremecida por dentro. Não podia negar que ele me fazia sentir bem. Não precisava de um namorado... Não era uma garota *dezessexual*. Mas, talvez, eu quisesse ter um namorado? Tinha que ser possível poder gostar de alguém e não ficar louca por causa desse alguém. Esperava que sim, pelo menos.

Sal pegou minha mão, entrelaçando seus dedos nos meus. Rápido demais, já estávamos, os três, saindo do coletivo.

— Dee, diga à vovó que subo num instante para ajudar com o jantar.

Sal e eu ficamos olhando Dee até ela entrar no elevador.

— Quer caminhar? — perguntou ele.

Concordei com a cabeça. O rio Chicago ficava do outro lado da rua, próximo ao prédio de apartamentos. Foi aquela direção que Sal escolheu.

— Então, você tem certeza de que era Ed que estava na *van* verde? — perguntou Sal.

— Sem dúvida. Nunca confundiria alguém que desprezo tanto quanto ele.

— Ok. Não se preocupe. Dee está bem agora e vamos descobrir um jeito para que ela continue assim - ele apertou minha mão e eu apertei de volta.

Nas duas extremidades do rio, havia pequenos oásis verdes divididos por trechos sujos de concreto. Naquele em que paramos em frente, havia, ao lado, uma árvore de **bordo** com poucas folhas amareladas que resistiam ao vento gelado. Galhos secos mantinham aquilo que deveria ter sido flores, mas agora eram bolinhas murchas e marrons agitando-se no alto dos caules frágeis. A correnteza passava, uma promessa de inverno na movimentação de suas ondas sombrias e cortantes.

Graças à Ginnie, sempre estive de alguma forma consciente da vigilância da polícia. Contudo, desde os incidentes recentes dos AntiCons no centro da cidade e depois de ver o criptógrafo da vovó, passei a pensar cada vez mais que a vigilância estava nos ouvindo em todos os lugares. — Isso é seguro? Podemos conversar aqui?

— Sem problemas, esta é uma ZM.

— Uma zona morta. Sério? Como você sabe disso? — perguntei.

Ele deu de ombros. — Ando por aí. Você descobre coisas quando as pessoas não estão prestando atenção em você.

— Como quando você se veste de mendigo? — nunca havia perguntado a ele nada sobre o dia em que o conheci.

Ele riu. — É, assim mesmo.

Nós nos sentamos em um banco de metal que transmitiu uma onda de frio através de minha itálico em "*jeans*". Estremeci.

— Está com frio?

— Estou — não iria confessar onde estava sentindo frio. — Preciso de minhas luvas... — comecei a tirá-las do bolso, porém Sal agarrou minhas mãos e as colocou entre as suas.

— Deixa que eu esquento. Que tipo de trabalho seu pai fazia? — Sal se concentrava em esfregar meus dedos gelados.

— Não sei — confessei. — Ele morreu na noite em que nasci. Minha avó disse que ele fazia parte do debate no colegial e, depois, na faculdade. Mas depois disso... Ninguém nunca mais me disse o que ele fazia.

— Você sabe algo sobre os debates dele?

— Não. Só descobri sobre eles recentemente. Nós nunca falamos de fato sobre ele. Acho que isso era demais para Ginnie — minha ignorância sobre a vida de meu pai me fez sentir desconfortável. Ginnie não falava muito sobre ele e vovó e Pops focavam a infância dele quando me contavam o que ele havia feito.

— Você tem alguma anotação dele?

— Não — ergui a cabeça. — Por que você quer saber? — por que ele se importava tanto com meu pai em primeiro lugar?

— Só estava pensando — ele ergueu o olhar, com o rosto bem perto do meu. Não queria falar sobre meu pai. Eu queria que Sal me beijasse. Ele não beijou. Em vez disso, ele disse: — Você sabia que o pai de Wei o conhecia? Meu pai também.

Olhei para baixo, envergonhada por estar esperando um beijo. — Ela me contou.

— Está mais quente?

Concordei com a cabeça e ele soltou minhas mãos, colocando o braço envolta de mim. — Você já pensou alguma vez se seu pai está realmente morto?

Fiquei dura. Aquela não era uma pergunta aleatória. Desprendi-me do abraço dele, fiquei de pé, peguei as luvas e as vesti, enquanto Sal me olhava.

Enfim, confiei em mim mesma para falar. — Por que você está fazendo todas essas perguntas? Parece que você o conhece mais do que eu — olhei nos olhos dele. Não consegui ler seu olhar, era como a água escura abaixo. — Quero saber o que está acontecendo, Sal.

— Não posso dizer exatamente — ele estava rodeando, podia ver. — Não sei muito.

— Muito? Como você pode saber algo? — então, o que Pops havia dito naquela manhã me atingiu: "As coisas nem sempre são o que parecem". — Você só está interessado em mim por causa de meu pai? É isso? — dei um passo para trás.

— É claro que não — ele tentou pegar minha mão, mas me esquivei.

Sentia-me tão burra. Ele estava me usando. Eu estava esperando um beijo, enquanto o que Sal queria eram informações sobre meu pai. Por que ele estava perguntando se meu pai estava morto ou não? Não havia falado nada sobre o que Ginnie dissera na noite em que morreu. Por que ele, e até Wei, queriam saber mais sobre meu pai? Os pais de Sal estavam mortos. Então, na noite anterior, ele não poderia ter falado sobre a menina que conhecera, que era a filha de Alan Oberon. Um casal que passeava pela calçada parou bem atrás de nós.

— Vem aqui — Sal pegou meu braço, mas eu puxei de volta. — Não quero que outras pessoas nos ouçam — sussurrou ele. — Venha.

Queria me afastar, correr para casa, para longe dele, mas também queria respostas. Aproximei-me do rio com ele.

— Quando meus pais morreram, eles estavam a serviço da mídia, seguindo uma pista sobre seu pai. Alan Oberon era o líder dos AntiCons nas Américas. Havia rumores de que ele não tinha se afogado naquela noite. Ele acreditava que sua família, Nina, estava em perigo e forjou a própria morte. Ele foi visto nas Ilhas Ocidentais além das Grandes Ilhas Unidas. Aparentemente, há vários AntiCons se escondendo lá. Eles incumbiram essa tarefa a meu pai porque ele conhecia Alan.

— O que você está falando? — minha cabeça estava girando. — AntiCons? Você está dizendo que meu pai é um criminoso. Não, que ele é o líder dos criminosos!

— AntiCons não são criminosos — ele me olhava sem acreditar. — Você não lê nada sobre História?

— Não sou burra — bufei. — Conheço História.

— Você conhece a versão da mídia. O CR controla a mídia e molda a percepção das pessoas sobre o que acontece. Eles vêm fazendo isso pelo menos há dois séculos. Seu pai falou publicamente contra a manipulação deles e a interferência do CR. Era sobre isso que ele debatia.

— Mas tudo está bem — falei, mais pela raiva que sentia do que por acreditar realmente. Pensei novamente em minha conversa com vovó. — A vida era muito ruim, as guerras, doenças incuráveis, fome, mendicância. Agora tudo está do jeito que tem que ser.

Sal me olhava fixamente, com os olhos bem abertos. — Você acredita nisso?

Uma voz dentro de minha cabeça que soava como a voz de Ginnie sussurrava: "Você está mentindo. Você sabe mais que isso". Eu a ignorei. Não me importava se era verdade ou não. Tinha sido burra por me deixar levar pela ideia de que Sal se importava comigo, que ele era meu namorado. Meu coração estava partido em dois. Ele não me queria. Ele queria meu pai, ele queria informação.

Olhei de volta para ele. — Em que mais eu deveria acreditar? Olhe em volta.

— Estou olhando em volta. E o que vejo é o CR e a mídia lhe dizendo onde morar, o que vestir, o que querer, quando crescer, como agir e quem deve ser. O governo te marca com GPS e, depois, rotula você como se não fosse nada mais do que uma propriedade. Isso não a deixa com ódio, Nina? — ele ergueu a sobrancelha e me encarou. — O GPS não mantém as meninas em segurança, um GPS que sabe onde você está o tempo todo. Uma tatuagem não a torna uma pessoa adulta. Nenhuma tatuagem irá salvá-la em um beco escuro. É o contrário, você vai ser tomada como jogada fácil. Todas as informações que se pode ter vêm da mídia. Você já pensou em tudo que acontece por aí quando as câmeras da mídia não estão presentes? Você acha que a vida é realmente maravilhosa quanto o CR diz ser?

Não conseguia suportar a maneira como Sal me olhava: como uma idiota.

— Talvez eu não saiba tudo o que você sabe — minha voz tremia e podia sentir as lágrimas se acumulando para cair —, mas eu sei quem sou — não é que nunca tenha pensado sobre a tatuagem ser como uma marca, uma propaganda visual proclamando "sexo permitido aqui". A visão daqueles atletas no parque veio à minha mente. Porém, minhas emoções assumiram o controle e eu não iria voltar atrás.

— A mídia lhe diz quem você deve ser, mas essa é você de fato? E se estiver fora dos parâmetros deles? Nunca imaginei que a filha de Alan Oberon estaria satisfeita com o *status quo* da mídia.

Uma fagulha de ódio surgiu dentro de mim. Estava cansada de ouvir ele me dizer o que fazer, o que pensar. Dei um passo para frente e, com o dedo indicador bem no meio do peito dele, falei: — Você vai me ouvir agora, Sal Davis. O CR pode não ser perfeito, mas as coisas são mil vezes melhores agora do que costumavam ser durante as guerras religiosas ou na época da Lei das Gangues e até quando a *Fems* estava no poder. E quem é você para me dizer o que pensar? — fiquei parada, firme, com as mãos fechadas nos quadris.

— Tanto faz — ele levantou as mãos e se afastou.

Não tinha terminado. — E você não se atreva a falar de meu pai. Se você soubesse tudo o que declara saber sobre ele, não estaria me fazendo todas essas perguntas. Tenho amigos que não se importam com quem são meus pais. Sinto muito se seu pai e mãe foram assassinados buscando uma história sobre meu pai. Mas quer saber de uma coisa? Não foi culpa minha.

Já tinha me virado para ir embora quando ele perguntou: — E Dee? — virei-me. O maxilar dele estava firme e os olhos, brilhando. Não podia acreditar que tinha confiado nele... Achei que ele tivesse gostado de mim por mim mesma. Estava errada.

— O que tem ela? — retruquei.

— Ed, o pai dela. O que você sabe sobre ele?

— Por que você se importa com isso? — eu já sabia o bastante. Ed era um traidor, um molestador, um ex-agente do governo que agora era um selecionador, um porcaria que preferia assistir a meninas de dezesseis anos fazendo sexo em vídeos a transformá-las em CeFFem, um canalha como pai que queria transformar minha irmãzinha em uma menina cinderela. Entretanto, não iria contar nada disso para Sal. — Sei que ele tornou a vida de Ginnie insuportável — foi tudo o que disse.

— Como ela o conheceu?

— No trabalho.

— Há quanto tempo ela...

— Não sei e não me importo — cortei. — Pode parar com essas perguntas. Minha vida não é da sua conta. Não era da sua conta duas semanas atrás, não é da sua conta agora. Se você quiser saber sobre Alan Oberon, pode colocar seu disfarce de mendigo e descobrir por conta própria.

Saí pisando duro pela rua. Dessa vez, quando segui andando, não virei para trás.

XX

Cerca de dez horas da noite, meu AVP tocou. Não me importei em olhar quem era no aparelho antes de apertar o botão para atender.

— Uma vergonha o que aconteceu com sua mãe.

Ed. Meu coração quase parou.

— Nem mesmo um olá?

— O que você quer? — falei.

— Quero ver minha filha — ele riu.

Não sabia o que responder, então, não disse nada.

— Tem algum problema? Eu teria ligado para seus avós, mas eles não são os avós dela, então, para mim, parece ridículo pedir permissão a eles para ver minha filha.

As palavras de Ginnie ressoaram em meus ouvidos como um alarme de incêndio: "Você tem que manter Ed longe de Dee". Legalmente, ele tinha o direito de vê-la. Vasculhei em minha mente uma desculpa, qualquer desculpa. Qualquer coisa para ganhar tempo. — Ela ainda está com dificuldade para superar a morte de Ginnie — falei. — Talvez não seja uma boa hora para vê-la. É só lembrar...

— Sou o pai dela — disse ele. — Ela precisa do pai.

— Ela tem a mim. Eu a conheço melhor do que ninguém. Ginnie falou para eu cuidar dela e é isso o que eu estou fazendo.

— Você nem tem dezesseis anos — bufou ele. — E quando você fizer dezesseis, a última coisa que vai querer é a responsabilidade de uma criança. Na primeira vez que um cara olhar para você, vai querer sair para tran...

— Não vou! — jamais serei uma louca *dezessexual*. A culpa por meus sentimentos e pensamentos sobre Sal correu dentro de mim. — Sou a irmã de Dee. Vou cuidar sempre dela — um pensamento me ocorreu: e se Ed estivesse lá embaixo? Ou pior, bem do outro lado da porta da frente. Senti um arrepio nos braços. — Ginnie nomeou vovó e Pops como guardiões legais de Dee. Mesmo não sendo os avós verdadeiros dela, você terá que pedir permissão a eles para poder vê-la.

— Quando eu quiser vê-la — respondeu Ed —, não vou pedir. Ninguém vai me impedir. Entendeu? — ele desligou.

Durante cinco minutos completos, fiquei paralisada de medo e ódio. Então, comecei a andar pelo quarto como um gato selvagem enjaulado. Pareceu levar uma eternidade até que eu conseguisse formar um pensamento coerente. Exausta, finalmente, despenquei na cama. Olhando para fora da janela, observei as luzes do prédio do outro lado da rua. Elas iam se apagando, uma a uma.

Tentei acalmar minha mente acelerada. Sabia que Sal estava certo sobre a maioria das coisas que havia dito. Eram as mesmas que Ginnie dizia. Porém, aquilo não me fez sentir menos raiva dele por me enganar. Ou de mim mesma, por deixar que ele se aproximasse de mim, por escorregar tão facilmente, por querer que ele me beijasse com tanta intensidade. Relembrei nosso beijo no parque e afundei ainda mais. Isso não estava funcionando. Tinha que parar de pensar em Sal.

Pensei em meu pai.

Ginnie tinha que estar certa, ele tinha que estar vivo. Simplesmente, ele tinha que estar. Agora, eu precisava encontrá-lo mais do que nunca. Vovó e Pops não eram páreos para Ed, estando a lei do lado deles ou não. Tinha a sensação de que Ed descobriria uma maneira de reverter essa situação. Ele tinha contatos, pelo menos era isso o que sempre dizia. Mesmo se meu pai tivesse desaparecido porque não me queria, tinha certeza de que ele amava vovó e Pops. Ele não permitiria que ninguém como Ed tirasse a neta que eles amavam. Mas como o encontraria? Estava perseguindo um fantasma. Wei, os pais dela o conheciam, e também conheciam Ginnie, talvez pudessem ajudar. Essa era minha última esperança.

Estava deitada, mas meus pensamentos ainda corriam. Quando adormeci, algumas luzes do outro lado da rua tinham acendido novamente.

❖ ❖ ❖

Na manhã seguinte, ao sair do coletivo, disse a Mike e Derek: — De agora em diante, vou acompanhar Dee durante todo o caminho para a escola. São só alguns quarteirões fora do caminho — os garotos não se importaram, ainda bem.

Na metade do caminho para a escola de Dee, nós nos deparamos com Wei.

— Ei, aonde vocês estão indo? — perguntou ela.

— Vamos para a escola Dickens, deixar Dee — respondi.

— Legal — ela olhou para Dee. — Posso acompanhar vocês?

Dee, com os olhos arregalados, concordou com a cabeça. Podia ver que ela estava impressionada por uma menina do colegial, pertencente à categoria número dez, querer passar tempo com ela. Elas andaram à nossa frente. Várias vezes, Wei se inclinava para cochichar no ouvido de Dee. Podia ouvir sua risada e pelo menos isso me fazia sentir bem.

Mike, Derek e eu seguíamos atrás. Eles conversavam sobre o *show* de música de Derek no novo café, no final de semana seguinte, quando ele e o irmão, Riley, iriam tocar. Eu estava em silêncio. Quando chegamos à metade do quarteirão da escola de Dee, Maddie e outros amigos dela se juntaram a nós. Ficamos vendo eles se misturarem ao grupo de crianças esperando o primeiro sinal tocar.

— Ela é uma gracinha — falou Wei. — Queria ter uma irmãzinha. A gente pode dividi-la?

— Claro — nós nos conhecíamos havia apenas poucos dias. Fiquei pensando nesse súbito interesse dela em Dee. Depois, pensei que Sal pudesse ter falado algo sobre Ed a ela. Tinha a sensação de que Sal estava transmitindo meus problemas por aí, mas gostava muito de Wei para ficar com raiva dela.

— Que tal a gente ir ao TJ's depois da escola? Dee gosta de fritas de tofu?

— São as preferidas dela.

— Para mim também — ela parou em frente a um prédio de três andares de tijolos avermelhados, daqueles bem bacanas com janelas arredondadas e gárgulas em cima das calhas. — É aqui onde eu moro. Tem quase três séculos.

— Uau! — disse Derek. — Adoro coisas antigas, como casas e músicas.

— Eu também — Wei sorriu docemente para ele.

É curioso, havia tanta diferença entre o sorriso dela e aquele que Sandy dera para Sal no zoológico. Sandy tinha sido tão falsa e típica *dezessexual*. Wei era tão... não tenho certeza do que, mas definitivamente diferente de Sandy. As duas eram bonitas, mas Wei era *super*. Os garotos certamente prestavam atenção nela, mas não no sentido malicioso, da maneira que olhavam para Sandy. Mesmo Wei tendo dezesseis, ela não agia como se tivesse. Pelo menos não como as de dezesseis em minha antiga escola, aquelas que Sandy queria ser desesperadamente. E definitivamente não como o *XVI Normas* dizia que deveriam agir. Será que isso acontecia porque ela pertencia a uma categoria superior ou era apenas seu jeito?

Uma onda de saudade de Ginnie me cobriu inteira. Eu a afastei. Às vezes, não conseguia evitar e ficava furiosa por ela ter morrido.

— Ali está meu pai — ela apontou para cima, no segundo andar à direita, e acenou. A silhueta de um homem acenou de volta. — Eu vou dividi-lo com você, Nina, assim como você está dividindo Dee comigo, ok?

— Claro — estreitei os olhos para ver aquela figura escura, lá em cima na janela. Tive que resistir ao ímpeto de sugerir que entrássemos naquele momento mesmo para que eu pudesse conhecê-lo. Não queria pressionar, pois temia destruir a chance de obter mais informações sobre meu pai e, talvez, até uma pista do paradeiro dele.

— O que ele está fazendo em casa agora? — perguntou Derek.

— Ele é escritor.

— Que legal! — disse Derek. — Queria que meu pai fizesse algo bacana. Ele é só um técnico na empresa Onadrell.

— Queria que meu pai fizesse qualquer coisa e só. — Mike chutou uma pedra mandando-a para baixo até a metade do quarteirão.

— Meu irmão, Cris, é técnico — disse Wei. — Você tem que ser muito inteligente para ser técnico — ela olhava diretamente para Derek quando disse aquilo e o pescoço dele ficou vermelho. Achei isso fofo e esperava que significasse que ele tivesse descoberto o interesse dela. Mesmo sem ter dito mais nada para mim sobre seus sentimentos, não achava que ele tinha se esquecido ainda. Tudo ficaria mais fácil se ele e Wei... bem, isso o manteria, e também nossa amizade, no trilho certo.

Wei se inclinou para mim e cochichou: — Se você precisar de ajuda algum dia, tem uma pessoa em casa, quase o tempo todo.

As palavras dela deveriam me ter causado uma sensação boa. Em vez disso, assustaram-me até os fios do cabelo. Não queria admitir nem para mim mesma que a situação estava saindo do controle. Mas Wei havia percebido. E se uma garota que acabara de conhecer havia poucos dias estava preocupada o suficiente para oferecer sua casa como um lugar seguro, não poderia negar por mais tempo.

* * *

Nada aconteceu na escola, a não ser a própria escola. Não vi Sal, o que era bom, pois ainda estava com raiva... de nós dois.

No caminho para pegar Dee, contei a Wei sobre a ligação de Ed. — Não tive tempo de contar para vovó e Pops e não quero preocupar os dois. Eles não precisam de problemas por minha causa ou de Dee.

— Vamos contar isso para meu pai— respondeu ela. — Ele saberá o que fazer — ela entrelaçou o braço ao meu. — Não se preocupe, ninguém levará Dee. Eu prometo.

Um tiquinho de otimismo se alojou em meu coração. Eu esperava que ela estivesse certa. Havia sido descuidada e imprudente em minha conversa com Ed na noite anterior, quando desafiei sua autoridade para levar Dee. No passado, quando o confrontava, era Ginnie que aguentava seu ataque de fúria. Agora que ela havia partido, tinha todos os motivos para acreditar que, tendo oportunidade, ele ficaria mais que feliz em me dar uma pancada. Talvez Dr. Jenkins pudesse me acalmar confirmando que a guarda legal era algo que Ed não podia ignorar.

Pegamos Dee e a levamos para o TJ's. Ela nunca havia ido a um lugar como esse, repleto de alunos do colegial.

— Posso sintonizar com a música, Nina?

— Claro, DeeDee, você escolhe — passei vários créditos na *jukebox*. Estava ficando sem créditos. Esperava que o governo começasse a dar nossos benefícios logo. Dee pegou seu AVP e o sintonizou no canal certo.

Dee se sentou conosco, comendo fritas, bebendo refrigerante e acompanhando a música com seus movimentos. Seus olhos captavam seu redor, observando tudo. Havia atletas com jaquetas universitárias agindo como, bem... como atletas. As namoradas deles, verdadeiras ou as que queriam ser, estavam sentadas com eles ou em qualquer outra parte da lanchonete, rindo e fazendo caras e bocas em direção a eles. Um grupo de estudantes da área técnica desenhava em guardanapos, falando em uma língua que só eles conseguiam entender. Alguns caras da música ficavam tamborilando os dedos na mesa e mexendo a boca como se estivessem cantando a música que estavam ouvindo. Algumas pessoas estavam com seus aparelhos ligados. Achava mais divertido observar as pessoas do que assistir a um vídeo que poderia ser visto a qualquer hora. Ficamos sentadas e olhando, pois estava muito barulhento para qualquer tipo de conversa.

Era estranho, mal conhecia Wei, mas me sentia tão confortável com ela. Não é que fôssemos tão parecidas, porque, além da conexão entre o pai dela e o meu, éramos o oposto uma da outra nas categorias. Apesar de que tenho que admitir que sua atitude não era como a da maioria das garotas das categorias altas. Fiquei pensando se ela só estava sendo uma amiga para mim porque nossos pais haviam sido próximos.

Enterrei minha insegurança. Não achava que Wei fosse como Sal. A família dela queria me conhecer e ela estava ansiosa por me dar informações sobre meu pai, e não apenas me fazer um monte de perguntas.

Sal. Por que ele me afetava tanto? Queria apenas ser capaz de esquecê-lo, mas não conseguia parar de pensar nele. Como desejei estar perto dele, e agora... O calor queimava meu pescoço só de pensar o quanto ficara parada lá, esperando que ele me beijasse. Desejando que ele me beijasse. Em vez disso, fui atormentada com perguntas sobre meu pai. A humilhação doía ainda mais que na noite anterior.

Quando estávamos deixando a lanchonete, Wei perguntou: — Você pode vir jantar hoje à noite em minha casa?

— Claro — minha pulsação acelerou. Eu poderia conhecer a família dela, poderia descobrir coisas sobre meu pai. — Preciso levar Dee para casa primeiro. Você gostaria de vir conosco e conhecer vovó e Pops?

— Claro.

— Você precisa ter cuidado com Pops — preveniu Dee. — Ele é meio bobo e, às vezes, não coloca a perna.

— Ele tem uma perna biônica?

— Nada — respondeu Dee. — Ele tem uma perna *G.I.* O governo não deu para ele uma do tipo bom. Ele odeia o governo.

— Dee, Dee! — gritei com um olhar reprovador. — Ele não odeia o governo. Ele só tem raiva... — Ginnie não foi cuidadosa em explicar sobre falar abertamente o que pensava a respeito do CR para Dee quanto foi comigo. Acho, então, que serei eu quem terá uma conversa com minha irmãzinha antes que ela se meta em confusão.

Wei riu. — Tudo bem para mim se ele odeia o governo. Ninguém que eu conheça gosta.

— Seu pai não trabalha para a mídia? Isso é como trabalhar para o governo.

— Meu, é isso mesmo. Ele trabalha. Mas... bem... — ela perdeu o fio da meada e as palavras de precaução de Pops atingiram meu cérebro... As coisas não são o que parecem. Parecia que aquilo estava virando meu mantra. Talvez, Wei e sua família não fossem o que pareciam. Só teria que esperar para ver.

❖ ❖ ❖

Estávamos quase chegando ao apartamento quando meu estômago se contraiu. Como nosso apartamento em uma comunidade de aposentados de categoria baixa iria parecer para uma pessoa que vivia em uma mansão? — É... Wei, nossa casa é, bem... A gente acabou de se mudar e os benefícios do governo ainda não...

Wei riu. — Você acha que eu me importo com toda essa bobagem de categorias?

Sorri para ela. — Algumas pessoas se importam — meu coração se acalmou e imediatamente relaxei. Estava tão acostumada com Sandy, pois tudo que tivesse a ver com categoria importava para ela. Seria legal poder estar com uma pessoa que não estivesse tão envolvida com categorias e os dezesseis, conversar com uma amiga que era mais interessada em música e arte. Desejava que Wei quisesse ser minha amiga.

Quando entramos, Pops estava sentado em sua poltrona preferida. Ele se animou quando fechei a porta.

— Olá, pequenininha Deedles — sua voz estava grave, porque estava dormindo. — Quem está com vocês?

— Pops, esta é Wei Jenkins. Estudamos juntas na escola.

— Olá, senhorita Jenkins — ele se endireitou, passando a mão pelos cabelos arrepiados.

Quase podia vê-lo organizando seus pensamentos, como escolher seus *chips* preferidos para o AV. Ainda bem que ele estava com a perna no lugar certo.

— Jenkins, huuum. Esse nome me soa familiar — ele gritou na direção do quarto: — Edi, vem aqui. Preciso de sua memória. E nós temos companhia — ele sorriu para Wei. — Me perdoe por não poder levantar. Ossos velhos, sabe? Mas que menininha bonita você é.

Ela não corou como eu, que certamente teria ficado vermelha. — Obrigada!

Vovó entrou na sala enxugando as mãos em um pano que estava preso em seu cinto. — Estou fazendo *cookies* de chocolate — ela viu Wei. — Olá!

— Esta é Wei Jenkins, vovó. Ela é uma amiga da escola.

— Filha de Jonathan Jenkins — disse vovó.

— Sim — respondeu Wei.

Vovó se virou para mim. — Era Jonathan Jenkins que estava naquela foto que estávamos olhando.

— Wei e eu descobrimos isso ontem. Eu me esqueci de contar — não quis dizer o motivo que me fez esquecer: a briga com Sal.

— Wei, é um prazer conhecê-la. Você gostaria de ficar para jantar? — perguntou vovó.

— Esperava que Nina pudesse vir jantar em minha casa esta noite — respondeu Wei. — Está tudo bem?

— Claro. Mas não se esqueça de que hoje não é fim de semana.

— Minha mãe não vai deixar a gente esquecer. Nina estará em casa antes das nove.

— Leve um casaco, querida — vovó estava irrequieta comigo. — Está esfriando. Pegue o coletivo, porque não quero você andando sozinha à noite.

— Sim, vovó — fui buscar o casaco. Ela não precisava se preocupar, pois sabia tomar conta de mim mesma. Não foi isso que fiz nessas últimas semanas até agora?

Minutos depois, Wei e eu estávamos lá fora, esperando o 33. Assim que ele parou, notei que havia uma *van* verde atrás dele. Torci o pescoço para o lado, tentando ver se não era a *van* de Ed. Não consegui ter uma visão clara para ter certeza. Por um segundo, pensei se não deveria ir à casa de Wei para vigiar Dee. Contudo, não podia deixar de ir. Precisava conhecer o Sr. Jenkins. Nesse momento, a *van* verde acelerou e ultrapassou o coletivo. Tinha que encontrar uma maneira de impedir Ed de ver Dee. Pelo menos, por enquanto, não teria com o que me preocupar durante a noite.

XXI

— Estou um pouco nervosa — confessei, o que era uma declaração imensa e amenizada. Meu cérebro estava sacodindo para frente e para trás de nervoso e pânico paralisante. De alguma forma, consegui manter o corpo sob controle desde o momento em que descemos do coletivo até caminharmos do ponto até a casa de Wei.

— Não fique. Meus pais realmente gostam de conversar.

— Os meus também — por um milésimo de segundo, pensei que mal podia esperar para contar a Ginnie sobre isso quando chegasse em casa. Então, lembrei-me. Nunca mais poderia contar nada a ela. Bem no momento em que achava que tudo estava sob controle, um pensamento sobre Ginnie brotava e eu me esquecia de sua morte. Esperava que algum dia pudesse pensar sobre ela sem ter vontade de chorar. Lutei para voltar ao momento, forçando-me a pensar que estava chegando perto de encontrar meu pai. Isso era a coisa mais importante que eu precisava fazer. Estava fazendo isso por Ginnie.

— Você está bem?

Pisquei, furiosamente, tentando impedir as lágrimas. — Sim.

A cada passo, eu me fazia voltar ao lugar onde sentir saudade de Ginnie fosse mais suportável. No momento em que chegamos ao prédio de Wei, eu tinha conseguido.

Havia um painel de segurança comum na frente, mas Wei não o usou. Ela apertou vários botões de um teclado escondido por baixo da placa do número da casa. Um foco de luz brilhou em seu olho e um momento depois a porta estava aberta.

— O que era aquilo?

— *Scanner* de retina, meu pai que instalou. Ele adora dispositivos eletrônicos.

A entrada com tijolos marrom era como um museu. O mármore rosa dos degraus que levavam para o andar de cima tinha marcas de desgaste de séculos dos pés das pessoas que os subiram e desceram. O corrimão de metal tinha um brilho por causa das incontáveis mãos que o haviam segurado. Um lustre gigante iluminava toda a área, provocando sombras e luzes fracas por toda parte.

— Nossa! — prendi a respiração. — É lindo, eu amei!

— Eu também. Algumas pessoas não gostam porque é velho. Minha irmã, Angie, odeia. Ela mal podia esperar para se mudar para um neocondomínio na Grande Ilha. O marido dela é da categoria sete. Ela age como uma esnobe de verdade às vezes — Wei balançou a cabeça. — Eles podiam morar aqui, no primeiro andar, mas ela não quis. Então, meu pai usa aqui como escritório — ela apontou para a direita. — Ali ficam os aposentos das visitas — ela apontou para esquerda. — Você quer ver?

— Claro.

Wei tentou a porta do escritório de seu pai. — Fechada — ela deu de ombros. — Vamos tentar a de visitas — ela virou a maçaneta e entramos.

— Tudo aqui é meio velho — disse ela. — É basicamente mobiliado com móveis que não usamos mais.

Coisas velhas? Tudo o que vira era dez vezes mais legal que qualquer coisa que já tive ou esperava ter. Mesmo quando éramos da categoria cinco, nossa mobília não era legal como essa. Acredito que pessoas de categoria superior, como Wei, não pensem em coisas como essas. Fiquei vermelha ao imaginar no que ela deve ter pensado do lugar em que vivemos.

— A casa inteira é segura, você sabe — sorriu Wei. — Você pode dizer o que quiser aqui que a vigilância não consegue escutar.

Enquanto ela gesticulava, notei sua tatuagem. Fiquei pensando se ela já tinha transado. — Posso lhe perguntar uma coisa?

— Qualquer coisa. Sou um *chip* de texto desbloqueado — ela sorriu para mim. — Meu pai diz que as pessoas costumavam dizer "sou um livro aberto". Mas quase ninguém lê livros hoje em dia, já que estão todos em *chips* ou *downloads*.

— Ginnie lia — falei. — Os livros de verdade, quero dizer. Depois que ela morreu, o C.H.F.E.S. veio até nossa casa e confiscou a maioria de nossos livros.

— Sério? Que esquisito. Será que vão olhar as coisas de todas as pessoas depois que elas morrem?

— Acho que não — falei. Novamente, vi o XVI e decidi que era melhor perguntar enquanto ainda tinha coragem. — Você já, você sabe... transou?

— De jeito nenhum — ela colocou as mãos nos quadris. — E não vou transar até estar preparada. É bom que nenhum cara tente forçar a barra para cima de mim ou se arrependerá. Não aprendo *Cliste Galad* à toa.

— *Cliste* o quê? — seus olhos brilhavam o bastante para me convencer de que qualquer cara seria mesmo um burro para mexer com ela.

— *Cliste Galad*. É um tipo de arte marcial que estou aprendendo. É a combinação do místico oriental e da luta de guerra celta.

— É difícil aprender?

— Não para mim — respondeu ela. — Mas acho que deve ser. Acho que vai ser muito útil para manter os caras em seus lugares — ela riu. — Aposto que você também não quer transar, quer?

Balancei a cabeça. — Vi coisas... — comecei a contar sobre os vídeos de Ed, mas não acabei. Não sabia o quanto podia ou não contar a Wei. Não queria arruinar o que poderia ser uma boa amizade contando a ela como minha vida era típica de categoria inferior.

— Minha mãe enfiou na cabeça que as mulheres não são objetos sexuais e as meninas de dezesseis anos não são robôs sexuais ambulantes como a mídia as representa. E aqueles vídeos nas aulas de Saúde? Se algum cara tentasse aquelas coisas comigo, eu o mandaria para a lua numa viagem só de ida. Nós temos que gostar que os caras venham nos convencer a transar? Acho que não. Não essa garota aqui.

Não consegui segurar e dei uma risada. Os vídeos de "como fazer sexo" a que assistíamos na escola eram bem ridículos.

— A gente precisa ir lá para cima — disse Wei, andando na direção da porta. — Provavelmente, eles já estão nos esperando — ela fechou a porta com cuidado e subimos as escadas.

Tive uma sensação esquisita quando minhas mãos passavam pelo corrimão de metal. — Você já teve a sensação de que está de alguma forma tocando todas aquelas pessoas do passado que costumavam viver aqui?

— Ah-hã. É como se isso fosse uma conexão contínua com a história. Minha mãe diz que as pessoas carregam a sabedoria das eras dentro de si. Mas geralmente ninguém quer olhar tão de perto para si próprio. Minha mãe pratica métodos de cura antigos e usa ervas e amuletos e todo tipo de coisa que o mundo esqueceu. Ela tem todo tipo de objetos estranhos no terceiro andar. Uma hora dessas ela lhe mostra, caso você queira ver.

Paramos em frente a duas portas escuras de madeira que tinham maçanetas de metal adornadas e enormes. Um objeto com a forma de "U" estava pendurado no meio de uma delas.

— O que é isso? — apontei.

— Uma aldrava — ela demonstrou para que servia a erguendo e a deixando cair, provocando um som agudo que ecoou pelo corredor. — Antes dos painéis de identificação e campainhas, era isso que existia. Vivo dentro de um antiquário. Sabe isso aqui? — ela apontou para um círculo de metal bem abaixo da aldrava. — É um olho mágico, um painel primitivo. Você olha através dele e consegue ver quem está do outro lado.

Fiquei na ponta dos pés e tentei ver. Nesse momento, a porta se abriu me fazendo perder o equilíbrio e cair para dentro. Um homem me segurou do lado de lá.

— Esta deve ser Nina — ele não me soltou até ter certeza de que eu havia recobrado o equilíbrio.

— Oi, pai. É, ela nunca tinha visto um olho mágico antes.

— Você não se deu ao trabalho de contar a ela que eles funcionam muito melhor do lado de dentro da porta, não é?

Ela abriu um grande sorriso para mim. — Desculpe!

— Sem problemas — fiquei vermelha.

Ele olhou atentamente para meu rosto. — Você se parece com seu pai... exceto as covinhas. Elas são de sua mãe. Ela costumava ficar corada o tempo todo também — ele piscou para mim.

Aquilo era novidade para mim. Ginnie sempre foi tão confiante, nada nunca parecia constrangê-la. Talvez ainda houvesse esperança para mim.

— Jade — chamou ele. — Nina está aqui.

A mãe de Wei era a mulher mais linda que eu já tinha visto. Seus cabelos lisos e pretos balançavam na altura das bochechas enquanto ela colocava os braços a meu redor e me abraçava forte do jeito que as mães fazem. Senti uma sensação tão boa que meu coração doeu. Quase consegui imaginar que era Ginnie quem me abraçava.

Depois de um momento, ela me segurou pelo braço e, como seu marido, estudou meu rosto. — Você é filha de seu pai — ela passou o dedo que tinha a unha perfeitamente pintada pelo canto de meus lábios. — Vejo Ginnie aqui — seus olhos ficaram sombrios. — Sua mãe foi a melhor amiga que já tive.

— Sério? — engoli as lágrimas. — Não sabia disso. Ela nunca... — parei, pensando que seria rude dizer que Ginnie nunca a havia mencionado para mim.

— Claro que você não poderia saber. Nós não nos vimos desde... bem, a última vez que estivemos juntas, você era desse tamanho — ela aproximou as mãos a uma distância que não chegava a 60 centímetros.

— Era um bebê?

— Era. Foi uma época maravilhosa e também muito triste, depois que seu pai... — ela pausou e olhou para o pai da Wei, que quase que imperceptivelmente balançou a cabeça em negativa. — Porém, esta noite, iremos falar somente dos bons tempos. Vamos jantar agora? Vocês devem estar famintas.

❖ ❖ ❖

Fiquei com tanto medo de cometer algum erro estúpido, típico das categorias inferiores durante o jantar, que me mantive em silêncio e, na maior parte do tempo, mexia na comida. Mais tarde, na sala de estar, sentei-me na ponta do sofá, determinada a não perder nenhuma palavra sobre meu pai e Ginnie.

— Nós crescemos juntos, a alguns quarteirões de distância daqui — disse o Sr. Jenkins.

— Não se esqueça do pai de Sal — disse Wei.

— Sim, Brock morava no quarteirão também. No sexto ano, nós éramos os forasteiros, como a Resistência em *A Ascensão de Marte*. Você conhece essa história?

— Conheço — respondi. — Os agentes do C.H.F.E.S. confiscaram nossa cópia depois da morte de Ginnie.

— Isso traz tudo de volta — ele suspirou e balançou a cabeça. — Lembro-me da mãe de Brock costurando nossas fantasias de forasteiros para usar na escola no Dia da Imaginação.

— Tenho uma foto de meu pai com uma capa e a letra "E" enorme no peito. Como ele era? — eu queria detalhes. Sabia como ele se parecia, mas queria saber que tipo de pessoa ele era.

Sr. Jenkins riu. — Nós éramos garotos malucos, mas... — seu olhar ficou sério. — Aquilo foi apenas o começo.

— Todas as garotas da escola eram doidas por Alan — disse Sra. Jenkins. — Ele era tão bonito. Amigo de todos, mas só amava Ginnie.

Senti uma pontada de tristeza no peito. Minha mãe tinha o homem que a amava dessa forma e então... então, ela escolheu ficar com Ed. Se meu pai estava mesmo vivo, por que ela não tinha ficado com ele? Mais do que nunca, tinha que saber o que acontecera, o motivo de ele ter partido.

— Ser charmoso não era sua qualidade principal — riu o Sr. Jenkins. — Ele era inteligente, esperto e definitivamente tinha jeito com as palavras. Como chefe da equipe de debate na escola, conseguia convencer quase todo mundo a ver o lado de seus argumentos. Esse era o desejo para a vida profissional de qualquer um da categoria dez. Ele ganhou como prêmio uma bolsa de estudos completa e formulou os contratos.

— Ele era legal? — precisava saber se ele era uma boa pessoa. Ginnie merecia ter sido amada por alguém que a tratasse bem.

— Até demais — disse a Sra. Jenkins. — Foi isso que o meteu em problemas. Ele ajudava a todos menos, infelizmente, a si mesmo. Ele não conseguia passar por um mendigo sem parar e perguntar se precisava de créditos ou comida — ela se virou para o marido. — Lembra-se de quando ele tentou criar aquela cozinha de sopa?

— Claro que me lembro — disse o Sr. Jenkins. — A mídia descobriu esse lado dele e, mesmo que legalmente ela tivesse que liberar a bolsa de estudos, não havia nenhum emprego disponível a ele depois da universidade.

Eles falavam com tanta liberdade que comecei a me preocupar. — É seguro? Vocês sabem...

— Vigilância? Não se preocupe — respondeu a Sra. Jenkins. — É perfeitamente seguro aqui.

Isso foi o que Wei dissera anteriormente, no corredor. Concentrei-me pensando se eles tinham um criptógrafo. Antes que pudesse perguntar, Sr. Jenkins começou a falar de novo.

— Alan ganhou o debate regional de Chicago de 2132 — disse ele. — Seu nome está gravado em uma placa no prédio de Administração Educacional que fica na rua State com a Adams no Hall dos Vencedores. Está numa caixa de exibição na metade do corredor principal à esquerda — ele piscou para mim, como se soubesse que iria lá procurar. — A mídia tentou removê-lo de lá em 2135, mas o plano dela não deu certo. O furor da publicidade em volta do esforço dele simplesmente destacou Alan e seus ideais ainda mais para o público.

— Era o debate sobre mídia *versus* livre-arbítrio, não é? — era a foto de meu pai e sua medalha no álbum de vovó.

— Isso. Ele não temia falar da mídia *versus* direito dos cidadãos. Ele acreditava fortemente no governo feito pelas pessoas e não pela mídia. — Mas você trabalha para a mídia, não é? — não entendia como uma pessoa podia estar associada a alguém ou, nesse caso, a um negócio em que não confiasse ou acreditasse.

— Sim, eu trabalho — ele parou de falar e, sem pressa, passou o dedo pelo desenho bege do braço da cadeira em que estava sentado. Finalmente, ergueu a cabeça e olhou diretamente em meus olhos. — Cerca de trezentos anos atrás, um famoso general asiático, Sun-Tzu, disse: "Mantenha seus amigos perto e seus inimigos mais perto ainda". Essas palavras são boas para seguir.

Ele parecia Ginnie falando. O único inimigo real que eu tinha era Ed. A ideia de ter Ed próximo a mim me deixou enjoada.

— Pai — disse Wei —, você pode dar a Nina o *chip* do debate do pai dela? Ele explica isso tão bem.

— Você sabe que não posso — respondeu ele. — Os discursos de Alan são tão radicais que foram considerados ilegais. Se Nina for encontrada com eles, poderá ser presa. A reincorporação é o caminho comum para a reparação.

— Ele estava na lista negra do CR — explicou a Sra. Jenkins. — Todo e qualquer movimento dele foi investigado desde o momento em que iniciou o debate contra a mídia e ganhou. Se ele não tivesse ganhado, ainda estaria vivo. Se não tivesse morrido, teria sido reincorporado.

Desde o início de nossa conversa, algo estava martelando continuamente meu cérebro.

— Espera. Outro dia, houve uma interrupção do sistema de propagandas no centro, por um cara que Derek disse que era o Eliminador. É meu pai? Ginnie me disse que achava que ele estava em Chicago — minha pulsação estava acelerando tão rapidamente que me sentia zonza. — Ela estava certa, não é? Só pode ter sido ele. O senhor disse que o nome que vocês se deram era forasteiros. Um deles era o Eliminador. A fantasia de meu pai tinha a letra "E" gigante. Tem que ser ele — sentia como se tivesse ganhado a Loteria Interestelar.

Os três ficaram me encarando. Em seguida, entreolharam-se.

Ninguém disse uma palavra. Respirei fundo e expliquei melhor. — Antes de Ginnie falecer, ela me contou que meu pai estava vivo. Alguns dias atrás, Sal me perguntou se alguma vez eu tinha pensado na possibilidade de ele não estar morto e de ele ser o líder dos AntiCons. Minha avó disse que Alan não era um radical e que ele transformava tudo com seu discurso. Não importa qual seja a verdade, mas preciso saber. Ginnie me deixou algo que preciso entregar a ele. Ela disse que tinha respostas. Respostas do que, eu não sei. Mas, se vocês souberem onde ele está, por favor, me digam.

— Eu estava lá na noite em que seu pai se afogou — disse o Sr. Jenkins. — Alan e eu marcamos de nos encontrar em um dos oásis. Cheguei primeiro e vi seu pai atravessando a ponte. As ruas estavam cobertas de gelo, uma *van* virou repentinamente e o atingiu, jogando-o para fora da ponte dentro do rio. Acho que foi de propósito. A *van* desapareceu rua abaixo e seu pai, dentro da água. Contei à polícia o que tinha visto. O corpo de Alan nunca foi encontrado.

— Ginnie não mentiria. E Sal? — procurei na expressão dos rostos deles um vislumbre de esperança, mas não havia nada.

— Sinto muito, Nina — Sra. Jenkins me abraçou. Dessa vez, não senti nada.

— Se tivéssemos mais tempo esta noite, eu a deixaria ouvir um dos discursos de seu pai. Mas já é tarde. Na próxima vez que você vier, se não estiver aqui, Wei sabe onde eles ficam. Você terá dezesseis anos logo e precisa saber de tudo que seu pai acreditava — disse o Sr. Jenkins. — Essas são as ideias pelas quais ele morreria para defender.

— Obrigada!

— Você já preencheu sua inscrição para o CeFFem? — pergutou a Sra. Jenkins.

— Ginnie comprou meu contrato de volta — respondi. — Foi uma das últimas coisas que ela fez por mim.

— Fico muito feliz. Mantenha esse contrato em um lugar seguro. Não acreditamos que o CeFFem seja exatamente o que o CR gostaria que acreditássemos. Sei que nem sua mãe ou seu pai gostariam que você acabasse no treinamento do CeFFem.

— Está com minha avó — falei. — Tenho certeza de que está bem guardado.

— Tenha certeza de que está seguro — disse a Sra. Jenkins. —, pois garanto que o governo adoraria ter a filha de Alan Oberon em seu programa do CeFFem. Como se isso fosse trazer alguma credibilidade aos olhos daqueles que não confiam no governo.

— Minha amiga, Sandy, quer mais do que qualquer outra coisa ingressar no CeFFem. Ela acha que é a única maneira de sair da categoria inferior. Ela até me pediu para falar com Ed por ela.

— Quem é Ed? — perguntou a Sra. Jenkins.

— Ele era o namorado de Ginnie. Ela começou a sair com ele quando eu tinha quatro ou cinco anos. Ele a engravidou, Ginnie teve Dee e nós nos mudamos da casa de vovó e Pops. Quando Ed foi transferido para Cementville, fomos para lá também — não tinha muita certeza do quanto podia contar, mas os pais de Wei estavam sendo tão bondosos que continuei. — Ginnie nos mantinha longe dele o máximo que podia. Ele era imoral e cruel. Não entendo como ela suportava ficar com ele.

— Ele também é um selecionador — disse Wei.

— Ele esteve em minha antiga escola, outro dia, e perguntou a Sandy se vovó e Pops tinham saúde suficiente para cuidar de Dee. Depois, ontem à noite, ele me ligou e disse que queria ver Dee.

— Isso parece normal — disse a Sra. Jenkins. — Ele é o pai dela.

— Eu sei, mas... — tinha que confiar neles, pois não havia mais ninguém a quem recorrer. — Ginnie me pediu para mantê-lo longe de Dee, custe o que custar. Depois da aula, hoje, eu o vi circulando em volta da escola de Dee. Tenho medo de que ele queira levá-la para torná-la uma menina cinderela.

— Alguns pais biológicos fazem isso — disse a Sra. Jenkins. — Se ele sequestrar sua irmã, será extremamente difícil para você recuperá-la. Ele pode até conseguir que ela seja reincorporada e a mente dela acreditará que quer ficar com ele.

— Não deixarei que ela saia de baixo de minhas vistas. Mas o que posso fazer em relação à escola? Ela está segura lá?

— Ele teria que mostrar uma prova de paternidade para pegá-la, o que provavelmente não tem, pois do contrário já a teria levado — respondeu a Sra. Jenkins. — Qual a escola que ela frequenta?

— Dickens — meu estômago revolvia violentamente. Não só minhas esperanças de encontrar meu pai estavam ruindo, como também agora isso estava se confirmando: Dee estava realmente em perigo por causa de Ed.

— Tenho amigos que trabalham lá — disse a Sra. Jenkins. — Você tem uma foto de Dee?

Enviei uma foto digital de escola da Dee de meu AVP para o dela. — Esta é a do ano passado — falei. — O cabelo está mais comprido agora. Fora isso, ela está igual.

— Você não precisa se preocupar com ela na escola — disse ela. — Eu prometo.

— O que você vai fazer? — parecia que eles tinham uma rede de pessoas que eu não podia ver, mas que estavam lá para fazer tudo que precisava ser feito. Era surreal, mas confortante também... de uma maneira bizarra. Além disso, estar entre essas pessoas me fazia sentir mais próxima a Ginnie. Tinha a sensação de que ela estava feliz por eu os ter encontrado.

— Meus amigos vão ficar de olho em Dee — respondeu ela. — Eles são de inteira confiança e vão garantir que ninguém chegue perto dela. Ela teria medo do pai se ele tentasse levá-la?

Balancei a cabeça. — Ela gosta dele. Ele sempre foi legal com ela. Ela nunca o viu machucando Ginnie. Ele nunca bateu em minha mãe quando ela estava por perto.

Um relógio imenso no canto marcou meia hora. — Você pode contar conosco para ajudá-la, mas está tarde agora. Não se preocupe com Dee. Wei, acompanhe Nina até o ponto de coletivo.

— Claro! Vamos!

— Obrigada pelo jantar e por contar sobre meu pai — o entorpecimento que havia ameaçado tomar conta de meu coração depois do silêncio da confirmação da morte de meu pai estava sendo desafiado por um som insistente das palavras de Ginnie dentro de minha cabeça. Ele estava vivo. Eles tinham que estar errados.

Sra. Jenkins apertou meu casaco na frente, da mesma maneira que Ginnie teria feito. — Convença sua amiga a não ir ao CeFFem. É uma empresa perigosa. De jeito nenhum ela é o que parece ser. Você precisa convencê-la de que mesmo a existência em uma categoria inferior é melhor do que as mentiras acerca da estação de treinamento do CeFFem.

— Vou tentar — não conseguia imaginar nada que pudesse dizer para impedir Sandy de entrar no CeFFem.

Quando saímos, estava frio. E o alerta da Sra. Jenkins sobre o CeFFem fez parecer ainda mais congelante. Tentei afastar esses pensamentos. Já havia tido o suficiente por uma noite. Queria a normalidade, mesmo que fosse apenas por alguns minutos.

— Como é possível seus pais não se importarem com o fato de você andar só depois do anoitecer? — perguntei para Wei.

— Arte marcial. Posso lhe mostrar alguns golpes um dia desses, se quiser.

— Isso seria sensacional. Depois, se Ed aparecer e tentar levar Dee... — fiz alguns movimentos desastrados com os braços. Wei e eu rimos e por um momento me senti como uma garota normal com uma amiga, apenas agindo como bobas. Mas esse sentimento não durou. Hesitei um momento antes de perguntar: — Você viu Sal hoje?

Ela balançou a cabeça. — Ele não estava na escola. Por quê?

— Por nada. Também não o vi e fiquei pensando... só isso.

— Sal e eu nos conhecemos desde que éramos bebês. Depois que os pais dele morreram, ele não se permite aproximar-se de ninguém. Ele até tentou me afastar, ficando longe de mim. Disse para ele: "Pode esquecer, Salzo, estamos ligados até o fim". Sei que ele tem medo de se machucar caso algo aconteça com qualquer pessoa com quem se importe. Também sei que ele gosta de você de verdade.

Aquilo não melhorou meu humor. Ficamos paradas debaixo das luzes amarelas da rua Clark com o vento frio de novembro chicoteando minhas pernas, cortando através da minha calça *jeans*, congelando-me por dentro.

Sentada no banco do 33 em direção à minha casa, meus pensamentos se dirigiram a Sal, como sabia que iriam. Depois daquilo que Wei disse, quase podia sentir minha dureza em relação a ele amolecendo. Queria acreditar nela, que ele gostava de mim, que gostava de verdade. E quase conseguia. Pelo menos até lembrar que no dia em que nos conhecemos, ele reconheceu meu nome. Ele sabia que eu era filha de Alan Oberon desde o início.

Afastei os pensamentos sobre Sal, somente para ser atingida por outras coisas que ouvira na casa dos Jenkins. Eles queriam que eu acreditasse que Alan estava morto, mas Ginnie dissera o contrário. Não foram os medicamentos que falaram ou a Máquina do Infinito ou suas feridas. Ela sabia que meu pai estava vivo e ela esperava que eu o encontrasse.

Ela também devia saber que meu pai era um AntiCon. E não qualquer um, mas o líder deles. Por que ela nunca me contou? Ela poderia ter confiado em mim. Tenho certeza de que ela tinha suas razões, mas eu era sua filha. Em quem mais ela poderia confiar? Um pouco de raiva dela escapou e dei um soco no banco da frente de tanta frustração. O cara sentado lá se virou.

— Qual é seu problema? — disparou ele.

— Nada, me desculpa — olhei para o lado.

Ele se virou para frente, murmurando algo sobre adolescentes.

Sentei-me em cima das mãos. CeFFem. Como eu poderia nesse mundo convencer Sandy a abandonar o sonho de sua vida? Pensei que talvez tivesse mais chance de conseguir isso do que encontrar meu pai. Mas eu precisava tentar os dois de algum jeito.

XXII

Acordei tarde, com planos de voltar para o Robin's Roost e investigar por ali. Estava tão atrasada que não tive tempo de conversar com vovó sobre meu contrato do CeFFem antes do café da manhã. Tinha que ir logo se queria ter certeza de que Ed não chegaria perto de Dee entre nossa casa e a escola.

No caminho para a escola, olhava constantemente por cima do ombro, analisando as ruas, procurando a *van* verde de Ed. Derek e Mike apareceram na esquina e Wei também, um segundo depois. Percebi que Derek estava muito quieto e a maneira que olhava para ela... Ele estava com o mesmo olhar apaixonado que olhava para mim antes, duas semanas atrás. Putz, ele tinha uma queda por Wei! Não podia me sentir mais feliz. Sem nenhuma paquera sobre mim, podia finalmente relaxar.

Antes que Dee corresse em direção a seus amigos, Wei disse a ela: — Espere por nós depois da escola que vamos para um lugar especial.

— Mais especial que o TJ's?

— É.

— Ok! — ela abriu um sorriso enorme e correu para o pátio da escola, rindo com os amigos.

— Aonde nós iremos? — aquilo colocou um empecilho sério nos meus planos de ir ao Robin's Roost.

— Na Rosie — Wei abaixou a voz. — Lá é ZM e podemos contar a Dee o que está acontecendo em relação ao Ed. Ela precisa saber.

Mike ouviu a parte Rosie. — Vocês vão lá? Bolo de chocolate com cobertura, raspas em cima, cara, é o melhor!

— Tenho créditos que carreguei ontem tocando música com o Riley. Eu pago — disse Derek. — Isto é... — ele olhou para a Wei —, se vocês não se importarem que a gente vá junto também.

Fiquei observando-o, vislumbrando como eu me sentia sobre essa mudança de afeto. Não havia o menor sinal de ciúme se agitando dentro de mim, e sim uma alegria de que não precisava mais lidar com isso. Ser direta e dizer coisas como "não quero namorar você" poderia ter arruinado nossa amizade. Nunca ia querer que isso acontecesse. E mais, eu gostava muito de Wei. E eles pareciam fofos juntos: ele, loiro e alto, com ela, pequenina e de cabelos escuros. Sorri para mim mesma. Era algo bom.

— Por que vocês não encontram a gente lá, mais tarde? — disse Wei. — Nina e eu temos coisas de meninas para conversar primeiro — ela abriu o famoso sorriso para Derek e podia jurar que ele estava derretendo por dentro.

— Claro. A gente pode, é... a gente pode... — seu olhar implorava ajuda a Mike.

— Ir a Alley e ver as novidades das porcarias tecnológicas. Que hora vocês querem que a gente apareça?

— Às quatro.

— Guarda bolo para mim.

❖ ❖ ❖

Quando chegamos à escola, Sal estava no topo das escadas ao lado da porta. Derek acenou para ele, mas ele deu as costas, seguindo o bando de alunos para dentro da escola.

— O que ele tem? — perguntou Derek.

— O sol devia estar bem na visão dele — Wei olhou para o céu.

Era mentira. Não tinha sol refletindo na escada. Mas Derek aceitou. Acho que ele acreditaria em qualquer coisa que Wei dissesse.

Atrás de nós, uma voz masculina disse: — Com licença! — e continuou andando, deixando uma nuvem de pós-barba pelo caminho. Reconheci o cheiro: Ed. Congelei.

— Onde fica a sala do diretor? — questionou a voz. Wei ficou parada, de lado, dando instruções e eu arrisquei espiar. A respiração que eu estava segurando escapou de dentro de mim de uma só vez e meu corpo inteiro tremeu. Era somente um homem pequeno, provavelmente o pai de alguém.

— Preciso correr — falei. — Vou me atrasar para a primeira aula — forcei um sorriso e disparei.

* * *

Entre as aulas, olhava para os grupos de alunos, pensando que pelo menos veria Sal. Não tinha certeza do motivo, pois sabia que aquilo só me faria sentir pior. Imaginei que ele viraria as costas, como havia feito lá fora. Mesmo sabendo ser em vão, tinha esperanças de que ele teria um motivo para se aproximar. Por exemplo, eu.

"Pare de brincar consigo mesma", pensei. Agora que ele sabia que eu tinha menos informação do que ele sobre meu pai, não tinha motivo para ficar perto de mim. Ele provavelmente beijava dezenas de garotas... só porque foi meu primeiro beijo, isso não ia importar para ele. Além disso, fui eu quem se afastou. Na sala de orientação, estava num estado de emoção do tipo anestesiada. Era tudo com o que podia lidar.

— Você está bem? — perguntou Wei.

Dei de ombros.

— Você quer que eu fale com Sal?

— Não. Provavelmente, ele...

— Tem algo que vocês queiram dividir com a sala, senhoritas? — a caneta *laser* do Prof. Haldewick estava apontada para nós. — Alguma coisa importante?

— Não, senhor — respondi.

Aquilo praticamente foi tudo o que aconteceu na manhã, ou seja, nada de importante.

❖ ❖ ❖

Na hora do almoço, Mike, Derek e eu nos sentamos à mesa que ficava ao lado da janela no Mickey. Eu não conseguia parar de olhar pela janela.

— O que está acontecendo? — perguntou Derek.

— É — disse Mike. — Você não está normal, Ninizinha. Vovó e Pops estão bem?

— Eles estão bem — raramente guardava segredos desses meninos, mas não podia falar com eles sobre Sal. Não acreditava em tudo o que a onda da mídia vendia sobre garotas, mas as coisas que aprendíamos nas aulas de Organização Social e Saúde sobre os garotos pareciam ser bem precisas. Principalmente a parte que eles não gostavam de ouvir dramas femininos. Estava me sentindo bem dramática em relação a Sal. Em vez disso, mencionei outro assunto que estava me chateando.

— É por causa de Dee. Nós vimos Ed — eu os atualizei sobre o dia anterior, quando vimos Ed, e todo o restante. — O pai de Wei acha a mesma coisa que você, Der... que ele pode querer uma menina cinderela.

— Isso não vai acontecer enquanto estivermos perto — Derek inflou o peito.

Lembrei-me da escola, quando éramos pequenos, e de como ele sempre estava por perto para me proteger. Sabia que ele faria qualquer coisa para ajudar.

— Nini, você deveria ter contado isso para nós antes — Mike parecia um pouco magoado. — Achei que nós fôssemos seus melhores amigos.

— Vocês são. Me desculpa... é só que, bem, desde que Ginnie morreu e nós nos mudamos para cá, tudo mudou.

— Desde que você conheceu Sal, você quer dizer — disse Derek. — Está bem óbvio que tem algo acontecendo entre vocês.

Fiquei quase surpresa por não ter nem um pouquinho de ciúmes na voz dele. Ele estava enamorado de Wei. Isso, pelo menos, era bom.

— Não tem nada óbvio — respondi. — Ele não está interessado em mim.

— Sério? — disse Mike. — Não é o que está parecendo.

O alarme de Mike, indicando que o sinal da escola tinha tocado, salvou-me de qualquer outra discussão. Fomos carregados através da porta com todos os outros, um fluxo de corpos retornando para Daley. Assim que entramos, vi Sal de longe.

Ele não me viu. Fiquei olhando-o seguir pelo corredor enquanto outros alunos me empurravam para o lado. Não sei exatamente como consegui chegar à minha aula seguinte, Língua e Literatura, mas cheguei. Eu subia e descia a página digital de meu texto, para cima e para baixo. As perguntas não faziam sentido. Não conseguia me concentrar em nada, além do quanto me sentia infeliz. Fechei o questionário sem ter respondido a nenhuma pergunta.

O Prof. Gray pediu que eu esperasse depois da aula. — Você está bem hoje, Nina?

— Estou — por mais que gostasse dela, não iria despejar meus problemas numa professora, seja sobre Sal ou qualquer outro assunto.

— Você é filha de Alan Oberon, não é?

Concordei com a cabeça. Desde que nos mudamos de volta para Chicago, parecia que todos sabiam quem eram meus pais.

Ela pegou um bloco de cartões da gaveta, carregou um deles e me entregou. Em seguida, pegou seu AVP e enviou algo para o meu. — Esse é o número de meu AVP. Se você precisar de qualquer coisa, fale para mim.

— Obrigada — peguei o cartão e fui para a porta. Ali perto, vi Sal com uma garota que nunca tinha visto antes. Você não conseguiria passar um sopro entre os dois.

Ela parecia muito com Sandy no jeito de se vestir, típica garota *dezessexual*, mostrando bastante a pele, com exceção da parte de parecer pobre. As roupas dela não eram de liquidação, eram definitivamente da categoria mais elevada, ultrachique. O peito dela estava pressionado contra o de Sal e um de seus braços estava em volta do pescoço dele, e não dava para saber se ela estava mordendo sua orelha ou cochichando algo. Sua mão livre estava ocupada enfiando algo no bolso da camisa.

Ele me viu olhando e, de forma indiferente (ou pelo menos foi o que pareceu para mim), soltou-se dela. Ela inclinou a cabeça levemente, encarando minha calça *jeans* e camiseta da *Megaworld*. Já que o chão não ia se abrir para me engolir, corri para o banheiro feminino mais próximo, direto para dentro de uma das portas. Sentei-me no chão com as pernas dobradas e abracei os joelhos. Fechei os olhos com força para não ter que olhar minha calça *jeans* da liquidação do ano anterior ou meu tênis comprado numa loja de pechinchas. Que tola tinha sido ao pensar que ele iria querer ficar comigo quando havia alguém como ela por perto. Ela tinha as roupas certas, a aparência certa e a atitude *dezessexual*. Eu tinha sido estúpida o bastante para contar a ele sobre meu medo de ter um namorado. Não importava se eu acreditava na propaganda do *XVI Normas* ou não. Não ia ter um namorado se insistisse em ser uma *antidezessexual*. Falei para mim mesma: "não quero um namorado, quero o Sal". Mesmo que ele estivesse só interessado em meu pai. Mas eu não ia tê-lo. Não agora. Não nunca.

Passei a aula seguinte no banheiro, respirando o ar com cheiro de desinfetante e urina e sentindo que isso era tudo o que eu merecia.

XXIII

Depois da estada patética no banheiro, consegui passar despercebida por Hal, o inspetor-robô do corredor, e entrar na minha aula seguinte. O professor não percebeu a diferença da hora no meu cartão, mas Hal teria percebido. Depois da aula, procurei ter certeza de que Sal não estava à vista antes de ir me juntar a Wei, Derek e Mike.

— Eles sabem sobre Ed — contei a Wei.

— Então, estamos todos juntos nessa — ela sorriu para os garotos.

— Com certeza — Derek respondeu para ela literalmente.

Um suspiro de desesperança escapou de mim. Não queria Derek, mas não me importaria de ser Wei por um tempo. Apostei que nem um tiquinho da mágoa e humilhação que acabara de suportar acontecia com Wei. Eu não conseguia imaginá-la correndo de alguém ou de algo, ficando sozinha dentro de um banheiro.

Mudando meu foco para o trabalho de manter Dee em segurança, enterrei meus sentimentos por Sal lá no fundo, com as lágrimas por Ginnie que me recusei a chorar. Manter todas essas emoções dentro de mim não era fácil e quanto mais eu as bloqueava, mais difícil ficava.

Pegamos Dee na porta da Dickens, e Wei, Dee e eu nos separamos dos garotos.

— Tem certeza de que não querem que a gente vá com vocês agora? — perguntou Mike, esfregando o estômago. — Está roncando.

— Venha — Derek agarrou o braço dele. — Elas disseram que precisam conversar sobre coisas de "menina". Vemos vocês depois — eles saíram em direção ao Alley.

— Guarda um pedaço de bolo de chocolate para mim — berrou Mike sobre o ombro. — Não esquece a cobertura!

Na Rosie, escolhemos uma mesa no fundo e fizemos nosso pedido. Quando a garçonete saiu, virei-me para minha irmã. — Deeds, a gente precisa lhe contar uma coisa.

— Vocês não vão falar de meninos, não é? Sei tudo sobre eles. Minhas amigas me contaram.

Lembrei-me das conversas que eu tinha na quinta série sobre meninos. Como pudemos ser tão bobas? — Não, Dee. Não tem nada a ver com isso. Naquele dia que gritei do outro lado da rua, tinha visto Ed.

— Meu pai? Ele não me disse que vinha me ver — todo mundo teria percebido animação e saudade na voz dela. Ela queria um pai tanto quanto eu. Tanto que até aceitava um saco de maldade cheio de lixo espacial como Ed.

— Acho que ele quer levar você para morar com ele.

— Não posso fazer isso — ela se virou para Wei. — Ele pode ser meu pai, mas não precisa de mim como Pops.

Não aqui queria dizer a ela o tipo de pessoa que Ed era. Ela já suspeitava da maneira como ele tratava Ginnie, mas tinha certeza de que ela não tinha ideia do quão horrível ele tinha sido com nossa mãe. — Se Ed aparecer em sua escola ou tentar levá-la para algum lugar com ele, não vá — falei.

— Por que não? Quero pelo menos vê-lo. Vou dizer que não posso morar com ele. Ele vai entender.

Uma mulher alta e esguia saiu da cozinha e veio até nossa mesa.

Wei colocou a mão direita no peito e fez uma reverência sutil para ela. — Rosie, estas são as minhas amigas, Nina e Dee.

Eu disse "oi" e Dee sorriu.

— Rosie é minha mestre de Cliste Galad — disse Wei.

— O que é isso? — perguntou Dee.

— É um tipo de arte marcial — respondeu Wei. — Na época das Guerras de Energia, um grupo de mulheres escocesas juntou vários tipos de luta que resultaram nessa.

— O que significa Cliste Galad? — Dee se atrapalhou na pronúncia das palavras.

— Significa "Garota Valente e Ágil" — respondeu Rosie. — Hoje em dia, a mídia tenta afugentar as mulheres de seu aprendizado. Há até rumores de que querem proibi-la. O CR não quer que as meninas saibam o quanto podem ser fortes e corajosas. Mas isso não se aplica a essas três *galads* que vejo sentadas aqui. Ela piscou para Dee.

A garçonete passou pela porta da cozinha com nosso pedido.

— Para as minhas clientes especiais — disse Rosie, colocando as bebidas em nossa frente.

— Uau! — os olhos de Dee se arregalaram e, depois, estreitaram-se. — Isso não vai me engordar, vai?

— Desde quando você se importa com isso? E de onde tirou essa ideia, para começo de conversa? — encarei minha irmãzinha.

— Maddie e eu estávamos assistindo ao vídeo do *XVI Normas* — respondeu ela. — As meninas mais novas começam a prestar atenção na aparência e na melhor maneira que podem ficar.

Wei sorriu para ela. — Não acredito em nada que apareça no *XVI Normas* — disse ela. — Sei de acordo com fatos que *milk-shake* de chocolate com creme batido e cereja no topo pode curar qualquer problema. Sabia? — ela tomou um gole enorme pelo canudo. — Uuuuuh! Dor de cabeça de sorvete — ela esfregou a testa.

Dee riu e tomou um gole.

Fiquei segurando meu canudo, mexendo-o na taça e tomando goles pequenos. Dee percebeu.

— Não se preocupe — disse ela. — Meu pai vai entender que não posso morar com ele.

— Ah-hã — a vontade dela de vê-lo mudava tudo. Mantê-lo afastado não ia ser fácil.

A campainha da porta tocou. Eram Mike e Derek.

— Dá uma olhada nisso — Mike me entregou um *chip* enquanto puxava uma cadeira. — Achei que você ia querer detonar isso, é a propaganda mais recente do Van. Eles estão distribuindo para ter nossa opinião sobre o novo AVP.

— Você é igualzinho a seu pai — disse Derek.

— Não sou — Mike parecia um pouco magoado. — E não é que ele queira tomar todos os remédios que enfiam nele. Ele só faz isso para que a gente possa morar em um lugar decente. Nunca deixaria ninguém colocar toda aquela droga em mim. Prefiro ser mendigo.

— Estou brincando... Calma — Derek olhou para Dee. — Como está tudo?

— Nina está preocupada com o fato de meu pai querer me levar para morar com ele. Mas Pops precisa muito de mim. Eu vou dizer isso a Ed e tudo vai ficar bem. Não é nada de mais — a confiança nos olhos dela fez meu estômago doer.

— Ei — disse Mike. — Onde está meu bolo?

* * *

Depois do jantar, quando Dee foi para o quarto fazer a lição de casa, falei com vovó e Pops sobre Ed. Não queria assustá-los, mas não podia mais esconder os últimos acontecimentos deles. Escolhi as palavras com cuidado. — Dee disse que quer vê-lo. Acho que entendo um pouco. Afinal de contas, ele é o pai dela.

— Ele é uma cobra, isso é o que ele é. Se não tivesse essa maldita perna — Pops deu uma pancada no toco da perna —, ia lá e daria àquele canalha o que ele merece. Pai ou não, ele nunca mais vai chegar perto de Dee de novo. Conheço algumas pessoas...

Uma onda de empatia por Pops tomou conta de mim. Essas pessoas das histórias de Pops estavam provavelmente na mesma condição que ele. Devia ser horrível ser prisioneiro do próprio corpo.

Pops continuou: — Posso ligar para pedir alguns favores, sabe?

— Sei — respondeu vovó. A expressão no olhar dela era a mesma que a minha, só que mil vezes mais intensa. — Vamos esperar que não chegue a isso. Ao mesmo tempo, você pode dar a eles um alerta de que algo pode vir a acontecer.

— Boa ideia, velha — Pops ficou inquieto na poltrona. — Você quer pegar o criptógrafo, Nina?

Levantei-me, fui ao balcão e retirei-o do esconderijo. Vovó pegou-o de mim e o ligou. — Vamos deixar você aqui para conversar em particular — ela colocou a mão no ombro dele e foi comigo até a cozinha.

Quando estávamos na sala, ela disse: — Os amigos dele vão ficar felizes de falar com ele. Depois de alguns minutos de gritaria e bravatas, eles vão começar a se lembrar das antigas histórias e ele esquecerá totalmente Ed — a tristeza na voz dela partiu meu coração.

— Como você consegue, vovó? Sinto-me péssima por Pops.

— Quando você ama uma pessoa tanto quanto amo aquele velho... — os olhos dela brilhavam —, você faz de tudo para que ele mantenha seu orgulho e dignidade.

Pegamos os pratos da mesa e levamos para a cozinha. Meu AVP tocou: era Sandy. Respirei fundo e cerquei todas as minhas preocupações num canto de meu cérebro. Elas ainda estariam lá quando a ligação terminasse.

No momento em que Sandy e eu terminamos de conversar, já tínhamos combinado todo o fim de semana. No sábado, ela viria pela primeira vez ao centro desde que nos mudamos. Eu deveria estar feliz da vida, mas não estava. Não tinha ideia de como ela e Wei se entenderiam juntas. Nunca havia conhecido nem gostado de duas pessoas tão opostas como elas. Ainda gostava de Sandy, dizia para mim mesma. Ela era minha melhor amiga. Afastei os pensamentos que diziam o contrário.

XXIV

No restante da semana, passei acompanhando Dee na escola, ida e volta, concentrando-me na visita de Sandy que se aproximava e tentando não pensar em Sal.

Ele não tinha ligado e eu não o tinha visto na escola. Quando a semana estava acabando, já não tremia mais todas as vezes que mudava de uma sala para outra. Minhas orelhas não estavam permanentemente sintonizadas com o som da voz dele. Apatia era o que eu sentia. Felizmente, nenhum de nós tinha visto Ed ou ouvido nada sobre ele também. Talvez ele tivesse mudado de ideia sobre Dee. Provavelmente não, mas eu tinha esperanças.

No caminho para casa, na sexta-feira, Derek nos contou que tocaria com Riley no sábado à noite no Soma. Esse era o lugar da moda, decorado como as cafeterias do meio do século 20, com música acústica e café expresso. Particularmente, não gostava de café, mas adorava seu cheiro. Tinha certeza de que Sandy ia adorar ir lá, especialmente se houvesse vários garotos.

— Trate de todo mundo estar lá — disse Derek. — A gente precisa de apoio moral. Essa é nossa primeira apresentação de verdade.

— Posso ir também? — perguntou Dee.

— Vai ser depois da sua hora de dormir — respondi.

Dee olhou para mim e chutou uma pedrinha na rua. — Tudo bem.

Eu não gostava do papel de mãe, especialmente quando Dee ficava irritada comigo.

— O que você acha de eu passar em sua casa às sete e meia? — Wei perguntou para mim.

— Tenho que fazer umas coisas antes disso — tinha pensado no *chip* do debate de meu pai e formulado um plano para ouvi-lo. — Encontro vocês lá — na esquina da Clark com a escola Dickens, falei: — Vejo vocês amanhã. Acho que eu e Dee podíamos voltar pelo parque em vez de pegar o coletivo.

— Sério? — Dee se iluminou.

— O tempo está quente hoje — falei. — A última vez até a primavera, provavelmente.

— Tem certeza de que quer fazer isso? — a preocupação no tom de voz de Wei foi percebido por Derek e por mim.

— Vamos com vocês — ele ofereceu.

— É — disse Wei. — Não vou ao zoológico há um tempão. A gente podia caminhar lá perto e, talvez, ver os cavalos e as vacas. Certo?

Concordei porque sabia que eles deviam estar certos. Não importava o quanto eu tentasse evitar pensar em Ed: ele estava sempre em minha mente. Mesmo sendo no meio da tarde e nós estando em um lugar público, se ele aparecesse, não saberia o que fazer.

❖ ❖ ❖

No momento em que passamos pelo zoológico, Derek e Wei ficaram para trás. Eles falavam baixo e Wei ria. Estávamos próximos de minha montanha. Não queria pensar sobre a última vez que estivera ali com Sal.

Virei-me para Dee. — Mamãe e eu costumávamos vir aqui — falei. — A gente fazia piquenique e brincava. Era antes de você nascer. Eu me divertia muito.

— Só você e a mamãe? E Ed?

— Ela não conhecia Ed nessa época. Acho que ela não tinha namorado. Embora, pensando bem, havia um cara às vezes, você sabe. Não me lembro dele muito bem. Ele costumava fazer coroas de trevo para mim. Eles costumavam conversar e rir enquanto eu rolava pela colina de grama. Quer fazer isso?

— Nina — ela repuxou a boca —, tenho quase doze anos. Não fico rolando na grama.

— Bem, talvez você devesse — eu a alcancei e comecei a fazer cócegas nela. Ela gritou e disparou para longe. Corri atrás dela e nos jogamos no chão, brincando como costumávamos fazer. Era o momento mais divertido que tinha com ela desde a morte de Ginnie.

Wei e Derek nos alcançaram e ficaram parados olhando para nós. — O que vocês estão fazendo? — perguntou Derek.

— Brincando — respondeu Dee no meio das risadas. — Viu? — ela deu uma cambalhota e saiu rolando na grama. — Vocês têm que fazer também — ela disse para todos nós.

— Está ficando tarde — disse Wei. — Temos que ter certeza de que vocês estarão no coletivo.

— Vamos ficar bem — falei. — O ponto é logo ali — apontei para atrás das árvores. — Não vai acontecer nada — divertir-me um pouco pelo menos e estar nesse lugar me fazia sentir quase segura.

— Vamos esperar aqui e ter certeza. Certo?

— Realmente não precisa. Posso lidar com isso — fiz meus movimentos exagerados de arte marcial com efeitos especiais. — Iáááá!

Derek revirou os olhos. — Acho que está tudo bem. O que você acha? — ele olhou para Wei, esperando uma confirmação.

— Acho que você ia derrubar Ed de tanto rir. Isso lhe daria tempo suficiente para fugir — ela pegou a mão de Derek. — Ficamos aqui até você atravessar a rua. Que tal?

— Certo — ri. — Venha, Dee.

Atravessamos a avenida Stockholm e acenei para Derek e Wei. Eles acenaram de volta e foram embora.

Dee e eu estávamos quase na rua Clark quando uma *van* passou zunido atrás de nós. Era verde. Sabia que era Ed.

Ele fez a volta na rua Eugenia, circulando a estátua do Lincoln, e retornou para a rua Clark, bloqueando nosso caminho para o ponto do coletivo. Estávamos numa área aberta, sem lugar para poder correr e nos esconder. Derek e Wei estavam longe para poderem ouvir se eu gritasse.

Meu AVP tocou.

— Estou aqui para ver minha filha — disse Ed.

Desliguei e agarrei a mão de Dee. — Temos que...

Antes que a palavra "correr" saísse de minha boca, uma *van*-táxi amarela estacionou entre Ed e nós. A janela abaixou. Era Sal.

Empurrei Dee para o banco de trás, pulei para dentro e bati a porta. — Vai! — gritei. — Agora!

— Quem era? — Dee olhava pelo vidro de trás.

— Ninguém — respondi ofegante, tentando respirar entre cada frase. — Sal viu a gente. Me ligou. Queria conversar. Não estava aguentando no trânsito.

Aquilo pareceu convencê-la. Ela se virou e sentou-se normalmente. Tentei me forçar a respirar.

Sal manobrou no meio do trânsito como um piloto de corrida Saturno 1000. Quando olhei pela janela de trás, a *van* de Ed não estava mais à vista.

— Mas que diabos vocês estavam fazendo aqui sozinhas tão perto de anoitecer? — Sal exigiu saber. — Você está louca?

— Nós não estávamos sozinhas. Derek e Wei estavam conosco no zoológico — respondeu Dee. — Não sabia que você dirigia *vans*-táxi. Achei que você estava no colegial.

— Estou sim. Só estou fazendo um teste na direção para meu irmão — Sal olhou por cima do ombro para mim. — Alguma coisa errada? Vi vocês e pensei em parar... — ele balançou um ombro em direção a Dee.

Não podia acreditar em minha sorte. Ele não tinha visto Ed e eu não ia dizer nada na frente de Dee.

— Nada. Conto mais tarde.

— Segredinho de namorados — Dee provocou.

— DeeDee, para com isso! — imediatamente me arrependi de perder a paciência e peguei a mão dela. — Desculpa — ela empurrou minha mão.

— Me deixa em paz — ela cruzou os braços e virou-se para a janela.

Ótimo. Apertei-me no canto do banco de trás até chegarmos em casa.

— Sobe e fala para a vovó que já estou indo.

Dee resmungou um "ok" e bateu a porta da *van* atrás de si.

Fiquei olhando até ela entrar no prédio e evitei olhar nos olhos de Sal. — Então, você não o viu?

— Quem?

— Ed. Ele estava do outro lado da rua, entre nós e o ponto do coletivo. Ele me ligou dizendo que queria ver Dee — então, as lágrimas começaram.

Droga! Eu iria chorar toda vez que estivesse perto dele? Ele já me achava uma imbecil por causa do governo e da mídia. Ele adicionaria "emocionalmente ferrada" à lista. Aposto que aquela garota que estava toda pendurada nele na escola nunca desmoronava. Eu odiava isso, mas não conseguia parar. Andava tão assustada, que as lágrimas rolavam pelo meu rosto. Finalmente, consegui parar.

— Desculpa — funguei, esfregando os olhos.

— Isso é só a adrenalina — ele nem mesmo se virou. — Quando uma crise acaba, seu corpo faz coisas loucas.

— Certo. Adrenalina — minhas lágrimas secaram instantaneamente e, em seu lugar, estava surgindo raiva. Não só por causa de seu tom assertivo, mas também pela observação de que meu corpo fazia coisas loucas. Como quando ele me beijou. Aquilo me irritou ainda mais. Antes que dissesse coisas de que certamente me arrependeria, saí da *van*. — Obrigada pela carona — bati a porta tão forte quanto Dee.

Entrei no prédio sem olhar para trás.

XXV

Dee me puxou assim que entrei na sala. Ela estava branca como o cabelo da vovó. — Alguém invadiu nosso apartamento. Vovó teve que dar um calmante a Pops, porque ele estava muito irritado.

— Invadiu? — olhei em volta. Havia livros e *chips* espalhados pelo chão. — Putz! — corri para meu quarto. Minhas roupas e meu material de artes estavam por toda parte. Minha gaveta provisória estava vazia. Procurei nas pilhas, no chão. O livro havia sumido. Disparei de volta pelo corredor até a cozinha. — O livro de bebê da Dee! Onde está? — agarrei vovó pelos ombros. — Alguém levou! A senhora não sabe o quanto é importante!

Vovó se desprendeu de minhas mãos. — Calma, Nina. O que tem o livro de bebê da Dee?

— Ele tem... Eu prometi a Ginnie... É importante... — não planejei contar nada sobre o livro até que descobrisse de verdade que meu pai estava vivo.

Dee tinha deixado a cozinha e vovó me encarava. — Você não está falando coisa com coisa, criança. Por que esse nervosismo com o livro de bebê da Dee?

Eu apertava e soltava as mãos, tentando me recompor. — A última coisa que Ginnie me pediu foi para cuidar do livro. Ela disse que era importante. Talvez não seja, mas porque significava tanto para ela, tenho que o manter em segurança — soltei minhas mãos. Vovó não precisava acreditar em mim, mas isso era o melhor que eu podia inventar.

— Não sei por que alguém o levaria — ela coçou o queixo, analisando meu rosto. — A polícia acha que era alguém procurando remédios. Não havia nada aqui, foi por isso que seu avô e eu estávamos fora. Ele precisava das receitas novas.

Minha mente estava acelerada. Podia ver que vovó não acreditava em mim, mas ela tampouco parecia querer me pressionar tampouco. — Você ligou para a polícia? — perguntei.

— Claro que liguei. Eles vieram e foram embora — respondeu ela. — Já que não estava faltando nada de que eu soubesse — os olhos dela se estreitaram em minha direção —, eles foram embora. Temos que ligar se descobrirmos que algo está faltando. Tem certeza de que não errou o lugar onde guardou o livro de Dee?

— Não, não tenho certeza — na verdade, tinha certeza. Sabia que não havia trocado o lugar. Tinha certeza de que Ed invadira e roubara o livro. Como iria pegá-lo de volta, não tinha a menor ideia.

— É melhor dar uma olhada em seu quarto — disse ela. — Quando chegamos em casa, estava tudo uma bagunça. Se tiver algo importante seu, além do livro...

Dee veio para a cozinha. — Olhei tudo, vovó. Ainda tenho todas as minhas coisas. Mas meu quarto está dando medo agora. Nina, vem comigo e me ajuda a arrumar? Por favor! Não quero ficar lá sozinha.

Vovó nos levou para fora da cozinha. — Vou fazer sanduíches. Não acho que ninguém aqui esteja com muita vontade de comer.

Sei que eu não tinha. Estava enjoada de pensar que Ed mexera nas minhas coisas. Queria me enrolar num cobertor gigante, cobrir-me da cabeça aos pés e parar essa sensação de estar nua que eu sentia.

— Venha, Nina — Dee me levou para o quarto dela. — Está vendo essa bagunça? — as roupas dela estavam espalhadas por todos os lugares. Como eu, roupas eram praticamente tudo o que ela tinha.

Respirei fundo, peguei uma camiseta e comecei a dobrar.

— Estou feliz por eles não terem mexido nisso — Dee segurava seu livro de bebê.

— O que você está fazendo com isso? — apanhei-o das mãos dela.

— Qual é o problema? É meu, não é? Eu o vi quando estava procurando minha camiseta marrom que você tinha pegado emprestada. Levei para a escola no Dia Genealógico.

O pânico subia e descia dentro de mim. Respirei fundo. — Dee, prometi a Ginnie que manteria esse livro em segurança. Você se importa se eu pegá-lo? — fiz minha cara mais triste, o que não era tão difícil nesse momento. — Ele me faz ficar mais perto da mamãe — Putz, isso foi um golpe baixo, mas não podia deixar Dee ficar passeando com o livro pela cidade.

A expressão dela se suavizou. — Certo. Eu não preciso dele mesmo. Mas lembre-se de que é meu.

— É claro.

Depois de ajudá-la a colocar o quarto em ordem, fui para o meu. Uma de minhas canetas de desenho estava quebrada, mas o restante coloquei dentro do estojo. Encontrei a foto de Ginnie virada para o chão, perto da parede, com a moldura quebrada, mas o vidro estava inteiro. Arrumei minha cômoda provisória e coloquei a foto no topo. Depois, deixei o livro em cima. Após o jantar, cobri-o com minhas roupas novamente.

❖ ❖ ❖

Depois do jantar, ajudei vovó a colocar tudo o que estava espalhado na sala de volta em seus lugares. Em seguida, fui direto para meu quarto e empilhei todas as peças de roupa bem no meio do quarto, no chão. Pegando-as, uma por uma, comecei a colocá-las em ordem.

"Sal me odeia", pensei.

Dobrei de novo uma camiseta.

Tinha tido muita sorte por ele ter aparecido para mim e Dee na hora certa. Não sei o que teria acontecido se não estivesse lá.

Coloquei a camiseta na caixa.

"Tudo bem que ele me odeie. Ele é um sabe-tudo insuportável que só quer descobrir informações sobre meu pai. Ele nunca se importou comigo."

Agarrei uma calça *jeans* e a dobrei.

"Aquele beijo não significou nada, nada mesmo. Estou bem."

Empurrei a calça com a camisa.

Não preciso de um namorado arrogante e desleal.

Lembrei-me de Sal dizendo: "... um namorado, é?". Fechei os olhos. Podia sentir a proximidade dele, seu perfume, ver seus olhos...

Empilhei mais duas camisetas e outro par de *jeans* no topo das outras.

Liguei para Sandy. Ela estava em uma festa, podia ouvir a música e as pessoas no fundo. Não conversamos por muito tempo. Além disso, não ia contar a história de Sal para ela mesmo.

— Ligo para você quando estiver no expresso amanhã — gritou ela no AVP.

Mal podia esperar para vê-la. Gostava de Wei, muito, mas sentia saudade do carinho de minha melhor amiga, esperando ainda que Sandy fosse. Mesmo que a gente nunca falasse de Sal, estar perto dela me fazia ficar mais próxima do normal. Mais perto do jeito que minha vida era antes de ter virado de ponta-cabeça.

"Talvez", pensei, "ela não fosse escolhida pelo CeFFem". Se entrasse no Instituto de Arte, seria capaz de ter um pequeno apartamento. Sandy poderia ficar comigo o tempo que precisasse. Sonhar acordada era legal, mas a realidade voltou a tomar conta de mim.

Não podia esquecer que uma pessoa, muito provavelmente Ed, tinha invadido nossa casa procurando algo. Mas não havia como ele saber do livro. As únicas pessoas que estavam no quarto da Máquina do Infinito quando Ginnie me contou tudo eram ela e eu.

Empurrei o restante das roupas no chão e caí no meio do colchão inflável emprestado. Todos os tipos de pensamentos horríveis começaram a povoar meu cérebro, enlouquecendo-me. Levantei-me e fui para a sala de estar. Pops estava adormecido na poltrona e vovó estava lendo.

— Vou sair — falei.

— Para onde? — perguntou vovó. — Está tarde.

— Lá fora. Preciso de ar — era possível ver que ela estava preocupada. — Olha, vou ficar bem. Só vou ficar na entrada. O que pode acontecer aqui? Não vou demorar, prometo — antes que ela pudesse protestar, coloquei o casaco e já estava na porta.

❖ ❖ ❖

Não fiquei exatamente do lado de fora do prédio. Fui até o rio e parei no oásis em que tinha brigado com Sal. Ao sentar num banco, encarei as ondas negras que batiam nos pilares. Sabia que não era inteligente ficar ali, mas não estava mais aguentando. Precisava pensar um pouco. Tudo havia caído em cima de mim. De repente me dei conta de que não desenhava ou pintava desde que Ginnie morrera. Ginnie. O rio parecia agourento e frio. Fiquei pensando em como meu pai poderia ter sobrevivido depois de cair dentro dele. E se ele sobreviveu, como Ginnie tinha dito...

O som de pessoas vindo em minha direção me trouxe subitamente para o presente. Encolhi-me no canto do banco, fora do campo de luz do poste da rua. O círculo de luz recaiu em duas mulheres mendigas que caminhavam na calçada. Não conseguia entender o que a mais velha das duas estava dizendo, mas havia algo na mais jovem que me parecia familiar. Elas pararam por um momento e o pano que cobria a cabeça dela escorregou. Eu engasguei. — Joan?

— Quem está aí? — a garota apertou o braço da mulher que a acompanhava.

Pulei do banco em que estava e corri em direção a elas. — Joan, sou eu, Nina — tentei tocá-la, mas ela puxou o braço para longe.

— Eu conheço você? — ela se escondeu atrás da outra mulher.

— Eu sou a amiga de Mike, Nina. Lembra?

— Mike? Quem é Mike? — ela se virou para a mulher. — Eu conheço Mike? — a voz dela começou a tremer. — Ele não está vindo atrás de mim, está? — ela apertou meu braço e o terror se espalhou por seu rosto.

— Mike é seu irmão. Ele não está atrás de você. Ele não sabe onde você está. Nem sua mãe. Você deveria dizer a eles...

A mulher agarrou meu braço, puxando-me para perto. Podia sentir o cheiro de lixo nela. — Às vezes, ela não se lembra de nada, a não ser do que o CeFFem fez com ela. Seria melhor você esquecer que a viu aqui — com esse alerta, ela me empurrou para trás, colocou um braço protetor em volta de Joan e as duas desapareceram em meio às sombras.

XXVI

Felizmente, a manhã seguinte era sábado, pois mal havia dormido na noite anterior. Tudo o que eu tinha pensado fora sobre Joan. Não conseguia esquecer aquele olhar de pavor no rosto dela. Ainda não havia decidido se deveria contar a Mike que a tinha visto. Ou se deveria, como disse a outra mulher, esquecer tudo o que havia visto.

Precisava tirar tudo da mente, de uma vez por todas. Depois do café da manhã, reuni minha maleta de arte e levei Dee para a casa de sua amiga Maddie, fazendo-a me prometer que ficariam lá dentro, o que seria fácil, considerando que a temperatura havia despencado para cerca de -1°C e estava ameaçando uma mistura sombria de chuva e neve. Com o casaco fechado até em cima, abracei-me contra o frio, esperando o 56.

Enquanto esperava, uma *van* com alguns caras dentro parou no sinal vermelho. — Quer uma carona, gatinha? Dois pelo preço de um — dava para ver o XVIII neles.

Puxei a manga do casaco e mostrei meu pulso intacto.

— A gente não conta para ninguém — o cara que falava disse com um sorriso malicioso.

O coletivo parou atrás deles e corri para dentro. O que iria fazer quando recebesse minha tatuagem? Não ia ser fácil rejeitar os garotos que achavam que a tatuagem era um passe livre. Não era uma *expert* em artes marciais como Wei. Talvez ela me ensinasse alguns movimentos de verdade.

Quando cheguei ao Instituto de Arte, fui direto para a exposição *Pós-Guerra no Século Vinte e Um*. Peguei o papel e as canetas de desenho e passei o dia inteiro desenhando. Várias pessoas paravam para olhar sobre meu ombro minhas tentativas. Não me incomodava, pois já estava acostumada a isso.

— Bom — uma senhora disse.

— Você tem o título Criativo? — perguntou um homem.

— Eu terei — respondi. Eu teria? Esperava que sim. Ginnie trabalhou tanto e por tanto tempo para que eu tivesse essa chance.

— Pegue isto — ele me entregou um cartão. — Quando receber seu título, venha me ver. Poderia aproveitar um pouco de seu talento.

Quando ele partiu, li o cartão:

Martin Long, curador
Coleção de Arte do Século Vinte e Um
Instituto de Arte, Chicago

Era isso o que dizia. O que li nas entrelinhas dizia "esperança".

Depois do jantar, ajudei vovó a limpar a mesa. No caminho para pegar Dee na Maddie, ouvi propagandas. Aquele falatório sem sentido me ajudou a sair do mundo dentro de minha e voltar à realidade. Um anúncio específico sobre se vestir para "algo especial" ficou gravado em minha mente. Fez que eu me questionasse sobre minha calça *jeans* e camiseta de sempre. Fiquei pensando em Sal. Sim, sabia que ele me odiava, mas ainda assim aquela garota no corredor, aquela que enfiou algo no bolso dele (e se jogava em cima dele com o próprio corpo), obviamente não comprava em liquidação. Ela era ultrachique. Ela seria o tipo de garota de que ele realmente gostava? Sabia que não tinha a menor chance quando comparada a ela.

Balancei a cabeça. Por que estava obcecada com isso? Não tinha a menor chance com ele de qualquer jeito. Não queria ter uma chance com ele... Não é? Mas se tivesse uma aparência diferente, talvez ele percebesse e, então, lamentaria por não estar comigo. Chutei a calçada. Maldito Sal Davis de qualquer forma!

Quando cheguei em casa, perguntei a vovó: — Você já ficou toda arrumada ou penteou o cabelo de um jeito especial porque queria que Pops notasse?

Ela sorriu com os olhos por cima dos óculos. — Tem alguém que você queira impressionar?

— Não — duvidava que ela acreditaria em mim. Eu mal acreditava.

— Uma vez fui a uma festa na qual sabia que seu avô estaria. Queria chamar a atenção dele, então decidi me embonecar. Uma de minhas amigas veio à minha casa e passamos o dia inteiro colocando touca no cabelo, pintando as unhas e vestindo roupas que nunca sonharia usar.

— Funcionou? Ele prestou atenção em você?

— Ah, ele prestou bastante atenção — riu vovó. — Ele se aproximou de mim e disse: "Charlene, parece que você caiu em um balde de tinta, primeiro com o rosto, depois enfiou o dedo numa tomada e fugiu rápido dela". Fiquei com tanta vergonha que saí de lá chorando. Ele veio atrás de mim, urrando como um burro. Finalmente, ele me alcançou e perguntou o que havia feito de errado. Disse que eu era a garota mais bonita que ele conhecia, não importando o que fazia com o cabelo ou o que colocava no rosto. Mas que gostava mais de mim ao natural, como eu sempre estava.

Ela começou a colocar os pratos no esterilizador. — Fui para casa naquela noite. Tirei aquela coisa grudenta de meu rosto, lavei com xampu meu cabelo e me livrei das roupas. Nunca mais tentei mudar para impressionar ninguém.

Não conseguia imaginar vovó de outro jeito que não fosse o que ela sempre foi. Ela confirmou o que eu suspeitava o tempo todo. Quando duas pessoas se gostam, isso não tem nada a ver com roupas ou maquiagens e penteados.

— Você vai sair hoje à noite? — perguntou vovó.

— Vou encontrar o pessoal no Soma.

— Eles não podem vir aqui e levar você?

— Eu vou ficar bem, vovó. O coletivo passa bem aqui em frente e no Soma, na avenida Norte com a Wells. Um quarteirão iluminado desde o ponto do coletivo. Por favor, não se preocupe comigo. Sempre tomo cuidado — não era comigo que me preocupava, afinal era Dee quem estava em perigo.

— Não é que você seja descuidada, é a falta de cuidado dos outros que me preocupa.

— Bem, não fique — beijei sua bochecha e segui pelo corredor para me aprontar.

Saí para ir ao Soma, vestida com o *jeans* e a camiseta de sempre. Sandy me ligou do expresso e dei a ela as instruções, dizendo para me encontrar lá. Quando o coletivo se aproximou da avenida Norte, não desci. Em vez disso, fui até o ponto do Robin's Roost. Quando desci do coletivo, atravessei a rua e parei em frente ao prédio. Relembrei a imagem de como ele era na fotografia com meu pai e Sr. Jenkins. Sei que era bobo, mas algo nesse lugar me fazia estar mais próxima de meu pai e e de Ginnie. Eles vinham sempre aqui. Apostei que estiveram parados bem no lugar onde eu estava. Inclinando a cabeça, olhei na direção do teto. Um pouco de chuva misturada com neve salpicou meu rosto. Fiquei pensando se havia um jeito de subir lá. Vovó disse que esse era o lugar preferido de Ginnie.

— Vou encontrá-lo, mamãe. Eu prometo — sussurrei para o céu.

Percebi que estava ficando tarde. O Soma ficava a apenas alguns quarteirões para baixo da rua Well. Corri em volta do prédio e escorreguei no gelo. Consegui me equilibrar na parede quando alguém me segurou pelos ombros.

— Obrigada... — olhei para cima, direto para o rosto de Ed.

XXVII

— Ora, ora... — Ed apertou as mãos que me seguravam e colocou o rosto bem colado no meu. O cheiro de cigarro, alho e pós-barba quase me fez vomitar. Tentei me soltar, mas ele mantinha-me firme.

— O que está fazendo aqui? — eu olhava para os lados, esperando ver alguém que pudesse estar andando na rua, mas ela estava vazia.

— Procurando você. Quero falar de Ginnie.

— O que tem ela? — tentei me livrar dele com força. — Você não ligou nem veio em casa depois que ela foi assassinada. Por que esse interesse súbito agora?

Ed riu e eu pude sentir o sangue subindo por meu rosto. — Ela é a mãe de minha filha — respondeu ele. — Talvez ela tenha deixado algo para mim. Talvez você tenha encontrado. Talvez eu o queira de volta... agora.

Ele me sacodiu na parede, com força, mas não soltou meus braços.

A luz da rua iluminou o rosto dele e reconheci aquela expressão em seus olhos, a mesma que ele tinha quando Ginnie me mandava para a casa de Sandy com Dee. O instinto tomou conta de mim e enfiei o joelho no meio das pernas dele. Ele uivou e soltou meu braço o suficiente para eu conseguir me livrar dele. Disparei como se fosse um jato. Ele tentou dar um bote atrás de mim, agarrando o bolso de meu casaco. O bolso rasgou enquanto eu continuava correndo e por pouco não atingi uns caras que saíam de um apartamento, conseguindo desviar antes. Ed não teve tanta sorte. Ouvi a colisão e os palavrões e acusações que foram sumindo à medida que eu corria disparada pela rua.

Em vez de seguir direto pela Wells, desviei dentro de um beco que cortava para a Clark. Derrapando e escorregando no cimento escorregadiço de neve, de alguma forma, consegui chegar ao outro lado. Corri pelas ruas Norte e Wells e não parei até entrar no Soma.

Inclinada para a frente, com as mãos nos joelhos, meus pulmões gritavam por oxigênio. Vi Wei no momento em que ela me viu.

Ela correu até mim. — O que houve? Você está bem?

— Banheiro — falei tossindo.

Fomos pelo corredor estreito e passamos pela porta em que estava escrito "Fems".

— Você está bem?

Ainda sem fôlego, apontei para a porta, fazendo um movimento de fechar.

Ela se assegurou disso. — Nina, o que diabos aconteceu?

— Ed — tossi recuperando o ar.

— O que tem ele? Dee está bem, certo?

Finalmente, consegui encher os pulmões. Expirando, caí sentada no banco que havia no banheiro. — Ela está bem. Eu estava vindo para cá... e dei de cara com ele... Consegui fugir...

— Ele a seguiu?

Balancei a cabeça. — Desviei de uns caras e ele não teve tanta sorte. Acho que ele não sabe onde estou.

— Temos que contar aos outros. Tem certeza de que está bem? Ele não a machucou?

— Estou bem — olhei para baixo, meu bolso estava rasgado — Mas meu casaco... — puxei o tecido rasgado para cima e para baixo.

Nós duas olhamos o bolso rasgado. Comecei a rir. Depois de um momento, Wei se juntou a mim nas risadas. Em seguida, todas as minhas emoções explodiram em uma incontrolável sucessão de gargalhadas. Fiquei abraçando forte ambos os lados da cintura e Wei se movia para a frente e para trás. Não conseguíamos parar até que alguém bateu na porta, gritando para que a gente saísse.

Olhei em volta no barzinho, procurando Ed. Wei localizou Sal e Mike. Sal. Não tinha me dado conta de que ele estaria presente. Respirei fundo.

— Esqueceu seu casaco bom? — perguntou Mike, apontando para meu bolso.

Sentei-me na cadeira que ficava em frente à porta e tentei ignorar Sal. — Trombei com Ed, literalmente.

Sal ergueu a sobrancelha para Wei. — Está tudo bem?

— Não. Ed a atacou quando estava vindo para cá.

Mesmo com a pouca luz do lugar, podia ver os músculos do maxilar dele se contraírem. Entretanto, qualquer esperança de que ele ainda pudesse se importar comigo se dissipou quando, sem nem olhar para mim, ele disse: — Acho que você está bem.

— É, acho que estou.

— O que aconteceu? — perguntou Mike.

Apenas com uma leve mudança de tom, falei: — Quando desci do coletivo, virei na esquina com a Wells e ele estava lá — contei os detalhes e concluí: — É isso — não contei o motivo principal de estar ali.

Então, todos os "E se" começaram a martelar minha cabeça: e se eu não o tivesse acertado de surpresa, e se eu não tivesse dado uma joelhada tão forte como fiz, e se...

— Fico imaginando o motivo de ele ter lhe seguido — disse Wei.

— É. Você não é a filha dele — comentou Mike.

— Não sei — não queria, realmente, ficar dissecando os fatos naquele momento. Soma não era lugar para contar meus segredos.

— Sua mãe deixou algo de valor para você? — perguntou Wei. — Talvez, ele tenha dado algo a ela e queira de volta.

Surpresa, encarei Wei. Era como se ela soubesse, mas isso era impossível.

Ela ergueu a cabeça e olhou para mim como se estivesse lendo meus pensamentos. Gaguejei por um segundo, pega de surpresa e, então, disse: — Ginnie não tinha nada que valesse muito. Todas as joias dela eram falsas e suas roupas eram fora de moda. As únicas coisas que Ed deu a ela foram feridas e hematomas.

Sal esteve em silêncio durante todo o tempo em que falamos. Pegou-me desprevenida quando ele disse: — Esse Ed parece ser um cara excelente. Mal posso esperar para conhecê-lo.

— Não há razão para você fazer isso — falei e, rapidamente, desviei o olhar.

— Eu gostaria — disse Wei.

— É, a garota *Cliste Galad* — Sal deu um sorrisinho. — Ele não ia nem ver o que o atingiu.

— Não podemos ir lá fora procurá-lo agora — disse Mike. — Sandy não está aqui e Derek ainda não tocou.

— Tenho certeza de que ele está longe agora — olhei para Mike com o objetivo de evitar uma troca de olhar com Sal.

Mike soltou um suspiro de alívio. Ele era a pessoa menos violenta que eu conhecia. Não era medroso, apenas alguém que não sairia por aí procurando briga. Especialmente, não contra um ex-espião do governo e adulto. Não o culpava por isso.

— Você está certa — concordou Sal.

— O que quero saber — disse Wei — é o motivo que o fez ir atrás de você, Nina. Todos nós achamos que ele estava atrás de Dee. Ele lhe disse algo? Deu alguma pista?

— Nosso apartamento foi invadido outro dia, mas nada foi levado. Ed disse que talvez Ginnie tenha me dado algo que ele quer de volta — um arrepio passou por mim. Pensei novamente naqueles últimos minutos com Ginnie, a certeza dela de que Alan estava vivo e as instruções para levar o livro a ele. Já tinha passado por muitos apuros guardando isso só para mim. Precisava de ajuda. Mas, por mais que quisesse contar a meus amigos o que realmente estava acontecendo, não podia, não em público, onde qualquer um podia ouvir. Estava buscando um lugar e o momento certo em que pudesse despejar todos os meus segredos, quando Sandy entrou.

Riley e Derek estavam no palco, que consistia em duas cadeiras arrumadas na frente das mesas. Derek estava ligando uma guitarra antiga que havia encontrado numa loja de coisas velhas e depois restaurado. Riley estava testando uma nota aqui e outra ali no acordeão. Porém, ninguém estava prestando muita atenção neles, todos os olhares se dirigiam a Sandy. Até Sal ficou olhando-a enquanto ela vinha para nossa mesa.

A calça de couro azul-saturno de Sandy estava tão apertada que não tinha como ela tê-la vestido sobre uma calcinha, e era tão óbvio que ela não estava de calcinha. Ela estava de botas pretas até o joelho e uma jaqueta de pele falsa da moda sobre um *top* minúsculo. Seu cabelo era a única coisa que parecia familiar nela.

— Putz! — exclamou Mike. — Mas que diabo você fez, Sandy? Você parece uma...

— Uma modelo — interrompi com tudo, antes que Mike piorasse a situação. É, pensei, a modelo *dezessexual* do ano. A roupa dela me fez encolher. Sinceramente, esperava que a Sandy que eu conhecia e amava estivesse debaixo dessa porcaria da moda que a mídia vende que ela estava vestindo.

— Senti tanto sua falta! — gritou ela, esganiçada, agarrando-me na cadeira.

Ela me abraçou e mandou beijinhos no ar. Mesmo querendo que tudo fosse como era antes, sabia que não seria. Tentei ignorar a aparência *dezessexual* dela, mas era impossível. Afastei do pensamento e a apresentei para Wei. Elas conversaram por um minuto e perceberam que ambas gostavam de música galáctica metal.

Sal me olhava enquanto eu me sentava novamente. Podia sentir meu pescoço esquentando. Ele ergueu a cabeça na direção da porta e se levantou. Não sei o porquê, mas eu o segui até lá fora. Estava congelante e tinha deixado meu casaco em cima da mesa. Com os braços cruzados, esperei que ele dissesse algo.

— O que você acha que está fazendo se arriscando desse jeito? — ele me olhava intensamente.

Mal podia acreditar. Ele estava furioso comigo. — Não acho que tenha feito de propósito.

— Foi burrice da...

— Burrice? — meu dedo se ergueu bem na cara dele. — Eu não sou burra e não vou ouvir suas ofensas. Posso não ser da categoria superior, ultrachique e *dezessexual* que ofica bajulando, mas sei, diabos, com toda certeza que não...

— Nina. Para — ele segurou meu braço e me puxou para perto dele. — Você não é burra. Eu sou — ele me beijou. Era como se ondas elétricas atingissem meu corpo. Depois do que pareceu uma eternidade "curta demais", paramos para respirar, mas ele ainda me segurou perto dele. — Nunca vou deixar ninguém machucá-la. Nunca! — eu me sentia tão perfeita nos braços dele. Ignorei o pinguinho de dúvida do fundo de minha mente. Isso não transmitia a sensação de que ele só se interessava por mim por causa de meu pai.

Seu hálito quente em meu pescoço enviava tremores pequenos por meu corpo inteiro. Eu tremia, mas não era de frio.

— Porcaria, eu sou um idiota — ele tirou a jaqueta e jogou em meus ombros. — Vamos entrar! Você deve estar congelando.

Sandy não disfarçou em nada o jeito que analisava Sal e eu. Ele havia colocado sua cadeira próxima à minha e segurava minha mão embaixo da mesa. Ela sorriu maliciosamente, bem presunçosa, e disse: — Os dezesseis já estão quase na esquina, Nina. Falei para você...

Senti que estava ficando vermelha, subia pelo pescoço e tentei tirar minha mão da de Sal, mas ele não deixou. E eu não me importei.

— Ora, por favor, não é uma coisa que você consiga impedir de acontecer — ajeitando o cabelo, Sandy olhou rápido em volta. — A propósito, você tem visto Ed?

Sal apertou minha mão e Wei e Mike encararam-na.

— O que foi que eu disse?

Peguei um guardanapo e escrevi: "Dá para a gente encontrar um lugar ZM para conversar?" e empurrei o papel para o meio da mesa.

— Não até depois que Derek tocar — respondeu Mike. — Ele está contando com nossa presença aqui. Mesmo porque, não podemos deixá-lo fora disso.

Todos concordaram, exceto Sandy, que ainda parecia confusa. — O que está acontecendo?

Wei sussurrou algo para ela, que não disse mais nada.

Mike estava certo. De qualquer forma, não estava tão ansiosa para sair. Ed ainda poderia estar lá fora.

Derek e Riley começaram a apresentação. Eles não estavam tocando música eletrônica que todos sempre ouviam, o que não me surpreendeu. A mídia detinha todas as estações transmissoras que as pessoas ouviam, assim todas as músicas eram autorizadas. De vez em quando, uma estação clandestina sintonizava nas ondas AVP e tocava músicas antigas de protesto dos anos 60 do século vinte e de 2070. O CR realmente odiava aquilo. Ginnie sempre dizia que fechavam essas estações porque faziam as pessoas pensarem sobre o que significava a palavra liberdade. Mas essas estações estavam sempre sendo perseguidas pelos agentes, então não tinha como saber quando podíamos ouvi-las.

Os dois eram excelentes. Fiquei feliz de não ter insistido em ir embora. Teria arruinado o momento de Derek brilhar por causa de nada. Quando a corda de sua guitarra se soltou, eles deram uma pausa curta. Quando estava relativamente mais calmo, ouvi um pouco da conversa de Sandy com Wei. Ela estava matracando sobre os caras da escola dela, todos marcados com o XVIII.

Sal me cutucou para olhar para Mike. O cotovelo dele estava sobre a mesa, o queixo firmemente acomodado na mão. Ele absorvia cada palavra como se ela estivesse explicando o caminho para o tesouro perdido de San Cabalo... ou de um restaurante próximo que estava com rodízio de graça. mais próximo.

Inclinando-se mais perto, os lábios de Sal se encostaram em minha orelha. — Parece que ele está apaixonado — sussurrou ele.

"Não pode ser", pensei. Mike cego de paixão por Sandy não ia ser nada bom, não mesmo. Mesmo ela sendo de categoria inferior, desprezava famílias que eram ajudadas pelo governo. Não importa o quão pobre você seja, você pode sempre encontrar alguém ainda mais pobre, acho. Dois de meus melhores amigos em um caminho de colisão com desastre. Eu sabia qual deles ficaria arrasado.

Percebi que o olhar de Wei estava distraído e seu sorriso parecia mais que forçado. O falatório de Sandy sobre o CeFFem e garotos definitivamente provocava aquele efeito. Tentei intervir, mas Derek e Riley cuidaram dessa interferência ao começarem a tocar novamente.

A multidão os adorou tanto que eles fizeram três bis. Quando terminaram, Riley foi para a mesa onde sua panelinha de fãs da música do século vinte estava sentada. Eles estavam eufóricos, dando tapinhas nas costas dele e gritando como se ele tivesse acabado de ganhar uma viagem para a Galaxialândia.

— E então...? — Derek evitou o contato visual com todos nós, pois estava muito nervoso. — O que vocês acharam?

— Eu amei — respondeu Wei.

— Foi bacana — respondeu Sandy, inclinando-se para a frente para que seu *top* se abrisse ainda mais. Depois, ela jogou o cabelo exatamente como ensinavam no "como fazer" do *XVI Normas*.

— Que tipo de música era aquela, Derek? — esperava, com isso, desviar Sandy do caminho dele.

— *Zydeco*. De Nova Orleans.

A expressão vazia no rosto de todos nós exigiu uma explicação.

— Ah, o que é isso, pessoal? A cidade que foi destruída depois do furacão em 2025. Como foi mesmo que chamaram? Ei, Ri — ele gritou para o irmão que estava nas outras mesas —, qual era o nome da tempestade que acabou com Nova Orleans?

— Sandra — gritou Riley.

— É esse, Sandra.

— É como eu — gritou Sandy.

— Hã? — ele balançou a cabeça e continuou: — Foi o terceiro furacão que os atingiu em poucas décadas. Ele carregou tanta terra que não sobrou nada para reconstruir.

— Foi quando começaram a levar a sério as alternativas para o petróleo, não foi? — perguntou Sal.

Ele, Derek e Mike começaram a falar sobre combustíveis, o que eu sabia que levaria para o assunto "transportes". Eles ficariam falando disso para sempre se não fossem interrompidos.

— Podemos ir?

— Quê? — perguntou Derek.

Segurei o guardanapo para que ele pudesse ler e falei apenas mexendo os lábios: "Ed".

— Dee está bem?

— Está, mas precisamos ir, você sabe... — apontei para o guardanapo. — Vamos, vamos logo.

— Tenho que guardar minha guitarra.

— Então, vai logo — mal as palavras haviam saído de minha boca e já tinha percebido sua reação. Senti-me horrível. Essa era a grande noite dele e eu acabara de destruí-la agindo com grosseria. — Derek, desculpa — gritei para ele depois que virou as costas para o bastidor do palco onde guardaria a guitarra no estojo. Ou ele não me ouviu, ou não quis ouvir.

O olhar de Wei o seguiu enquanto ele foi guardar as músicas.

— Deveria ter pegado mais leve.

— É — respondeu Sandy. — Aquilo foi grosseria total. O que deu em você?

— Primeiro, você precisa saber de toda a história — Wei virou as costas para Sandy. Para me acalmar, ela disse para mim: — Ele não vai se importar depois que souber o que aconteceu.

Por cima do ombro de Wei, vi os olhos de Sandy se estreitarem e sabia o que viria em seguida. A última coisa que alguém precisava era que Sandy perdesse a calma.

— Vou me desculpar com ele, ok? — falei diretamente para Sandy.

Ela deu de ombros e continuou mexendo nos cabelos e ajeitando a jaqueta. Percebi que uns caras estavam olhando para ela. Olhei para Mike. A expressão dele era inquestionavelmente a de um fanático. Os ombros dele estavam caídos quando ele voltou com o estojo da guitarra na mão.

No caminho para fora, cochichei para ele: — Me desculpa, mesmo. Você estava ótimo. Todo mundo amou vocês.

— É, obrigado — ele colocou a guitarra entre nós, com os olhos fixos na calçada.

A confusão com Ed tinha sido horrível o suficiente, mas magoar um de meus melhores amigos era ainda pior. Derek sempre estava por perto para me ajudar e eu passei por cima dele. Eu ia compensar isso de alguma forma.

— Aonde podemos ir? — perguntei.

— No parque — respondeu Sal. — Não muito longe de sua montan... do lugar onde a gente se conheceu. Tem uma torre de transmissão de propaganda perto dali e, apesar de não ser totalmente ZM, ela embaralha tudo.

— Tipo, nem todo mundo está prestando atenção em nós, afinal — disse Derek, mexendo o pé, mais à frente.

Wei o alcançou. — Não estaria tão certa... — ela começou a cochichar para ele.

Sandy tentou chegar até eles, mas o máximo que conseguiu foi cambalear de leve no salto agulha da bota. Foi pateticamente meigo quando Mike agarrou o braço dela para que se equilibrasse.

— Ei — disse ele —, eles têm novilhos novos no zoológico. Quer ir vê-los amanhã?

— É, talvez — ela se apoiou nele, mas o olhar mantinha-se fixo nas costas de Derek e Wei.

XXVIII

Mal havíamos chegado ao parque quando uma *van* da polícia fechou nosso caminho e parou. Dois policiais, um homem e uma mulher, saíram.

— Vocês, garotas, venham aqui — a policial apontou para seu lado. — Os garotos, com o oficial Gorton.

Sal apertou minha mão rapidamente e, então, nos separamos. Wei veio para meu lado e Sandy ficou à minha esquerda. Ela olhou por cima do ombro para o policial e suspirou. Teria achado isso engraçado se não estivesse me sentindo uma massa de gelatina tremendo por dentro. Ed devia os ter enviado para me procurarem. Afinal de contas, eu o havia agredido. Tenho certeza de que acreditariam mais na palavra de um selecionador do governo do que na minha.

— Por aqui! — gritou a policial. — Onde estão indo? — antes que pudesse responder, ela prosseguiu: — Peguem seus documentos.

Ela passou a luz do LED em nossos rostos. Podia ver a expressão no rosto de Wei, tão tranquila como o mármore de sua casa. Ela mostrou a mão. Sandy, enquanto isso, tinha deixado cair a bolsa, esparramando todo o conteúdo de maquiagens e sei lá mais o que pelo chão. Virei a mão para a policial, esperando que ela não percebesse o quanto tremia.

— Pulso — a policial parecia entediada.

Todas nós mostramos nossos pulsos. Ela passou o LED sobre eles. Dois intactos e havia o de Wei. As cores dos traços dela foram realçadas com a luz.

— Você tem o Criativo?

Detectei uma nota de menosprezo na voz da mulher.

— Sim, senhora — respondeu Wei. — Está em meu documento.

A policial estreitou os olhos para a tela de seu *scanner*. — Ah! E o que perguntei? Aonde vocês estão indo?

— Lá embaixo, ver os cavalos — Wei estava totalmente confiante. — É legal vê-los de noite. Não acha? — ela abriu um de seus sorrisos mais charmosos. E pareceu ter surtido o efeito desejado.

Sandy ainda estava no chão recolhendo seus pertences. Quando a policial se aproximou dela, ela deu um pulo, mostrando a mão. — Meu pai era policial. Ele foi morto em serviço.

— Ah-hã — a policial mal olhou o *scanner*. — Pulso!

Sandy virou o braço para ela. — Ele estava num ataque militar quando foi...

— É melhor pegar essas coisas do chão — disse a policial.

Sandy se ajoelhou novamente, ocupada em colocar tudo de volta na bolsa. Era possível ver que ela havia ficado magoada.

— Oberon? — a mulher leu após o *scanner* e passou a luz de seu LED em meu rosto mais uma vez.

Estava começando a odiar meu nome. Tentei sorrir, mas o resultado deve ter sido, provavelmente, mais parecido com uma careta. Eu desejava, de fato, ter um pouco da tenacidade de Wei.

— Você é parente do...

Senti minhas entranhas encolherem. O que eu ia dizer? Se eles tivessem um leitor de DNA portátil, saberiam num segundo quem era meu pai. Respirei fundo.

— ... do Oberon que foi ferido naquela explosão na Flórida? Foi há alguns anos.

Disfarcei meu alívio o máximo que pude e soltei o ar dizendo: — É meu avô.

— Foi uma vergonha como ele e o outro cara tiveram que lutar para receber o que pertencia a eles — ela desligou o LED. — Meu tio estava naquele serviço. Por sorte dele, era seu dia de folga.

Deixando-nos paradas em pé ali, ela se reuniu ao parceiro. Foi nossa primeira oportunidade de ver o que estava acontecendo com os garotos.

Como nós, eles estavam parados e alinhados. Parecia que o policial havia pedido para ver dentro do estojo da guitarra de Derek, pois estava no chão aberto.

Os dois oficiais falaram entre si durante o que pareceu horas. Finalmente, ela voltou. — Parece que está tudo em ordem. Houve um incidente mais cedo, um meliante atacou dois homens na rua Lincoln — ela apontou na direção do Robin's Roost. — Ele escapou. Um cara com mais de dois metros, se é que dá para acreditar no que aqueles bananas que ele espancou disseram... — ela bufou. — De qualquer forma, tomem cuidado, ele ainda está à solta. E você... — ela me chamou para perto, abaixou a voz e disse: — Diga a seu avô que achamos que ele merecia coisa melhor.

Eles voltaram para a *van* e aceleraram.

— Bem, isso foi divertido — disse Sal.

— É — Derek olhou por cima do ombro para a *van*, que já tinha ido embora. — O policial bagunçou minhas partituras e acho que pegou uma de minhas palhetas.

— Pelo menos ele não levou nenhum de nós — comentou Mike. — Malditos cabeças xad...

Cutuquei Mike no quadril. — Lembra-se do pai de Sandy? — cochichei.

— Oh... é — ele limpou a garganta. — Precisa de ajuda com isso? — ele se ajoelhou ao lado de Sandy, que estava agachada na calçada recolhendo um pente e alguns batons.

Tivemos que sair da calçada e fomos para a grama, o que fez Sandy andar ainda mais devagar. Seu salto agulha prendia-se no chão o tempo todo. Por um momento, achei que Mike ia carregá-la. Não o fez, mas grudou nela. Só tinha visto esse lado dele quando ele trabalhava com os animais do zoológico, especialmente com os bezerros bebês que precisava alimentar. Ele era gentil dessa maneira com eles. Sandy continuava fazendo perguntas para Derek, mas ele e Wei estavam muito à frente deles e absorvidos um com o outro para responder a ela.

Ouvi um ruído de folhas atrás de mim. Meus dedos apertaram o braço de Sal. As luzes do apartamento de um prédio na extremidade do parque iluminavam fracamente alguns arbustos de onde o som vinha.

Sal me empurrou para trás dele e agarrei Wei. Por sua vez, ela agarrou Derek e eles ficaram parados como um escudo em minha frente. Sandy e Mike bateram bem atrás de mim.

— Mas que diabos? — exclamou Sandy. — Por que você...?

— Xiiiu — disse Wei.

— Não me venha com xi...

Coloquei a mão sobre a boca de Sandy. — Tem alguém ali — sussurrei, apontando para uma silhueta no arbusto. — Pode ser Ed.

Enquanto eu olhava entre Sal e Wei, os arbustos se movimentaram mais uma vez.

XXIX

— Vocês dois, fiquem com a Nina — Sal cochichou para Derek e Mike. Ele gesticulou para Wei dar uma volta no arbusto, cada um de um lado.

A ação se tornou desnecessária quando parte dos dois pares de pernas saiu de baixo do arbusto. Um deles estava nu e obviamente era feminino. O outro estava de calça *jeans* puxada para baixo, na altura dos joelhos. Não era preciso ser um cientista galáctico para descobrir o que estava acontecendo debaixo dos arbustos escuros.

Fiquei feliz por Sal não ver o quanto fiquei vermelha. Ou ler meus pensamentos. Não que eu quisesse transar com ele... Só de pensar nisso eu tremia. Tinha que me controlar.

❋ ❋ ❋

Sentamos debaixo da sombra da torre do sistema de propaganda, que era uma plataforma de cimento gigante. Nossa presença era parcialmente protegida por uma fileira de árvores de um lado e por uma cerca em volta da torre pelo outro.

Primeiro, ninguém disse nada. Fiquei pensando se mais alguém além de mim estava com aqueles pensamentos constrangedores na cabeça depois de ver o casal no arbusto.

— Ora, aquilo foi bem louco, não é? — disse Sandy, ajeitando as botas. — Jamais faria uma coisa daquelas. Ecaaaa! Imagina todos os bichos rastejantes naquela grama — ela limpou os insetos imaginários da calça. — Nojo!

Em um alívio coletivo, todos riram. Essa era uma das coisas que eu amava (e, às vezes, odiava) em Sandy. Ela falava o que estava na cabeça sobre o que sentia... sobre tudo.

Estávamos em círculo, Sal e eu, um perto do outro. À minha direita, Sandy estava concentrada em ajeitar as roupas e olhar furtivamente para Derek. Ela não conseguia ver que ele estava com Wei? Ou não se importava?

Mike estava ao lado de Sandy. Ele não tinha tirado os olhos dela desde que ela havia entrado no Soma. Derek e Wei brincavam com algumas pedrinhas no concreto. Eu sentia como se estivesse entre um bando de amigos, passando o tempo... quase normal, exceto por tudo que Ed representava pesando sobre minha cabeça.

Os dedos de Sal se entrelaçaram com os meus. — Você estava no Robin's Roost, não estava, quando deu de cara com Ed?

— Robin's Roost... — o olhar de Wei me fez sentir um tiquinho culpada.

— O que é isso? — perguntou Derek.

— É um hotel velho e condenado que fica na Lincoln com a Wells. Ele era muito especial para a minha mãe e meu pai. Queria me sentir perto deles — falei.

Sal apertou minha mão, tranquilizando-me. Tinha que contar a eles. Deixar rolar toda a história sobre Ginnie, a Máquina do Infinito e o livro de bebê da Dee. — Por causa do que Ed disse esta noite, sobre eu ter algo que ele quer, não acho mais que ele esteja atrás apenas de Dee — falei. — Parece que ele sabe o que Ginnie me disse no hospital. Contudo, estávamos sozinhas quando ela me falou do livro.

— Ele já devia saber de algo antes. Talvez Ginnie tenha deixado escapar quando estava com ele — disse Wei.

— Talvez... — não estava convencida. — Mas acho que não. Ginnie era cuidadosa. Olhei o livro inteiro procurando pistas, porém não havia nada além de datas, as primeiras palavras, os pensamentos de Ginnie sobre ser mãe, rabiscos, coisas assim. Não sei se é importante ou não.

— Você sabe que a mensagem pode estar escrita em códigos — disse Wei. — Você deveria deixar minha mãe dar uma olhada. Ela é ótima com códigos. Ela começou a usá-los quando era criança. A mídia até tentou contratá-la como criadora de códigos e decodificadora. Ela recusou. Eles foram tão insistentes que ela inventou uma desculpa de que havia batido a cabeça em um acidente e que não conseguia mais manter a concentração em sequências e padrões. Eles a fizeram passar por uma batelada de testes para provar que não estava mentindo. Um amigo teve que dar a ela alguns bloqueadores de sinapse do cérebro que temporariamente redirecionaram suas habilidades cognitivas. Funcionou e ela saiu da lista de interesse deles.

— E mesmo que tanto meus avós quanto os pais de Wei achem que meu pai está morto... — esperava que Wei não entendesse de forma errada —, Ginnie tinha certeza de que ele está vivo.

— Meus pais também achavam isso — disse Sal. — Minha mãe e meu pai eram... AntiCons.

Encolhi-me por causa da hesitação na voz dele. Aposto que ele estava pensando naquela noite perto do rio e na nossa discussão. Ele não sabia minha opinião sincera sobre AntiCons, especialmente agora que havia descoberto sobre meus pais e suas perspectivas. Apertei a mão dele, esperando que transmitisse meu apoio. Ele apertou de volta. — E seu irmão? — perguntei. — Ele é um AntiCon?

— É, e... — ele olhou diretamente em meus olhos — ... eu também sou.

Sandy engasgou. — Não acredito nisso — ela lutou para se levantar, atrapalhada por causa das calças apertadas e das botas com as quais não tinha habilidade ainda. — Foram os AntiCons que mataram meu pai. Eles são um bando de criminosos...

— Ah, senta aí e cala a boca — disse Derek. — Qualquer um que tenha a metade do cérebro sabe que o CR abastece a mídia com todo tipo de histórias fabricadas acusando os AntiCons de serem os vilões. Sinto muito por seu pai, mas qual é a prova? Li tudo sobre aquele ataque militar e várias pessoas disseram que foi uma armação.

O queixo de Sandy caiu. Eu estava perplexa também. Não sabia que Derek tinha esse tipo de fervor dentro de si por mais nada além da música. Sandy se sentou novamente e ficou calada. Duvido que a reação dela teria sido a mesma se esse discurso tivesse sido proferido por qualquer outro de nós que não ele.

Nunca senti tanto o silêncio como o que se seguiu após a explosão de Derek. — Wei, você acha que seu pai sabe onde meu pai está, mas não quis me dizer? Não quer que eu o procure?

Ela hesitou por um momento. — Talvez. Nina, não sei o que devo ou não devo dizer — podia ver as emoções em conflito que ela tinha em sua expressão. — Meu pai vai ficar fora até domingo. Ele foi convocado para um encontro urgente em Amsterdã com seus superiores na mídia. Está tão cheio de segredos que eles bloquearam todas as comunicações externas, então não posso nem ligar para ele.

— Você acha que sua mãe sabe de algo?

— Se meu pai sabe, mas não quis dizer, então minha mãe sabe e não irá dizer.

— Voltamos a isso num segundo — disse Sal. — Sobre Ed. O que exatamente ele é? Do Governo? Do C.H.F.E.S.?

— Ele é um selecionador — Sandy não olhava para nenhum de nós. Em vez disso, mexia desajeitadamente em sua bolsa, procurando sabe-se lá o quê. — Depois dessa noite, ele nunca me escolherá — murmurou ela. Esperava ter sido a única que tivesse ouvido o que ela havia dito. Também esperava que tudo o que ela estivesse ouvindo fosse guardado apenas para ela. Pela primeira vez, desde que a conheci, não tinha certeza se podia confiar nela.

— Então ele é do governo e não do C.H.F.E.S. — disse Sal.

— Acho que ele foi um agente, mas não tenho certeza disso. Lembro-me de uma briga enorme que ele teve com Ginnie quando ela estava grávida de Dee. Tinha que estar relacionada com o trabalho dele. Só que eu tinha uns cinco anos. Não me lembro muito bem.

— Por que sua mãe ficou com ele? Ela o amava? — perguntou Sal, gentilmente.

— Acho que não — respondi. — Pelo menos não depois que ele começou a bater nela. Algumas vezes, ela jurava que iria largá-lo, mas depois sempre voltava atrás. Era como se ele a controlasse.

— Por medo, talvez, ela tenha ficado com ele — o maxilar de Sal ficou tenso. — É isso que impede meu irmão de largar a esposa dele. Medo de ela saber sobre o que estamos fazendo e nos expor.

Wei jogou umas pedrinhas para o lado. — Tenho certeza de que isso tem algo a ver com aquele livro. Do contrário, por que ela pediria a você que o levasse para seu pai? Com a conexão de Ed com o governo, eles tinham maneiras de obter informações. Mesmo quando você estava sozinha com Ginnie, a casa provavelmente tinha algum tipo de vigilância.

Sal deu um pulo. — Vamos lá dar uma olhada nele. Parece que esse livro é a conexão entre você, sua mãe e Ed.

❖ ❖ ❖

A caminho de minha casa, aproximei-me de Derek. — Sinto muito por ter atrapalhado sua grande noite. Não queria que nada disso acontecesse. Eu jamais magoaria você. Nunca!

— Não foi destruída. Além disso, você é mais importante do que qualquer *show* velho.

— Amigos?

Ele sorriu largamente. — Sempre.

— O que vocês dois estão sussurrando aí? — Sandy apareceu junto de nós se desequilibrando.

— Pedido de desculpas.

— Oh — Sandy jogou o cabelo, sua marca pessoal —, espero que você aceite — ela sorriu para Derek, jogando os cabelos loiros no ombro de forma sedutora.

— Ele aceitou — peguei-a com firmeza pelo braço, levando-a para longe de Derek, deixando-o caminhar com Wei. Entendi que aquilo seria o melhor para todos. Entreguei Sandy a um Mike ansioso e me juntei a Sal, colocando meu braço sobre o dele.

Seguimos pela rua LaSalle como um pequeno exército marchando para sabe-se lá o quê.

Uma *van* verde passou zunindo por nós. Parei de respirar e apertei o braço de Sal. A *van* não diminuiu a velocidade, nem se virou ou parou. Fiquei olhando suas luzes desaparecerem ao longe.

XXX

A *van* verde foi a única coisa que vimos entre o parque e o apartamento que não poderia ter nenhuma relação com Ed.

— Por que você não sobe e pega o livro? — questionou Sal. — Podemos ir com ele até o oásis. Dessa forma, não vamos incomodar vovó, Pops ou Dee.

Sandy e eu fomos ao apartamento. Enquanto estávamos lá, convencia-a a trocar aquelas botas ridículas para Mike não precisar ser sua muleta.

— Olha, Sandy — não sabia bem como dizer o que precisava ser dito, então apenas falei o que sentia —, você não pode comentar nada do que foi falado esta noite, certo?

— Nina, como você pode pensar numa coisa dessas? — ela parou de olhar para meu escasso estoque de sapatos (todos os três pares) e me encarou. — Você não acha, honestamente, que eu a colocaria em apuros, não é? Você é a única amiga que tenho, a única pessoa que se importa verdadeiramente com o que penso ou sinto sobre as coisas. Agora... você tem meias? Esses sapatos são muito grandes, mas se eu encher na parte dos dedos...

Não sabia o que dizer, então, só a ajudei com meus sapatos baixinhos. Ela me impressionou em como num minuto era uma rainha *dezessexual* e, no minuto seguinte, se transformava em uma amiga verdadeira.

Peguei o livro de bebê de Dee e saímos rapidamente do apartamento. Enfiei o livro dentro de meu casaco.

Sob a luz, notei a *van* verde novamente no final da rua, do outro lado.

— Não olha — cochichei para Sal —, mas Ed está ali na esquina da Wacker — inclinei a cabeça na direção dele.

Sal me puxou num abraço. Mas o que...? Comecei a protestar quando, em vez de algo romântico, ele cochichou: — Finge que tropeçou na calçada. Caia como se tivesse se machucado.

A luz do sinal mudou. Joguei-me para frente, gritei de dor e agarrei meu tornozelo. Não precisava fingir, pois como uma idiota, acidentalmente, torci o tornozelo de verdade.

Wei veio correndo, ajoelhando-se a meu lado. — O que aconteceu?

— Ed está do outro lado da rua. Sal me falou para fingir que torci o tornozelo, mas acabei torcendo de verdade.

— É o tornozelo dela. Vem pessoal, é melhor a gente levá-la para casa.

Sal e Derek pegaram meu braço, um de cada lado, e me ergueram. Sandy pegou o livro que eu tinha deixado cair.

— Não esquece isso — ela acenou com ele no ar.

Wei tirou o livro da mão dela. — Muito bem! Agora ele viu o livro com certeza.

— Como é? — Sandy colocou a mão firme em sua cintura.

— Se você usasse a cabeça para alguma coisa, além de crescer cabelo...

— Parem — falei. — Alguém pega o livro, ok? Meu tornozelo está me matando.

Wei enfiou o livro dentro da bolsa. Sandy olhou para ela com maldade e voltou agitada para o prédio.

Coloquei um braço em volta do pescoço de Sal e o outro, sobre o braço de Derek. Voltei mancando entre os dois. Sentia-me ridícula por ter me machucado de verdade.

Wei tentou manter uma conversa artificial, como "Dói muito?" e "Cuidado, garotos". Acho que era para o caso de Ed estar ouvindo por algum dispositivo. Não paramos a farsa até estarmos dentro do elevador.

— Doeu de verdade — esfreguei o tornozelo. — Se é mesmo Ed lá fora, não podemos usar o oásis. Vamos ter que olhar o livro em meu quarto. Se ficarmos quietinhos, não vamos perturbar ninguém.

— Não é uma boa ideia — disse Sal —, você sabe... o que vamos falar...

— Vai dar certo — respondi, piscando para ele.

Quando chegamos ao apartamento, todos foram pelo corredor para meu quarto, enquanto eu mancava até a cozinha. Vários minutos depois, voltei com o criptógrafo e o liguei.

— Isso é o que acho que é? — perguntou Wei. — Eles são ilegais.

— Sim, eles são. Mas se você conhecesse Pops... — sorri maliciosa. — Foi sorte que não encontraram isso na invasão, apesar de Pops ter seus esconderijos.

Wei pegou o livro da bolsa e entregou-o para mim. — Espero que Ed não tenha visto o que isso é exatamente — disse ela.

— Olha, ele estava do outro lado da rua e estava escuro. Não fiz nada de errado — Sandy se jogou no colchão inflável e começou a mexer no cobertor, obviamente ainda chateada. Fiquei pensando que isso tinha muito mais a ver com Derek e Wei do que com o livro.

— Você também gritou a plenos pulmões. Ele podia estar com algum tipo de binóculo — respondeu Wei. Ela olhou para Sandy com uma expressão intimidante, mas felizmente esta estava ocupada olhando para Derek e não percebeu nada.

— Dá uma folga para ela — disse Mike. — Se ele viu o livro, ele viu. Já sabemos que ele sabe que Ginnie deu algo a Nina e ele quer isso de volta. E tem procurado isso.

Sal, Derek, Wei e eu nos reunimos em círculo no chão. Mike se sentou na ponta da cama, próximo a Sandy, e se apoiou no ombro de Sal. Sandy estava apoiada para trás, encarando o teto. Definitivamente, eu teria que amenizar algumas coisas depois.

Na página que continha as informações apropriadas, Wei notou o mesmo detalhe que eu. — Por que será que o nome de Ed não está escrito no espaço para "Pai"?

— Talvez porque ele seja casado com outra pessoa — respondi.

Abaixo dessa informação, havia os dados do hospital, o peso de Dee e tudo o que se relaciona a um bebê normal. Na página seguinte escrita, lia-se no topo "Pensamentos da mamãe".

Ginnie havia escrito como era lindo seu novo bebê e como ela a amava. Como ela esperava que eu amasse minha irmãzinha e cuidasse dela. Depois, ela havia assinado e feito um desenho ao lado.

— O que é esse desenho curioso que sua mãe fez depois do nome dela? — perguntou Wei. — É só parte da assinatura dela? Como fazem algumas meninas que desenham corações no lugar dos pingos na letra "i"?

— Nunca a vi assinar o nome dessa forma antes. Apesar de ela ficar rabiscando o tempo inteiro.

— Parece uma flor — disse Derek, no final.

— Você está certo — concordei. — Infelizmente, isso não parece ter significado.

A página seguinte, "Pensamentos do Papai", estava em branco. Passando as páginas, havia uma foto minha segurando Dee no colo quando ela chegou do hospital.

— Vocês não eram encantadoras? — provocou Sal.

Eu podia sentir o calor subindo pelo pescoço.

— Fotos de criança são um horror — disse Wei. — Minha mãe sempre... o que é isso?

Um sinal de alarme baixo soou do criptógrafo e uma luz vermelha começou a piscar.

— Deve ser um regulador de tempo — disse Sal. — Você sabe como reiniciá-lo?

— Não — e se eu o tivesse quebrado? Vovó ia ficar furiosa.

— Quando a luz parar de piscar e ficar apenas vermelha, aposto que não estará mais funcionando — disse Sal.

O barulho do alarme parou e logo a luz fixou-se no vermelho. Rapidamente, iniciamos uma discussão profunda sobre música *Zydeco,* furacões e guitarras. Bem, todos eles estavam. Eu fiquei em silêncio imaginando Ed escondido em seu carro, ouvindo tudo o que estávamos falando.

XXXI

Sandy caiu no sono enquanto ainda estávamos conversando. Eu a cobri com um cobertor e quase em seguida todos já haviam partido. Fui dormir no sofá. Na manhã seguinte, quando vovó levantou, sabia que precisava contar a ela sobre o livro de bebê. Ela precisava saber que eu não era a única pessoa que suspeitava que meu pai estivesse vivo. Porém, Sandy apareceu e eu não quis mencionar nada disso enquanto ela estivesse lá. Fiquei contente de ver que sua irritação da noite anterior havia acabado.

— Olá, Sra. Oberon! — ela abraçou vovó. — Posso ajudar com o café da manhã?

— Não. Tenho certeza de que você e Nina ainda têm bastante novidade para contar uma para a outra. Aviso vocês quando estiver pronto.

Sandy e eu voltamos para meu quarto. Sentamos de pernas cruzadas em cima do colchão.

— Não acho que sua amiga, Wei, goste de mim.

— Ela só está sendo protetora.

— Por causa de Derek? — Sandy olhou para cima de minha "cômoda-caixa" e pegou alguns de meus *chips* de texto. — Não posso culpá-la. Ele está muito fofo.

— Derek está como sempre foi. Você nunca o achou fofo antes.

— Sim, eu achei. Mas ele era louco por você. Aposto que ainda é. Se você quiser, ele... — ela estalou os dedos na frente de meu nariz. — Todos os caras gostam de você. O Loch perguntou de você semana passada. E aquele cara ultragostoso de sua turma de arte... Você sabe, aquele que tem umas mechas roxas no cabelo...

— Grayson?

— É, ele me pediu para lhe dizer que sente muito por sua mãe.

— Diga para ele "obrigada" — esses caras nunca haviam falado comigo durante todo o tempo em que estive na escola com eles. Esquisito! — Sabe, Sandy, você podia ter sido um pouco mais legal com Mike.

— É, é, ele é tipo fofo, no sentido... Bem, você sabe — ela deve ter pensado duas vezes antes de fazer alguma observação grosseira sobre ele. — Eu falei para ele que ligaria para ir ao zoológico uma hora dessas. É legal que ele consiga levar a gente no celeiro e coisas assim. Acho legal que ele saiba tudo sobre vacas. Ele não é tão ruim — ela pensou em Mike durante um momento, então jogou um dos *chips* em mim. — Você está tendo *L & L*? Estamos lendo peças idiotas de um cara chamado Shakespeare que morreu há mais de quatrocentos anos. O que ele sabia sobre a vida, hein? Acho que está totalmente fora de questão você pedir a Ed me escolher para o CeFFem, não é?

— Sandy, você pirou? — coloquei as mãos na cabeça. — Como você ainda pode perguntar isso? Você não ouviu nada ontem à noite?

— O quê? Que vocês todos são Anti...

Mergulhei por cima da cama ficando sobre ela. — Qual é seu problema? Você quer que o mundo inteiro ouça? — cochichei.

— Qual é o probl...?

Tapei sua boca com a mão. — Onde está o quê? Minha lição de casa de matemática? Você quer ver o que a gente está estudando em minha escola?

— Não vou contar nada para ninguém, Nina. Já não falamos disso ontem à noite?

— Sandy, às vezes, você diz coisas sem pensar — esperei por uma explosão dela. Nada.

— Às vezes, faço isso, não é? O *XVI Normas* diz que ser um pouco desmiolada é charmoso para os garotos.

— Isso poderá meter você numa encrenca enorme — cochichei.

Ela passou os dedos pelo cabelo e o jogou com força para o lado algumas vezes. — Olha, Nina, eu pretendo entrar no CeFFem de um jeito ou de outro. Não sou inteligente o suficiente para ganhar uma bolsa de estudos e o CeFFem é a única saída da categoria baixa, ok?

— O CeFFem não é tudo isso que dizem ser — falei, lembrando-me do alerta da Sra. Jenkins. — Como é possível que as garotas que vão para lá nunca retornem para suas casas? — pensei na Joan.

— O que você quer dizer com nunca retornam para casa? Jolianna Whitcomb veio na nossa escola logo depois que você partiu. Ela disse que foi a experiência mais incrível que ela já teve — os olhos de Sandy se arregalaram. — E você tinha que ter visto a roupa que ela estava vestindo. Ultrachique em todos os sentidos — ela colocou os braços em volta de si mesma. — Eu vou me vestir daquele jeito também. E, meu... Ela tinha toneladas de fotos digitais com os caras mais gatos do sistema solar. Ela almoçou comigo e algumas meninas e nos contou, em segredo total, que ela transa quando quer e com quem quer. Ela disse que o primeiro foi Tylo! Você acredita nisso? — Sandy se jogou para trás na cama. — Transou com Tylo.

— Sandy, há mais coisas na vida do que transar com celebridades. Por que Tylo precisaria de uma garota do CeFFem? Ele tem toneladas de pessoas que estão sempre com ele. E uma garota volta de lá entre quantas? Pelo menos, cinquenta garotas de nossa escola foram no ano passado. Onde está o restante? Como a irmã de Mike, a Joan. Onde ela está? — quase contei que a tinha visto e que ela era uma mendiga, mas o encontro daquele dia ainda me aterrorizava. A vibração que senti da mulher que a acompanhava era que Joan não estava só louca, mas em perigo também.

Sandy ergueu-se com um braço. — Quem se importa? Você não vê? Se eu fizer parte do CeFFem, poderei usar roupas sensacionais, sair com celebridades e ter todo o dinheiro que quiser. Nina, não quero morar em Cementville minha vida toda e casar com um fracassado qualquer da categoria dois e acabar como minha mãe. Se eu tiver uma oportunidade de ir, nunca voltarei.

Ela estava certa. Garotas como nós não tinham opções. Ou éramos superinteligentes ou artistas para ganhar bolsas de estudo, pois assim podíamos ter uma profissão, ou acabávamos tendo o mesmo tipo de vida em que fomos criadas. A menos que tivéssemos sorte de algum cara da categoria três ou quatro se apaixonar por nós. Mesmo assim, eles não se casavam com meninas de categorias inferiores. Claro que transavam com qualquer uma, mas casavam-se apenas com pessoas iguais ou superiores quando conseguiam.

E aí havia o CeFFem. Não importava o segredo que ele escondia, pois a maioria das garotas de categorias baixas não se importava com isso, pois só queriam se livrar da vida que tinham. Estremeci quando pensei na maneira com que Joan tinha se livrado da própria vida.

Sandy continuou falando sobre o CeFFem e de todos os lugares aos quais viajaria e nos cartões postais digitais que ela me mandaria de todos eles. — Você vai se arrepender de não ter se inscrito — dizia ela. — Você ainda pode!

Balancei a cabeça. — Não é para mim, Sandy.

Ela contou em detalhes tudo sobre seus namorados e tudo o que eles tinham falado ou feito até que vovó nos chamou para o café da manhã. Depois disso, iria acompanhá-la até a estação, mas vovó insistiu que Pops e Dee fizessem isso.

— Preciso da ajuda de Nina com uma coisa.

— Com o quê? — perguntou Pops.

— Não é de sua conta, velho. Agora, vocês três saiam daqui ou Sandy vai perder o expresso.

— Podemos parar no Planeta Brinquedo no caminho de volta? — perguntou Dee.

— Sim, com certeza — respondeu Pops. — Deixe-me pegar essa perna e ajustá-la bem.

Ele não viu Sandy torcer o nariz enquanto ele fazia alguns ajustes. Eu a abracei e cochichei em seu ouvido: — Pelo menos pensa na possibilidade de não ser escolhida, ok? — ela prometeu conversar comigo depois e foi embora. Pops pegou a bengala e eles se dirigiram para a porta.

— Tenho certeza de que aquela perna está o incomodando mais que o normal — disse vovó para mim quando eles saíram. — Ele está usando a bengala quase todo o tempo agora. Mas também — suspirou ela —, talvez ele esteja apenas ficando mais velho... como eu — ela foi até o aquecedor e pegou o criptógrafo. Entrei em pânico.

— Vovó — confessei —, eu o peguei emprestado ontem à noite. Acho que o quebrei.

— Aqui está como tem que cuidar dele — ela me mostrou um botãozinho no fundo. — Faça assim — ela o pressionou com a ponta de um garfo. — Agora está bom de novo — ela o ligou. — Precisamos conversar, não é? Sobre Ed.

— Como você...?

— Não acho que ele está aparecendo por causa de Dee, pois poderia tê-la tirado de Ginnie a qualquer momento. Depois que Alan morreu, o governo se recusou a pagar os benefícios de sobrevivência para Ginnie, pois o corpo dele não havia sido encontrado. Você e ela estavam morando conosco e a situação financeira era muito difícil. Tudo o que tínhamos era a pensão de invalidez de Pops.

Fiquei se, naquele momento, Dee e eu não estávamos criando mais dificuldades também.

Vovó deve ter notado minha expressão, pois disse: — Nós recebemos os benefícios de sobrevivência. Quando finalmente confirmaram que seu pai estava morto, oito anos depois de ter desaparecido, Ginnie declarou que os créditos passariam para nós se algo ocorresse com ela.

— Ela temia que algo acontecesse, não é?

— Acho que sim — respondeu vovó. — Ela tinha um emprego como assistente executiva do vice-presidente da sede da Rockford Stone no complexo das Torres Achelon.

Não pude evitar interrompê-la. — Eu sei. Era um emprego da categoria cinco. O que a fez passar para a categoria dois e trabalhar como funcionária de uma lanchonete?

— Paciência, querida, vou chegar lá — ela olhou para o criptógrafo que ainda mantinha a luz verde.

— Ela tinha um emprego respeitável e não se aproximava de nenhum amigo antigo dela ou de Alan.

— Jonathan Jenkins.

— Sim, Jonathan, Jade, Brock e Elise, eles se mantiveram distância por razões óbvias. Apesar de que esse bebezinho — ela deu um tapinha no criptógrafo — foi muito útil por um tempo. Eles nunca mais foram vistos juntos em público, mas conversavam... com frequência.

— Mas... e Ed?

— Eles se conheceram numa conferência interplanetária na lua. Ele trabalhava para o governo em um acordo com a Rockford Stone para a mineração de *ocribundan* em Marte. Ela era tão linda. Tenho certeza de que ele se apaixonou por ela no mesmo momento — ela limpou a garganta. — Já tinham se passado quatro anos desde a morte de Alan. Eu disse a ela que ainda era muito jovem para se consumir por dentro por causa dele e que você precisava de um pai. Eu só não sabia nada sobre Ed.

— Mas ele era casado e tinha filhos. Por que ela saiu com ele para começo de conversa?

— Ela não sabia disso antes de ficar grávida.

— Ele era tão cruel, vovó.

— Ele nunca bateu nela antes de Dee nascer — ela balançou a cabeça. — Eu pedi com insistência que ela o abandonasse. Eu temia por ela e vocês.

O criptógrafo iniciou o sinal baixo e a luz vermelha começou a piscar.

— Ele precisa esfriar — disse vovó. — Reiniciar uma vez não o mantém funcionando por tempo suficiente. Esses criptógrafos antigos são temperamentais e caprichosos como eu.

— Há algumas coisas que preciso lhe contar, vovó. Coisas importantes. Podemos tentar?

— Se são importantes, não podemos arriscar sermos ouvidas. Paciência, querida!

Eu não tinha paciência.

Vovó prometeu que poderíamos tentar novamente depois do almoço, então devorei um sanduíche de manteiga de amendoim e algumas fritas. Como se comer rápido fosse acelerar tudo. Não conseguia parar de pensar no que estava acontecendo.

O que acabou tirando meu pensamento do criptógrafo foi a ligação de Sal.

— Vou entregar uma *multivan* para um cliente fora, no campo. Quer vir junto? Podemos pegar o expresso na volta — falei para vovó e ela praticamente me espantou para fora de casa.

Quinze minutos depois, estava no *lobby* me escondendo atrás de uns vasos de plantas falsas que ladeavam a entrada. Examinei o outro lado da rua. Ao não ver nada que lembrasse Ed ou sua *van* verde, fui para fora.

Parada embaixo de uma brecha de luz entre os toldos, protegia-me dos famigerados ventos de Chicago e me sentia aquecida. Parecia mais a primavera que o inverno que quase chegava. Eu me refugiava na minha porçãozinha de sol até ouvir o som de uma buzina. Era Sal dentro de uma *multivan* azul brilhante.

— Uau! É muito bacana! — falei.

Ele saiu num pulo. — Mudamos o motor, ele chega a cento e vinte em sessenta segundos. E a parte de fora... Você gosta?

Ele desfilou comigo em volta do veículo, apontando os pontos dourados na pintura azul, e ainda me mostrou que quando a luz refletia de um certo ângulo, era possível ver uma flor bem rosa com um caule cheio de espinhos circulando a *van*.

Senti uma vontade enorme de passar o dedo nesse desenho, mas não me atrevi a tocá-lo. — Parece a tatuagem de Wei.

— Sim, é a flor do cardo — Sal abriu a porta do passageiro. — Madame — ele fez uma reverência com o braço.

Dei risada, escorregando para dentro e imediatamente o banco se ajustou a cada curva de meu corpo.

— Estilo Conforto — murmurei. Já tinha ouvido falar sobre esse tipo de automóvel nas propagandas, mas nunca imaginei que um dia me sentaria em um deles. Senti-me culpada por tanto luxo. Não parecia justo relaxar quando havia tantas coisas com que me preocupar.

Sal entrou pelo outro lado. — Espera um segundo que já vai se aquecer também. Pronta?

Enquanto Sal dirigia pelo trânsito, eu alternava meus pensamentos em explorar todo esse luxo à minha volta e olhar para fora da janela checando todas as *vans* verdes. Dentro, havia muitos dispositivos de entretenimento no carro, um painel de frigobar e um difusor de luz para cada janela. Por fora, havia a realidade: meninas cinderelas, CeFFem, o universo *dezessexual* e Ed.

Pelo canto do olho, percebi que Sal me observava. Depois de fazer todos os "oh" e "Ah" para cada aparelhinho, ele disse: — E também tem isso — ele pressionou um botão em que se lia "temperatura".

Olhei em volta para descobrir o que tinha acontecido... nada. — E?

— E — disse ele — nós estamos protegidos de qualquer aparelho de escuta ou rastreamento — ele sorriu com orgulho.

— Você quer dizer que podemos falar sobre qualquer coisa e ninguém pode nos ouvir?

— Liga seu AVP.

Tentei. Não funcionou. — É como se fosse uma ZM móvel — nós estávamos passando pela rua State onde todas as lojas tentavam falar mais alto que as outras no que dizia respeito às propagandas. Era impossível não as ouvir mesmo dentro da *van*. Mas lá estávamos nós, sentados em completo silêncio.

— Sem propagandas! Mike iria odiar — soltei uma risada. — De quem é esse carro, afinal?

— De minha tia Rita. Estamos indo para a casa dela.

Rita... levei um segundo para fazer as relações. Esse era o nome que estava na lista de Ginnie. Antes que pudesse perguntar a ele sobre ela, nós adentramos a via expressa para Cementville e uma onda de tristeza me invadiu. — Isso me lembra voltar para casa — senti fraqueza em minha voz.

Sal pegou minha mão e a apertou. — Só passaremos aqui por alguns quilômetros, depois entraremos na Angola Works West.

Olhei pela janela, observando o campo. Passamos pela Fazenda Mill Run. Lembrei-me da última vez que havia passado lá, na noite em que Ginnie morreu. Olhei rapidamente para os cavalos com os rabos ondulantes enquanto eles galopavam pela campina. Viramos à esquerda e me forcei a me concentrar no presente.

— Quer refrigerante? — Sal pressionou outro botão no painel e o frigobar na minha frente se abriu. Um braço de metal segurou a bebida para mim. Quando eu o peguei, tudo se fechou novamente. Relaxei no banco que estava praticamente me aninhando. "Isso é da categoria dez total", pensei comigo.

Sal passou por um casal mais velho que estava em um 2100 DT. Eles me lembraram vovó e Pops e acabei me lembrando de nossa conversa antes. — Descobri mais coisas sobre Ed — atualizei Sal sobre tudo o que vovó e eu tínhamos conversado.

— Também estou fazendo algumas investigações e acho que tia Rita vai ser capaz de preencher as lacunas que faltam. Essa é uma das razões que me fizeram requisitar sua presença.

— Qual é a outra?

Ele se virou para mim e nossos olhares se cruzaram. — Ter você perto de mim.

Uma onda de calor me percorreu e aquilo não tinha nada a ver com o banco Estilo Conforto. Depois da noite anterior, não tinha mais dúvidas sobre as motivações de Sal. Sabia que ele gostava de mim por mim mesma e não por meu pai.

Sal analisou o trânsito. — Segure-se — ele abaixou uma pequena alavanca sob o painel e nós disparamos pela estrada como um cometa. A força gravitacional me fixou no banco.

Acabamos, por fim, diminuindo a velocidade para menos de cem quilômetros por hora. — Queria ter certeza de que o motor faria o que a gente mudou nele. Além disso — ele abriu um sorriso travesso —, é divertido.

— E é mesmo! Não sentia nada assim desde a simulação na lua que fizemos na quinta série.

Ele pegou minha mão e beijou a ponta de meus dedos. — Você é meu tipo de garota!

Aquele beijo viajou por meus dedos mais rápido do que a disparada que a *van* deu. Fiquei vermelha, mas não me importei. Ele me fazia sentir tão bem.

— Conta para mim sobre sua tia. É possível que ela tenha conhecido minha mãe?

— Ela conhecia sua mãe muito bem. Rita é a irmã de minha mãe. Ela.. é... "morreu" na escola. Como muitas pessoas naquela época, ela desapareceu para se juntar aos AntiCons. Somente duas pessoas, além de minha mãe e meu pai, sabiam disso, Jade e Ginnie. Elas ajudaram a encobrir sua morte. Ela tem uma identidade nova e uma fazenda grande que também é AC.

— AC? AntiCon? — perguntei.

— Não. É uma sigla para abrigo coletivo. Não há muitos ACs perto das cidades. A maioria fica em montanhas ou desertos, pois é mais fácil disfarçá-los em terrenos áridos. Este fica bem no meio da Floresta Easely.

— Floresta Easely! Ela não pertence a uma empresa enorme da mídia?

— Mais ou menos. A *Gerenciamento de Ambiente* é dona dela. Eles são simpatizantes da Resistência. Há até um rumor de que eles têm uma estação pirata em algum lugar na Floresta Easely. Porém, ninguém nunca conseguiu rastreá-la.

Aquilo que era tão óbvio para ele estava sendo difícil para eu absorver de uma só vez. Pessoas como a tia dele (e meu pai, eu tinha esperanças), que haviam morrido e não estavam mortas. Havia lugares seguros para AntiCons ficarem. Empresas grandes simpatizavam com a Resistência. Havia tanta coisa que eu não sabia. Sentia-me boba por minha ignorância, especialmente porque minha mãe tinha aparentemente estado no meio de tudo isso. A mídia, o governo... Minha cabeça estava rodando.

— De onde ele veio? — Sal ergueu o dedo por cima do ombro.

Olhei para trás. Uma *van* verde. — Não pode ser Ed. Pode?

— Não vou arriscar — Sal esticou a mão, checando meu cinto de segurança. — Isso pode ser violento.

Com uma girada rápida do volante, voamos pela faixa do meio, passando por uma cerca e entrando no campo. Com certeza, estávamos a quase um metro acima do chão, mas naquela velocidade o trator de ressonância estava tendo dificuldade de nos manter estáveis fora da estrada. O banco me abraçava como uma mãe faria. Mesmo assim, achei que meus dentes iriam chacoalhar para fora da cabeça.

Sal mudou a direção para uma clareira no meio do mato. Coloquei as mãos sobre meus olhos, protegendo-me de uma batida iminente com uma das árvores. Ele virava aquele volante mais vezes e voltas do que numa montanha-russa marciana na Terra da Diversão. Estava tão assustada que não olhei entre meus dedos até ele diminuir a velocidade.

— Você está bem?

— Acho que sim — senti minha cabeça, depois os braços e o estômago. — É, parece que tudo está no lugar.

Ele abriu um meio-sorriso. — Não entendo, esta *van* tem um módulo antirrastreamento. Ele desligou o motor. — Como ele nos encontrou?

— Talvez ele não precise de um rastreador. Ele pode ter nos esperado na frente de meu prédio.

— Hã? Não contei com a possibilidade de ele não usar tecnologia. Só pode ter sido isso. Mesmo assim, é melhor eu contar tudo para John quando voltarmos — Sal saiu da *multivan* e andou em volta dela, checando o trator abaixo e toda a parte exterior. — Droga! — ele falou um palavrão e chutou uma pedra.

Minhas pernas ainda tremiam quando me juntei a ele. Ficamos olhando os riscos que havia na lateral da *multivan*. Eles tinham cortado toda a parte que chegava até embaixo.

— Perdão. É culpa minha. Se eu não estivesse aqui...

Sal me abraçou. — Não é culpa sua. É o resultado da guerra.

— Guerra?

— Nós e eles. A Resistência contra o governo. O bem contra o mal, esse tipo de guerra. Você está segura. É isso o que importa para mim — olhando a área em volta, ele disse: — Se era Ed, diria que nós o despistamos. Vamos sair daqui!

Enquanto Sal atualizava as coordenadas do GPS, pensei sobre a Resistência travando uma guerra contra o governo. Era impossível imaginar como alguém pudesse lutar e vencer uma organização tão poderosa como o CR. Por fim, saímos da mata e entramos no campo, mas meus pensamentos ainda estavam perdidos numa floresta de confusão.

— Ali — apontou ele à frente.

Não conseguia ver nada, mas continuei olhando o horizonte conforme íamos para a frente. Enfim, pude ver uma faixa como uma grande cobra preta no meio da plantação de soja. Pelo menos, achei que era isso o lugar onde estávamos.

— É a construção de uma estrada velha, mas eu passarei.

Não importava o tipo de estrada, mas sua superfície era macia comparada a nosso desvio de trajeto. Conforme seguíamos com rapidez, olhava por cima do ombro, vigiando.

XXXII

Sal seguiu por uma estrada de cascalhos estreita com árvores pelas laterais. No final, havia uma clareira e uma casa espaçosa que eu nunca tinha visto igual.

— O que é aquilo? — perguntei. As laterais de cor dourada pareciam toras de árvores fincadas em cada lado. Toda a entrada era circundada por uma varanda. Havia plantas com o que restava de flores penduradas entre os pilares. Uma ou duas flores vermelhas e pálidas ainda sobreviviam.

— São troncos de madeira reproduzidos — respondeu Sal. — Madeira e papel reciclados.

— Uma casa de toras de madeira como a de Abraham Lincoln.

— Como você sabe isso? — perguntou Sal.

— Sempre tive curiosidade sobre Lincoln. Ginnie tinha um livro sobre a história do Pré-Conselho Regente. Não há muito material sobre esse assunto.

— Já pensou sobre o motivo de isso ser assim? — perguntou Sal.

— Não — admiti e fiquei um pouco vermelha, pensando na vez em que conversávamos sobre isso quando aleguei falsamente o quanto sabia. — Ginnie queria que eu estudasse mais esse assunto, mas eu preferia língua e literatura à história.

— Algumas das ideias que as pessoas tinham eram muito boas. Direitos individuais como a liberdade de expressão, direitos iguais para todos, direitos de reprodução para as mulheres, tudo foi apagado dos livros de história. É por isso que seu pai tinha tantos problemas em seus debates. Se ele tivesse apenas decidido se tornar um especialista pré-CR em alguma universidade, ninguém o teria incomodado. Porém, ele queria mudar as coisas. Ele queria toda essa liberdade de volta.

Sal estacionou em frente de casa. Fora da *multivan* estava frio, mas o ar tinha um cheiro diferente.

— Huumm — disse Sal. — Respira fundo. Esse não é o ar da cidade.

Respirei bem fundo, enchendo os pulmões como se bebesse água. Depois de inspirar duas vezes, senti uma zonzeira na cabeça. Sal agarrou meu braço para eu me equilibrar.

— Não é como aqueles troços de filtragem em Chicago. É melhor você ir com calma — riu ele. — Tia Rita vai achar que eu lhe dei uma injeção caseira de Grindy. A propósito, esqueci-me de mencionar: Rita é bem direta, não é muito de papo-furado.

A porta da frente abriu e uma mulher caminhou pela varanda. Ela parecia ter a mesma idade de Ginnie, exceto por algumas mechas brancas no cabelo. Ela não era muito mais alta do que eu e estava de calça *jeans*, botas resistentes e um suéter enorme. Havia uma presilha que prendia um lado do cabelo e o restante estava solto atrás. Eu podia ver a semelhança física da família.

— Tia Rita! — Sal atravessou a varanda e atirou os braços em volta dela.

— Como está meu sobrinho preferido?

— Bem!

— Esta deve ser Nina. Sou Rita Dugan — ela apertou minha mão com firmeza e olhou-me diretamente nos olhos. — Você se parece muito com seu pai — primeiro, Sal havia me dito isso, depois os Jenkins e agora Rita. Era estranho encontrar pessoas que conheciam meu pai. Eu gostava da ideia de parecer com ele.

Eu mantive o olhar. Ela tinha os mesmos olhos escuros e profundos de Sal.

— Estou feliz que tenha vindo hoje. Sinto muito por sua mãe — ela desviou o olhar para o topo das árvores, ao longe. — Sacrifícios pessoais residem no centro da mudança para o melhor.

— A polícia disse que foi aleatório — Sal estava definitivamente certo ao dizer que ela era franca.

— Ela sacrificou uma vida normal com você, a felicidade dela e a paz de espírito. Ela entregou tudo pela causa. Tudo — ela tocou minha mão num gesto de surpreendente delicadeza. — Não acredito que a morte dela tenha sido de forma alguma aleatória.

Esse foi exatamente o mesmo pensamento que eu tive. Queria que ela tivesse estado lá para convencer a oficial Jelneck.

Enquanto eu pensava nisso, Sal disse: — Tivemos um probleminha no caminho para cá. Aquele cara, o Ed, aquele de que lhe falei, ele nos seguiu. Eu o despistei, mas... O trabalho da pintura acabou ficando estragado.

— Oh, querido, isso pode ser consertado. Vocês dois estão bem? — ela examinou nossos rostos.

— Estamos — ele colocou o braço envolta de meu ombro.

— Vou levar minha nova *multivan* para dar uma volta. Vocês dois entrem e sintam-se em casa. Conversaremos mais quando eu voltar — depois de andar apressada em volta da *van* e parar por um momento em frente aos arranhões, ela entrou nela e partiu.

— Você está bem? — perguntou Sal.

— Acho que sim — não parecia convencer nem a mim mesma. — Minha vida não foi nada do que eu acreditei que era. Tudo o que eu achava ser verdade era uma mentira — esfreguei as mãos, pois estava frio fora. — Você sabia de tudo isso?

Senti que ele não queria responder. Ele me puxou pelos degraus acima. — Eu sabia um pouco.

— Por que você não me contou? — como se eu não soubesse a resposta. Depois da minha reação explosiva no oásis, não poderia culpá-lo por não contar nada.

— Tive medo de que você não acreditasse em mim. Que você ainda acreditasse que a única razão que me fazia querer ficar com você fosse seu pai — ele pegou meu rosto com as mãos. — Nina, quero ficar com você por sua causa e não por Alan. Eu não arrisquei contar para você o que sabia. Não aguentaria se você fugisse de mim de novo.

— Sal, eu...

Ele me beijou e eu o beijei de volta. Foi diferente de nossos outros beijos. Nós estávamos gerando um calor interno que eu nunca havia sentido antes. Não conseguiria parar de beijá-lo mesmo se quisesse, coisa que eu não queria. Meus dedos passavam pelos cabelos dele como se eu tentasse puxá-lo para mais perto que minha própria pele. Quando paramos para respirar, ele encostou o rosto em meu cabelo e sua respiração era como um sopro de vapor em meu pescoço.

Sussurrando meu nome, ele passou a língua por minha orelha. Enlacei minhas pernas na dele e ele me segurou pelo bumbum, puxando-me para mais perto. Mas não era perto o bastante. Nós nos beijamos mais, completamente perdidos um no outro. Não havia mais nada no mundo, apenas nós dois. Suas mãos se moveram por dentro de minha jaqueta, tocando minha pele. Um gemido fraco escapou de meus lábios.

Sal se afastou. — É melhor pararmos antes de fazermos algo para o qual ainda não estamos pronto.

Escondi o rosto no pescoço dele. Estava tão envergonhada. Não estava só com vontade, mas ansiosa para ir mais longe. A linha entre o amor e a luxúria era tênue como um sussurro. Eu estava pronta para cruzá-la sem hesitação. Uma típica garota *dezessexual*. Se ele não tivesse interrompido... Não queria nem pensar nisso. O que estava acontecendo comigo? Onde estava Ginnie quando eu precisava de uma mãe para conversar? Por um milésimo de segundo, fiquei furiosa por ela ter morrido. Se eu permitisse que aquele sentimento durasse mais um pouco, teria ficado furiosa com ela por muito mais tempo.

XXXIII

Quando finalmente reuni coragem, ergui a cabeça levemente do pescoço de Sal e falei: — Você deve achar que eu sou...

— Incrível, Nina Oberon. Absolutamente incrível.

Escorreguei do colo dele para o degrau ao seu lado. Estava com tanta vergonha que não podia nem olhá-lo.

Ele chegou mais perto e colocou meu cabelo para o lado, beijando minha bochecha. — Devíamos entrar. Tia Rita vai chegar a qualquer momento.

Como se ele tivesse dado a deixa, a *multivan* apareceu na entrada.

— Amei! — Rita atravessou a varanda com passos rápidos. — Você e John são gênios de *vans*. E o que vocês dois estão fazendo aqui fora?

Olhei para o chão, certa de que ela sabia exatamente o que estávamos fazendo. Mantive a cabeça baixa enquanto entrávamos na casa.

Ela nos levou para uma sala de estar vistosa. Era moderna e arejada, com o teto alto e claraboia. O sol entrava banhando tudo com uma luz quente. Havia um fogo revigorante na lareira que unia um quarto a outro.

— Sal, meu amor, pega uns lanchinhos para vocês levarem no expresso.

Quando ele saiu do quarto, Rita se sentou no sofá extenso que ficava de frente para uma vista panorâmica do vale. Ela indicou para que eu me sentasse a seu lado. — Precisamos conversar.

Sentei-me sem saber o que esperar.

— Não há muito tempo para explicações, Nina. Sei que Ginnie a protegeu da verdade sobre a vida dela. Ela era uma AntiCon. Tenho certeza de que você já descobriu isso a essa altura.

Concordei com a cabeça.

— Você sabe muita coisa sobre Ed?

— Ele é um selecionador, pai de Dee e uma pessoa horrível.

— Ele também é um ex-agente do C.H.F.E.S. que está tentando provar que seu pai está vivo desde aquela noite que ele foi para o rio Chicago. Ginnie começou seu relacionamento com Ed para manter em segurança o segredo de Alan e proteger você e Dee de qualquer mal.

Uma sensação de alívio me inundou por dentro. — Eu sabia que ele estava vivo. Eu sabia que Ginnie não mentiria para mim sobre isso — pisquei para afastar as lágrimas que queriam sair. — E eu sabia que Ed era um agente do governo, mas não sabia que tinha sido um ex-C.H.F.E.S.

— Foi o C.H.F.E.S. que colocou sua mãe naquela máquina no hospital. Assim que soubemos que a estavam colocando na Máquina do Infinito, nossa equipe no hospital mexeu no áudio para que nada do que sua mãe dissesse fosse gravado. Mas alguém ouviu e contou para Ed o que Ginnie disse a você. Você se lembra de ter mais alguém com você?

— A enfermeira — concordei com a cabeça. — A enfermeira estava na porta quando Ginnie me contou que meu pai estava vivo. Depois disso, Ginnie me fez cantar para ela para que ninguém pudesse ouvir o que ela estava dizendo.

— Ela disse mais alguma coisa?

— Que todas as respostas estavam em um livro que eu tinha que entregar para meu pai.

— Onde está esse livro agora?

— Em um lugar seguro — estava tão ansiosa por ouvir mais de meu pai que tinha abaixado minha guarda e estava falando sem parar sobre tudo o que Ginnie me contara para uma mulher que tinha acabado de conhecer. Não tinha mais volta. Não tinha mais segredos, não mais.

— Hummm, Ed não deve ter contado para mais ninguém esse episódio ou você teria sofrido maiores consequências do que apenas ter sido seguida. Provavelmente, ele quer toda a glória de capturar Alan Oberon sozinho. Se o CR soubesse, já a teriam prendido a essa altura. Ed acredita que você é a passagem direta a seu pai.

— Na noite em que Ginnie morreu, ela tinha um envelope com seu nome escrito nele — falei. — Você mantinha contato com ela?

— Sempre — respondeu Rita. — Nós nos encontramos naquela noite. Se eu soubesse que ela estava em perigo, jamais teria partido.

— Você estava com ela? — achava que Ginnie não tinha amigos. Havia tanta coisa que não sabia sobre minha mãe. — Você sabe o que aconteceu? Você sabe quem a matou?

Rita balançou a cabeça. — Eu tenho um suspeito, mas não provas... E mesmo que tivesse provas... — ela suspirou —, ninguém se importa com a morte de uma mulher da categoria dois, não é?

Contei a ela sobre o C.H.F.E.S. aparecer naquele dia e revirar nossa casa. — Acho que eles estavam procurando algo sobre meu pai.

— Nina, o C.H.F.E.S. acredita que Alan morreu naquele acidente. Ed não. Eles acham que Ed está obcecado como se procurasse pelo em ovo. Foi isso que o fez ser transferido de agente para selecionador. Ele faria qualquer coisa para provar que Alan está vivo.

— E ele está, não é? — eu nem precisava esperar a resposta. Pelo menos algumas peças estavam se encaixando no lugar certo. Meu pai estava vivo. Ele e Ginnie eram AntiCons. — O que devo fazer? Ed sabe que tenho uma coisa que ele quer. Não sei se ele sabe o que é ou não, mas ele deve saber. Tenho que a levar para meu pai.

— Por enquanto, fique perto de Sal ou Wei. Ela é uma boa amiga para se ter por perto. Vou fazer o melhor que puder para conseguir levar o livro a Alan.

— Ah-hã — eu não me sentia bem. Minha cabeça estava explodindo com tantas informações sobre minha vida. Meu corpo ainda estava zunindo pelo toque de Sal, o que estava me deixando cheia de conflitos. Eu o queria e não queria. Era muito confuso.

Rita checou seu relógio. — Sal — chamou ela —, hora de ir embora.

Nós duas levantamos. — Sei que tudo isso foi bastante para absorver, Nina.

Eu podia estar confusa sobre tudo, menos sobre um ponto que estava muito claro para mim. — Eu vou entregar o livro para meu pai. Ninguém além de mim irá fazer isso. Como posso encontrá-lo?

Rita suspirou. — Eu disse a ele que você ia se sentir assim.

— Você disse a ele? Você falou com ele sobre mim?

Sal estava nos observando. — Vou pegar Max — ele ergueu as sobrancelhas quando passou por mim. Nem parei para pensar quem seria Max.

— Quando posso conhecê-lo? Ele não quer me ver? — não podia acreditar que ele estava tão perto. Meu coração batia com força.

— Claro que ele quer — respondeu Rita. — Saber que ele tem você é o que o mantém adiante.

— Ele sabe da morte de Ginnie?

— Sabe.

— Quando posso vê-lo? — estava prestes a explodir.

— É muito perigoso agora. Não só para você, mas pra vovó, Pops e Dee. Se Ed ou o CR tiver a noção de que Alan está realmente vivo, vocês estarão em perigo. Você tem que ser paciente... e cuidadosa. Muitas vidas dependem de você. Sei que consegue fazer isso. Você não pode contar para ninguém o que ouviu aqui.

— Tenho certeza de que vovó suspeita de tudo. Contei a ela que Ginnie disse que ele estava vivo. Ela rejeitou no início, mas acho que ela sabe que Ginnie estava certa.

— Ela sabe sobre o livro? — Rita colocou o braço em volta de mim enquanto caminhávamos pela varanda.

— Não, ainda não.

— Bom, quanto menos ela souber, mais segura estará. Essa pobre mulher já passou por tantas coisas - ela apertou meus ombros. — Você não tem ideia da dificuldade que tem sido para nós que desaparecemos deixar que nossas famílias nos enterrem. Sei como é difícil para você. Mas Ginnie a criou muito bem. Você não vai decepcioná-la.

Calei-me. Não, eu não a decepcionaria. Estava tudo bem em não contar para vovó sobre o livro, mas levaria-o para meu pai mais cedo do que tarde. Agora que tinha certeza de que ele estava vivo, eu o encontraria, com ou sem a ajuda de Rita. Sal apareceu na varanda com um modelo antigo de *multivan*. — Max está a caminho.

Um homem saiu de uma casa que eu não tinha percebido antes. — O que é aquilo? — perguntei.

— É o alojamento. Os AntiCons que precisam se esconder por um tempo ficam lá. Naquela outra casa — ele apontou para trás da casa de madeira, que era uma versão menor desta —moram Grindy e Mobley. Eles são os cuidadores dos cavalos. Droga... esqueci — ele se virou para Rita. — Eu ia mostrar os cavalos para Nina.

— Isso vai ter que esperar a próxima vez — disse Rita. — Tenho que cuidar de umas coisas. E vocês também — ela deu uma beijoca na bochecha de Sal e me abraçou. Em seguida, desapareceu dentro da casa.

Sal e eu entramos na parte de trás da *multivan*. Olhei para fora da janela até não conseguir mais ver a casa ou o vale. Senti que estava mais longe do que nunca de meu pai e de Ginnie.

❖ ❖ ❖

Pegamos o coletivo em frente à estação do expresso. Quando chegamos a meu ponto, Sal colocou meu braço embaixo do dele. — Vamos caminhar até o rio. Ainda não quero me separar de você — acabamos indo para o oásis ZM.

— Não é tão legal como o lugar em que estávamos — falei.

— É legal o bastante para mim. Você está aqui.

Ele me puxou para mais perto e me beijou. Seus lábios eram quentes e macios. Eu queria me perder em seus beijos, mas não conseguia parar de pensar em meu pai.

Sal deve ter percebido que eu estava preocupada. Nós ficamos ali juntos, com minha cabeça apoiada em seu ombro, olhando o musgo da água no rio Chicago até que o sol desapareceu e a noite caiu.

— Posso conhecer vovó e Pops? — perguntou ele.

❖ ❖ ❖

Quando entramos, pude ouvir vovó ocupada na cozinha preparando o jantar.

— Tem comida para mais um? — gritei do corredor.

— Tem.

— Quem é? — perguntou Pops olhando por cima da revista subversiva. Sua perna estava no chão, ao lado da poltrona.

"Ai, que ótimo", pensei. "A perna totalmente fora do lugar." Respirei fundo. — Pops, este é Sal.

— Desculpe-me por não levantar — Pops deu uma risadinha. — Não tenho uma das perna para me apoiar. Eu tenho, pequenininha?

Podia sentir meu rosto ficar vermelho, mas fingi que não. Ele era, afinal de contas, meu avô e eu o amava.

— Não está parecendo que você tem, Pops. Então, é melhor ficar sentado.

— Menina esperta... igual ao pai — eles apertaram as mãos. — Senta, senta — Pops indicou o sofá para nós. — Temos companhia, Edith — gritou ele.

Vovó veio da cozinha com o pano de prato na mão. Ela bateu bem no topo da cabeça dele com o pano. — Não berra para mim, velho. Acha que essa pilha de areia e barro reconstruída é a prova de som? Eu os ouvi chegando, não sou surda. Mas vou ficar se você continuar gritando toda vez que acontecer algo por aqui.

Ela prendeu o pano na cintura. Quando viu Sal, ficou pálida e procurou o braço da poltrona de Pops.

Eu corri e agarrei o braço dela. — Vovó, a senhora está bem?

— Estou, estou bem — ela soltou minha mão e acenou para que eu voltasse a me sentar. Quando ela se recompôs, disse: — Você tem que ser o filho de Brock. Santo Deus... é a imagem escrita. Ele e o meu filho, Alan, eram amigos na escola. Achei que tivesse voltado no tempo.

— Sinto muito. Não queria tê-la assustado.

— Não é culpa sua, você não tem ideia de como a semelhança ... Bem, é fantástico, isso sim — ela limpou os óculos no pano de prato e os ajustou no nariz, analisando-o.

— Sabia que parecia com ele. Mas faz séculos desde que vi suas fotos da época da escola.

— Eu fiquei sabendo das notícias — disse vovó. — Quatro anos atrás, não é?

— É. Eles estavam a serviço, procurando o pai de Nina.

— Se perderam no oceano, não é? Afundaram no mar... Nenhum sobrevivente.

— Essa foi a história — me surpreendi com a amargura na voz dele.

— Maldita mentira — murmurou Pops.

— O quê? Fala alto — vovó deu um cutucão nele.

— Mentiras foi o que eu disse. Todo mundo sabe que a mídia usou um robô suicida no voo. Não era para ninguém sobreviver. Todos que chegam muito perto da verdade sobre Alan... — ele fez com a mão um gesto como se estivesse cortando a própria garganta.

Sal abriu um meio sorriso, mas vi que os músculos de seu maxilar ficaram rígidos. Pops conseguia ser tão mau quanto Sandy, quando falava sem pensar de coisas que magoavam os outros.

Vovó olhou para nós e quase que imperceptivelmente balançou a cabeça. Entendi que era por causa das possíveis escutas.

Pulei do sofá, agarrando o braço de Sal. — Vamos para meu quarto? Você não se importa, não é, Pops?

— Vão lá vocês — ele acenou para nós. — As crianças não se importam com mais nada, de qualquer forma — ele pegou a revista e mergulhou nela.

Vovó nos acompanhou parte do caminho. — Ignore a conversa maluca daquele velho. A perna dele anda incomodando-o demais ultimamente. Eu lhe dei um analgésico meia hora atrás. Obviamente está afetando sua cabeça. Sinto muito por seus pais, Sal. Vão lá, agora — ela indicou meu quarto. — Chamo vocês quando o jantar estiver pronto.

— Onde está Dee?

— Ela está fazendo a lição de casa com uma amiga.

Entrei em pânico. — Vovó! A senhora a deixou sair?

— Ela está no AVP, no quarto dela — ela deu um beliscãozinho em minha bochecha. — Não nasci ontem, querida.

Mesmo com Ed atrás de mim e não de Dee, não arriscaria naquilo que dizia respeito a ela. Dei uma espiada no quarto dela e acenei, só para ter certeza de que ela estava lá.

* * *

O jantar foi sem Pops. Os remédios para dor o derrubaram a noite inteira. Sal me ajudou a levá-lo para a cama depois que comemos. Em seguida, acompanhei Sal até o elevador.

— Tenho tanta coisa para pensar — falei. — Não sei o que fazer, o que pensar...

As portas se abriram, Sal me beijou e entrou. — Só tenho uma coisa para pensar — disse ele. — Você!

As portas se fecharam.

Quando voltei para o apartamento, vovó estava me esperando. — Nina, algo foi levado na noite da invasão — sua voz estava tensa.

Meus pensamentos aceleraram. Vovó nunca tinha me contado se eles tinham outro criptógrafo ou algum outro objeto ilegal. Uma coisa que pudesse encrencar de verdade Pops se as autoridades encontrassem. Vovó tinha preenchido o relatório da polícia. Minha pergunta "O quê?" saiu de minha boca mais como um grito do que palavras.

— Seu contrato do CeFFem sumiu. Não teria percebido isso se não tivesse sentido uma sensação de que deveria tê-lo guardado em um lugar mais seguro. Quando fui procurá-lo, ele havia sumido.

Um minúsculo arrepio de medo começou a subir por meu pescoço. — Talvez você tenha colocado em outro lugar, vovó — não mencionei sua idade avançada e que pessoas mais velhas esquecem as coisas às vezes. — Além disso, a agência do CeFFem deve ter um registro de que foi comprado, certo?

Pude ver o alívio percorrendo sua expressão. — É claro que eles têm. Não tinha pensado nisso. A primeira coisa que vou fazer é ligar para eles na segunda-feira — ela deu uns tapinhas nas próprias bochechas. — Que boba ficar tão perturbada agora. Vai ficar tudo bem!

Ela respirou fundo, mas eu não. Não queria pensar no que poderia acontecer, o que podia ser... Tudo isso era demais, quase insuportável de se lidar.

Quando fui para o meu quarto, em vez de ir para a cama, peguei meu bloco de papel e uma caneta técnica especial que Ginnie havia me dado quando comecei as aulas de arte. Sentei-me ao lado da janela e desenhei os prédios que via. Retângulos e quadrados lado a lado e direto para o céu. Organização, ordem, controle. O oposto total de minha vida.

Se a agência do CeFFem não tivesse um registro da compra de meu contrato, teria que me inscrever no programa. A menos que conseguisse o título Criativo antes de ser escolhida. Meu aniversário estava chegando, mas não sabia quando seria a escolha ou quando eu poderia receber meu título. Fiz o traço da última janela na folha de papel e fui para a cama.

XXXIV

Acordei com o som de meu AVP. Era Wei.

— Quer ir ao zoológico?

— Estarei pronta quando você chegar aqui.

No momento em que acabara de devorar o café da manhã e me vestir, ela chegou.

— Até mais tarde, vovó.

— Fez a lição de casa? — perguntou ela. — Amanhã tem escola.

— Não tem muita coisa. Termino quando chegar em casa. Prometo!

— Estou confiando no que você diz. Agora, vão para poder voltar cedo — ela nos espantou para a porta. — Tomem cuidado!

— Sempre tomo cuidado — respondi.

— Não se preocupe, Sra. Oberon. Ela está comigo.

Nós ficamos fazendo palhaçadas quando esperávamos pelo elevador. Wei demonstrou uma chave de braço em mim e, depois, mostrou como se soltar se alguém segurasse meu braço. Já estávamos lá embaixo antes de eu conseguir me soltar das mãos dela ao empurrar pelo lado do dedão onde ela apertava. — Continue praticando — disse ela. — Você vai pegar o jeito no final — não tinha tanta certeza disso.

Lá fora estava frio e cinza. O céu soltava bolinhas duras e brancas que caíam no concreto. Automaticamente, procurei a *van* verde de Ed na rua. Nada.

— Não estou pronta para a neve. Odeio sentir frio — coloquei minhas luvas. — Seu pai já voltou de Amsterdã?

— Não. Esta noite. Você quer caminhar ou pegar o coletivo?

— Vamos andar. Tenho que me fortalecer para esse tempo — eu invejava que o frio não incomodasse Wei nem um pouco.

Tínhamos andado duas quadras quando o vento e as bolinhas de granizo viraram neve, macias e lisas, caindo rapidamente e cada vez mais. — Talvez, devêssemos pegar o coletivo — falei. — Posso me fortalecer mais tarde.

Protegemos as costas das rajadas de vento e esperamos o 33. Notei que uma *van* verde se aproximava devagar na esquina. Cutuquei Wei e apontei naquela direção.

— Entra naquela porta — disse ela. — Eu já volto.

Estava tão concentrada em vê-la que não percebi que outra *van* havia estacionado no beco atrás de mim antes que fosse tarde demais. As mãos de Ed estavam em minha boca e ele havia torcido meu braço para trás, antes que eu pudesse ver o que estava acontecendo. Wei se virou a tempo para ver ele me forçando a entrar na *van*.

Por mais rápida que ela fosse, Ed era ainda mais. Ele saiu pelo trânsito antes que ela pudesse nos alcançar. Eu forcei a porta, mas ela não abriria enquanto estivesse em movimento - malditos dispositivos de segurança. Eu estava presa. Engoli o desespero de querer gritar e me forcei a virar e olhar para ele.

— Me deixa sair — ordenei. Não havia a menor chance de eu deixá-lo saber o quanto estava assustada. Tinha visto o estrago que ele fizera em Ginnie. Tinha certeza de que ele não hesitaria em me machucar se isso tivesse um propósito. Finalmente, sabia que propósito era esse: o livro de bebê da Dee. Ele precisava de mim para pegá-lo. Meu coração estremeceu, mas minha mente manteve-se firme.

— Não vai nem dizer olá? — ele sorriu maliciosamente. — Isso é o mínimo que você pode fazer, demonstrar respeito pelo homem que a sustentou nos últimos dez anos.

— Me sustentou? — não conseguia disfarçar o sarcasmo de minha voz. — Você nunca me deu nada.

— Bem, eu vou lhe dar uma coisa agora — ele me deu um tapa na boca com o dorso da mão. A dor foi aguda e súbita. Senti gosto de sangue. Não daria a ele a satisfação de me ver chorar. Senti a fúria ferver dentro de mim, prestes a explodir.

Ele me observava com os olhos duros e insensíveis. — E isto é pela joelhada que você me deu na última vez em que a gente se viu — ele me deu um soco com o punho fechado bem no rosto.

Senti meu cérebro tremer dentro da cabeça e as dores lancinantes se espalharam da cabeça até o queixo. Vi pequenos pontos prateados na minha linha de visão e minha raiva se transformou em náusea. Tive que usar toda a minha força só para me manter consciente, sabendo que precisava dela para fugir.

— Acho que estamos quites agora — disse ele. — Vamos aos negócios. Você tem uma coisa que quero. Um livro. Não tinha certeza do que era até que sua amiga loira praticamente o sacudiu debaixo de meu nariz naquela noite.

Achei que minha cabeça ia explodir. Como Ginnie sobreviveu todas as vezes em que ele fez isso com ela, nunca conseguiria saber. Murmurei, sem palavras, somente com o som.

— Não sou de fazer acordos, mas estou me sentido generoso hoje. Finalmente vou mostrar a eles. Todos eles — ele olhou pelo retrovisor e sorriu para si mesmo satisfeito. — Então, Nina, como vai ser? Você me dá o livro ou eu vou me certificar de que você será escolhida no CeFFem. Ouvi dizer que seu contrato desapareceu. Que pena! Para tornar esse acordo ainda mais doce, enquanto você estiver lá no treinamento, Dee irá viver comigo. Não há dúvida de que ela vai querer ficar para sempre. É assim com as meninas cinderelas... foi o que ouvi dizer.

— Eu... — precisava ser evasiva, fingir que ainda estava tonta enquanto procurava no painel do carro algo que pudesse usar para escapar. A *van* dele tinha um frigobar como o de Rita. Fiquei pensando...

A neve caía mais rápido agora e as ruas estavam ficando escorregadias. Mesmo que as *vans* e furgões rodassem alguns centímetros acima do chão, seu sistema de trator se apoiava no contato sônico entre o veículo e o chão. Tinha aprendido isso em Ciência Mecânica. Também tinha aprendido que se a *van* não estiver adaptada para o inverno, você pode se defrontar com uma viagem escorregadia.

A nossa frente, bem em nosso caminho, três *vans* haviam desviado para não bater em uma *van* que diminuíra a velocidade.

— Motoristas de merda! — Ed diminui a velocidade e sua fúria me deu um momento para me concentrar na rua. Vi ali minha chance.

Apertei o botão do frigobar e ele se abriu com um refrigerante, do jeito que eu esperava que fizesse. Eu o peguei, sacodi e o abri, explodindo o líquido grudento e doce bem no rosto do Ed.

— Sua miserável! — ele levou as duas mãos para o rosto, limpando freneticamente os olhos para tentar tirar a bolhas de dióxido de carbono deles. Ele gaguejava e xingava, momentaneamente cego.

Estendi a mão e puxei o volante para o lado, fazendo que a *van* se chocasse contra a traseira da outra van que estava parada. O lado do motorista amassou e minha porta se abriu automaticamente. Disparei para fora, derrapando e escorregando na rua coberta de neve, sem ousar olhar para trás. As pessoas saíam de minha frente enquanto eu corria sem ver para onde. Minhas costelas pareciam que iam se romper, meus pulmões gritavam por oxigênio, mas continuei correndo. Não sei dizer por quanto tempo corri, mas não parei até que minhas pernas se recusassem a ir adiante.

Agachada em um beco atrás de uma pilha de lenha, liguei para Wei.

— Onde você está? — gritou ela. — Sal, Derek e eu a estamos procurando por toda parte.

— Eu consegui fugir — minha respiração estava acelerada e dolorida. — Não sei onde estou. Na zona sul, em alguma parte... acho.

Concentrei-me em ver através da neve caindo, procurando algo que fosse familiar. Vi um ponto do coletivo próximo do beco. Era a linha 47.

— Vou para a Estação Union — falei. — Me encontra lá.

Escondi-me na entrada de um prédio, sem me arriscar do lado de fora até ouvir a chegada do coletivo. Assim que passei meu cartão, o motorista me olhou com curiosidade. O coletivo começou a andar e fui para trás mancando pelo corredor. Uma mulher colocou o pacote de compras no banco vazio a seu lado no momento em que passei. Então, sentei-me atrás dela, no lado da janela. A dor em meu rosto tinha estabilizado, transformando-se num latejamento constante. Hesitei antes de tocar meu lábio, pois estava inchado e ferido com sangue. Automaticamente, puxei o cabelo para frente de meu olho. Um gemido de dor escapou quando encostei na bochecha. A mulher na minha frente se virou em minha direção. Abaixei a cabeça para evitar seu olhar.

Passei os dedos pela bochecha, pois podia sentir que estava inchada também. Era de se esperar que o motorista e a mulher me encarassem. "Aposto que estou com uma aparência horrível". Puxei a gola de minha jaqueta para cima e o cabelo na frente de meu rosto e, assim, consegui esconder parcialmente meus machucados. Não queria chamar mais atenção do que já tinha conseguido.

As poucas pessoas corajosas o bastante para ficarem ao ar livre pareciam fantasmas sombrios na tempestade de neve. Levou uma eternidade para eu chegar à Estação Union. A familiaridade com o piso de mármore gasto e os bancos de madeira me acalmou de alguma forma. Sentei-me, olhando para frente, esperando meus amigos.

Quando finalmente chegaram, tentei impedir que Sal visse meu rosto. Porém, não funcionou.

— Mas o que...? — Sal ergueu meu cabelo. Ele se virou e deu um soco com o punho fechado em um pilar de madeira.

Todos nós ouvimos o ruído familiar da câmera de segurança mudando de direção para focalizar a perturbação da ordem que ele havia provocado.

— Se controla — cochichou Wei para ele. — Nós não precisamos de policiais aparecendo aqui.

— Eu vou matá-lo — murmurou ele entre os dentes cerrados.

— Sal... pare — coloquei a mão no braço dele. — Estou bem!

— Bem? — ele praticamente gritou, apontando para o meu rosto. — Isso não é estar bem! — ele olhou para Wei. — Faz alguma coisa — em seguida, olhou para mim. — Está doendo?

— É claro que está doendo, cabeçudo — disse Wei, exasperada. — Venha — ela pegou meu braço. — Vamos sair do alcance daquela coisa e limpar você. Não faça nada estúpido — disse ela para Sal. — Espera aqui. Derek, vigie-o.

— Eu vou matá-lo — repetiu Sal, baixinho. — Quando eu o encontrar, vou matá-lo.

— Você não vai fazer nada disso — disse Wei. — Precisamos falar com meus pais. Eles vão saber o que fazer e a quem recorrer para que seja feito.

Derek, que estava parado olhando para mim o tempo inteiro, finalmente disse: — Vamos ficar lá fora. Sal esfriar a cabeça. E, Nina... Vermelho não é sua cor.

Pensei em sorrir, mas até o pensamento doía.

Nada teria me preparado para ver meu reflexo no espelho. Quase não reconheci a garota que me olhava de volta. Meus lábios estavam inchados, muito mais do que se tivesse injetado silicone, e ensanguentados. Minha bochecha esquerda estava tão grande quanto uma laranja, vermelhíssima e brilhante. Tive que tocá-la para ter certeza de que era eu.

Wei limpou o sangue com toques suaves ao redor de meus lábios.

— Ai!

— Desculpa — ela continuou limpando meu rosto com lenços umedecidos. — Estou tentando ser cuidadosa.

Duas senhoras de cabelos brancos entraram e olharam para nós desconfiadamente. Fiquei pensando se elas não eram da segurança, nunca se sabia.

— Minha amiga escorregou nos degraus lá fora — disse Wei. — Está horrível, não é?

Obviamente, elas não eram da segurança ou nós teríamos sido interrogadas no mesmo minuto. A explicação de Wei despertou a avó que existia nelas. Uma delas procurou dentro da bolsa alguns *band-aids* e os ofereceu para nós. A outra me entregou um vidrinho de comprimidos para a dor.

— Pode ficar com eles, queridinha — ela deu um tapinha suave em minha mão. — Tenho bastante em casa. Recebidos pelo governo, você sabe — ela piscou para mim.

Agradecemos e elas saíram, mas não sem antes fazer previsões pavorosas sobre o quanto a dor e a aparência ficariam piores na manhã seguinte.

Wei colocou o *band-aid* em meu lábio e tomei algumas pílulas.

Ela se afastou um pouco, analisando seu trabalho manual. — Está um pouco melhor. Mas não dá para fazer nada com o hematoma. Para isso, precisamos de uma maquiagem gigante ou um dos preparados de minha mãe.

— Foi ótima a história de cair na neve. Acho que vovó vai acreditar também. Consigo ser bastante desastrada, às vezes. Não posso dizer a ela o que aconteceu de verdade. Não quero que ela se preocupe comigo a cada vez que eu sair de casa.

— Não. Sou eu que vou me preocupar com isso agora — as mãos de Wei estavam firmes na cintura.

— Ah... você quer que eu a procure todas as vezes antes de sair para qualquer lugar? — fiz uma mímica como se estivesse segurando o aparelho de meu AVP. — Wei, aqui é a Nina, estou indo para a escola. Wei, aqui é a Nina, estou indo numa loja com a vovó. Wei, aqui é a Nina, estou indo ao banheiro. Ah, espera... Para isso não preciso ir lá fora, não é?

Nós duas começamos a rir, o que não foi muito inteligente de minha parte. — Ai, ai! — coloquei a mão no rosto e as lágrimas escorriam pelas bochechas. — Não consigo rir.

Wei terminou e foi para fora ver se os garotos estavam esperando.

— Nina, você está bem? Eu garanto que ele vai se arrepender de ter encostado a mão em você... — disse Sal. Sabia que ele faria isso se tivesse chance. Eu até fantasiei por um segundo que ele, ou alguém, "cuidasse" de Ed.

— Quanta coisa para um dia no zoológico — disse Wei.

— Preciso ir para casa — os comprimidos ainda não tinham começado a fazer efeito. Eu estava exausta e também começava a sentir náuseas de novo. — Ed quer o livro. O acidente foi feio, mas se ele foi capaz de entrar no apartamento... — imagens de Ed aterrorizando vovó e Pops vieram até mim e meu estômago se revirou. Voltei correndo para o banheiro a tempo para vomitar antes que fosse tarde. Lutei contra a visão de Pops tentando defender vovó e Dee de Ed. Pops não teria chance.

Wei me seguiu. — Vamos, Nina. Vamos levá-la para casa. Foi um acidente com a *van*, certo?

Concordei com a cabeça.

— Mesmo se ele não estiver machucado, ficará preso com os oficiais por horas.

Voltamos para o lugar onde os garotos estavam.

— Tenho ensaio com Riley. Temos outro *show* em breve no Soma. Acho que fomos um estouro naquela noite — disse Derek. — Mas se você precisar, posso ligar para ele. Podemos ensaiar mais tarde.

— Vou ficar bem — estava ficando difícil falar. — Mas não diga a palavra "estouro" de novo — tentei sorrir, mas aquilo também doía.

— Tem certeza de que vai ficar bem? — perguntou Derek. — Wei e eu podemos levá-la para casa. Você precisa de proteção.

— Vocês podem ir — Sal colocou o braço sobre meus ombros. — Vou garantir que Nina chegue em casa em segurança — eu podia me acostumar fácil com esse tipo de atenção dele, mas não nessas circunstâncias.

Quando voltamos ao apartamento, em vez de me levar direto para cima, Sal me puxou para a escada de emergência.

— Você precisa ter cuidado, Nina. Não vou aguentar se algo acontecer com você — ele me abraçou forte.

— Para — eu o empurrei. Quando percebi que ele havia ficado confuso, falei rapidamente: — Você estava amassando meu rosto e doeu.

Ele afastou meu cabelo para o lado e tocou muito levemente os lábios em minha bochecha. — Eu nunca lhe causarei dor — ele passou o dedo com suavidade pelo hematoma de meu rosto. — Ele vai pagar por isso. Deveria ter estado lá para a proteger. Nunca deveria tê-la deixado só.

— Sal, não estava sozinha, estava com Wei. Foi culpa minha — coloquei as mãos envolta do pescoço dele e o puxei para perto. — Você não pode se mudar para cá. Eu vou ficar bem. Não vou ser descuidada de novo.

— Venho pegá-la de manhã. Não é tão longe de meu caminho.

Isso não era verdade, mas sabia que ele estaria lá. Ele estaria lá todos os dias até ter certeza de que eu estava em segurança. Eu o beijei e não me importei com a dor. Ele pegou o elevador comigo e não me deixou até que eu estivesse dentro do apartamento.

Vovó não acreditou em minha história de "escorregar na neve". Ela tirou o *band-aid*, lavou os ferimentos com água oxigenada, o que fez arder muito, e passou um *spray* protetor sobre eles.

— Isso deve ajudar — ela se apoiou no batente da porta do banheiro. — Você quer me contar o que realmente aconteceu?

— Fui desastrada — respondi. — Mas estou bem.

Ela apontou para meus machucados. — Eu não chamaria isso de estar bem.

— Vovó, tenho quase dezesseis anos. Tenho que ser capaz de me cuidar sozinha. Estou aprendendo — uma mentirinha branca não iria fazer mal. — Wei está me ensinando uns movimentos de arte marcial. Isso não vai acontecer de novo.

Pacotes congelados ajudaram com o inchaço, mas foi impossível dormir em cima do lado machucado. Com o rosto estourado ou não, fiquei revirando na cama, repassando os eventos do dia. Ed sabia que meu contrato do CeFFem tinha desaparecido. Então estava certa, tinha sido ele o invasor. Mesmo que ele não fosse o selecionador de minha escola, ainda tinha a autoridade para me escolher. No minuto em que eu partisse, ele levaria Dee. O livro estava no centro de tudo isso. Não ia conseguir mantê-lo seguro por mais tempo. Isso significava encontrar meu pai o mais rápido possível.

Apesar da dor, senti o sono tomando conta de mim. Antes que apagasse, pensei que mesmo que Ed tivesse meu contrato, a agência do CeFFem tinha que ter o registro da compra dele por Ginnie. Vovó iria ligar pela manhã. Ia ser um problema a menos com que me preocupar.

XXXV

Sandy me ligou bem cedo pela manhã. — Então, que horas você vem nesse fim de semana? Mal posso esperar para comemorar meu aniversário com você! Já marquei o horário de minha tatuagem e sei exatamente o que vou vestir no dia...

— Sandy... eu... não vou conseguir vê-la nesse fim de semana. Caí ontem à noite bem em cima de meu rosto.

— Mas, Nina, é meu aniversário!

— Desculpa, é que está muito feio — estremeci e toquei de leve minha bochecha. — Espera, vou lhe mandar uma digital para você ver. Dói tanto que você não vai acreditar.

Ouvi-a quase derrubando o AVP do outro lado. — Nina! O que foi que você fez? Putz, você não pode sair com essa cara! Mas, de qualquer forma, vou até o centro na próxima apresentação de Derek — ela começou a falar sem parar no quão ótimo ele era. — Ah, Mike ligou. Eu disse que irei ajudá-lo no zoológico quando estiver aí. Parece divertido. Além disso, não vou ter que me preocupar em perder a virgindade com ele, pois preciso continuar virgem para o CeFFem. Você tem ideia do quanto vai ser difícil? Os caras já estão apostando quem vai ser meu primeiro.

Ela tagarelou desse jeito por mais uns cinco minutos até que eu não consegui mais aguentar. — Preciso me arrumar para a escola — murmurei e desliguei.

As coisas estavam ficando mais complicadas do que eu queria que fossem. Não via como conseguir evitar que ela e Wei brigassem por

Derek. Certamente, não queria que ela seduzisse Mike, pois isso seria injusto. Não tinha certeza de que podia lidar com drama de relacionamentos antes de todos os outros assuntos, mas decidi pensar em algum tipo de plano. Afinal de contas, eles eram meus amigos.

❋ ❋ ❋

Antes que a gente pudesse sair do saguão do prédio, Dee viu Sal. — O que você está fazendo aqui?

— Esperando você — ele piscou para ela.

— Gostei disso. Acho que gosto de ter irmão mais velho. Sempre quis ter um — ela olhou para mim rapidamente. — Mas eu amo ter irmã mais velha também. Você viu o rosto de Nina? Ela caiu ontem.

— É, eu sei — respondeu Sal.

Queria ter conseguido esconder o hematoma roxo que se espalhou de meu maxilar até o olho, mas não houve jeito. Ele cobria toda a minha bochecha.

— Eu estava lá... mais ou menos — disse ele.

— Você deveria tê-la pegado. — disse Dee. — Assim ela não ia ficar com essa cara tão feia e não doeria tanto. Ela fica muito mal-humorada quando está com dor. Ela nem quis tomar café da manhã. Vovó teve que fazer uma vitamina de proteína para ela. Eu odeio aquilo. Eca! — ela torceu o nariz.

— É horrível? — ele perguntou para mim.

— Melhor que nada... Acho — murmurei. Doía todas as vezes que eu abria a boca. Vovó sugeriu que eu fosse à clínica médica no prédio. Mas não queria levar pontos nos lábios. Disse que manteria a boca fechada, algo não muito fácil para mim.

Derek nos encontrou no lugar de sempre, mas Mike não estava à vista.

— Ele está atrasado — disse Derek. — O pai dele ficou muito doente depois do último lote de remédios. Ele teve que ajudar a mãe dele a levá-lo ao *County General*.

— Ei, pessoal!

Todos nós nos viramos ao mesmo tempo. Mike estava correndo calçada abaixo.

Ele estava sem fôlego quando nos alcançou. — O que diabos aconteceu com você? Beijou o coletivo? — ele me perguntou.

— História comprida — disse Derek.

Ele começou a explicar, mas consegui fazê-lo perceber minha expressão negativa balançando a cabeça vigorosamente. Não foi a coisa mais inteligente de se fazer quando cada parte da metade de seu rosto está coberta de hematomas e inchada. Indiquei com a cabeça a Dee que estava ocupada conversando com Sal sobre a excursão da sala dela que estava chegando para o Museu da Ciência e Indústria.

Encontrei uma maneira de me comunicar, mantendo meus lábios parados e falando bem devagar: — Ela acha que eu caí — sussurrei da melhor forma que consegui.

— Hã? — Derek me encarava.

Repeti um pouco mais alto.

Ele ainda não tinha entendido.

— Caiu? — disse Mike. — Você caiu?

Concordei com a cabeça.

— Que tonta! — ele sorriu para mim. — Tomara que não esteja doendo muito! — sei que ele se sentia mal por mim, mas essa era a melhor forma de ele expressar solidariedade.

Depois que deixamos Dee na escola, Wei disse: — Procurei as notícias de ontem. Houve um engavetamento de seis *vans* com um coletivo no lado sul do Loop. Ninguém se feriu gravemente.

— Que pena — comentou Sal. — Se eu colocar as mãos em Ed, ele vai ficar gravemente ferido.

— Quer parar com essas ameaças? Não está ajudando — disse Wei. — Meu pai ainda não voltou de Amsterdã. Acho que precisamos descobrir o que faremos se algo acontecer antes de ele retornar.

Sal inclinou a cabeça na direção de um grupo de alunos que se aproximava. — Podemos falar sobre isso mais tarde. Em sua casa, Wei?

Ela concordou com a cabeça.

— Não sei do que vocês estão falando, mas não vou poder ir — disse Mike. — O dever me chama no zoológico.

— Eu também — disse Derek. — Ensaio com o Riley. Sinto muito, Nina. Você sabe...

— Tudo bem — murmurei. — Sua música é importante.

— Vamos ficar bem — disse Wei.

❖ ❖ ❖

Depois da sala de orientação, Wei me esperava. — Venha — cochichou ela. Fui atrás dela pelo corredor.

Passamos por uma porta, descemos uma escada e acabamos em um corredor no subsolo. Segui-a até o final, onde havia uma sala pequena. — Esta é a antiga sala de detenção. É uma ZM, pois eles nunca quiseram que ninguém soubesse o que realmente acontecia aqui.

Sal estava lá dentro.

— Temos que ser rápidos. Aqui estão alguns cartões para voltar para a sala — Sal os entregou para nós. Notei que havia a assinatura da Prof. Gray neles. — Não vou poder ir nessa tarde, porque John está com problemas e tenho que estar lá para ajudá-lo — ele apertou minha mão. — Você entende, não é?

Concordei com a cabeça. Era óbvio que havia coisas acontecendo das quais não tinha ideia do que se tratava. Estava mais do que um pouco nervosa para descobrir o que era.

— Wei, fala com seu pai, ok? — disse Sal. — Acho que só tem um jeito de resolver isso.

— Você não quer dizer... — deixei a dedução horrível do que ele queria dizer suspensa.

— Nina, se ele a pegar, irá direto para o CR ou pior. Você não ia ter nenhuma chance com os interrogadores do CR.

Pontas de gelo furavam minha espinha de medo. — Você está dizendo que é ele ou eu?

— É claro que não — Wei olhou para Sal com uma expressão fulminante. — Nós só não podemos deixar que nada aconteça com você. Seu pai precisa de você. A Resistência precisa de você.

— Mas não sei nada sobre a Resistência. Como eles podem precisar de mim?

— Não temos tempo para falar disso agora — disse Sal. — As coisas mais importantes primeiro. Nós temos que resolver o problema de Ed ou você nunca estará segura.

— Podemos só assustá-lo? Ou raptá-lo e levá-lo, você sabe... É, para algum lugar... — minha voz foi morrendo. Queria dizer alojamento, mas não sabia se era certo mencionar isso.

— Olha, esperamos que meu pai esteja em casa depois que sairmos da escola — disse Wei. — Nina e eu vamos falar com ele. É melhor a gente voltar ou teremos um problemão para explicar esses cartões e não queremos encrencar a Prof. G.

Saí primeiro e Wei e Sal vieram em seguida. Espiei pela porta do térreo. Estava vazio. Não olhei para trás quando me apressei pelo corredor na direção de minha aula seguinte.

XXXVI

Wei e eu mal trocamos uma palavra no caminho para a casa dela. Ela parecia preocupada e meu maxilar doía muito para ficar papeando. Quando entramos, havia um recado para ela da mãe. Enquanto ela o ouvia, tentei ligar para vovó, mas meu AVP não funcionava. Claro, pois a casa de Wei era ZM. Esperei Wei olhar para mim para mostrar que eu estava me dirigindo para fora da casa.

Consegui ter sinal na calçada. — Estou na casa de Wei, vovó. Estarei em casa na hora do jantar.

— Nina — a voz dela parecia tensa —, a agência do CeFFem não tem nenhum registro do pagamento de Ginnie. Você ainda está na lista de escolha.

Desliguei e ouvi a voz de Ed dentro de minha cabeça: "... enquanto você estiver fora no treinamento...". O rosto de Joan veio a minha mente. Apostava minha vida que Ed sabia o que realmente acontecia no treinamento do CeFFem. Tinha mais certeza do que nunca de que não era coisa boa. Principalmente porque ele pareceu estar muito feliz com a ideia de me mandar para lá.

❖ ❖ ❖

— Meu pai pousou em Greenland — disse Wei. — Provavelmente por problemas técnicos. Mas ele não retornou quando decolaram novamente.

— Talvez ele tenha perdido. Onde está sua mãe?

— Está por aí comprando algo para vestir em Tóquio. Ela vai ficar lá alguns dias visitando o irmão. Quando coisas assim acontecem, mantemos nossas rotinas normalmente para não demonstrarmos preocupação. Ela acha que meu pai está sendo interrogado por você ter estado aqui naquela noite.

— Eles não fariam nada... — parei a frase no meio. — Podemos falar livremente, certo?

— Podemos, pois o prédio inteiro está sempre em ZM. Na verdade, meu pai é tão *geek* de tecnologia que aqui é ainda melhor que ZM. O prédio envia conversas normais de telefone sempre que tem pessoas falando aqui dentro. Como somos nós duas agora, eles estão ouvindo sobre escola ou garotos.

— Quem está com seu pai? — não conseguia chegar nem perto da calma que Wei transparecia. — É do C.H.F.E.S.? Eles não o machucariam, não é?

— Provavelmente o C.H.F.E.S. E, sim, eles o machucariam se descobrissem que ele é um AntiCon. Depois que tivessem qualquer informação que quisessem, também fariam a reincorporação com ele ou o matariam. Você quer comer algo?

— Você não está preocupada? — eu a segui pelo corredor, sem acreditar na maneira conformada com que falava sobre a possibilidade de o pai ser assassinado. — Eu enlouqueceria se fosse meu pai.

— É claro que estou preocupada. Mas não traz nenhum benefício ficar apreensiva ou emotiva. Cresci sabendo que a qualquer momento minha família inteira poderia ser tirada de mim ou eu ser tirada deles. Essa é uma das razões pelas quais pratico *Cliste Galad*, para me manter sã. Refrigerante?

Peguei a latinha que ela oferecia. Daria tudo para ter o equilíbrio que ela tinha. Mas não acho que isso seja possível algum dia.

Sentamos no balcão da cozinha. Tomei meu refrigerante pelo canudo.

— Como está sua vó? — perguntou Wei. — Ela não está preocupada com você, está?

— Não, mas ela me deu notícias não tão boas. Lembra-se daquela invasão no apartamento uma semana atrás? Primeiro, vovó não achou que nada estivesse faltando. Ela achou que tivesse sido alguém tentando roubar os remédios de Pops. Mas, ontem, ela descobriu que meu contrato do CeFFem tinha desaparecido.

— A agência...

— Não tem um registro sequer da compra de Ginnie. Estou de volta à lista de escolha. Foi Ed, tenho certeza. Ele disse que ia garantir que eu fosse escolhida pelo CeFFem. Ele sabia que meu contrato estava desaparecido — em seguida, contei a ela sobre a noite em que vi Joan. — Alguma coisa muito ruim aconteceu com ela e acho que tem a ver com o treinamento no CeFFem.

— Temos que encontrar seu contrato ou arrumar dinheiro para comprá-lo — disse Wei. — Sei de algumas coisas do CeFFem que ouvi em uma conversa entre minha mãe e Rosie. Pelo que pude perceber, o governo está usando o CeFFem para encobrir escravidão sexual.

— Não entendi. Todas as garotas com dezesseis anos são autorizadas a fazer sexo. Por que eles...

— Você sabe que, para entrar no CeFFem, a garota tem que ser virgem. É porque elas são mais valiosas. E ainda fica pior.

Meu estômago já estava revirando e formando vários nós.

— O treinamento é feito por membros do CR. Eles ficam com as virgens. Então, o CeFFem garante que exista uma constante renovação de garotas para os oficiais de nível elevado do governo.

— Mas o que acontece com as garotas depois que eles fazem isso? — minha voz tremia, mas não tanto quanto minhas entranhas. — O que acontece com todas essas garotas?

— Eles as consideram "usadas" e as mandam para Marte para serem esposas dos mineiros de *ocribundan*.

— Não pode ser — falei. — Isso é exatamente como no livro *Ascenção de Marte*, mas é uma ficção. As pessoas inventam esse tipo de coisa que não acontece de verdade.

— O livro *1984* era ficção — disse Wei — e se tornou verdade décadas depois.

Ela estava certa. O *Women Scored* e vários outros livros foram banidos depois que a sociedade aceitou suas premissas como uma maneira normal de se viver. Eu só os conhecia por causa de Ginnie. E o C.H.F.E.S. já confiscou todos os livros dela. O CR não faria... o olhar no rosto de Wei era mais do que uma prova de que eles fariam. — Mas eu encontrei Joan na Terra. Como ela conseguiu voltar?

— A Resistência tem algumas pessoas na estação de treinamento. Eles conseguem pegar as garotas às escondidas e trazê-las de volta para a Terra. No entanto, as garotas que vão para Marte são infectadas pelo mesmo vírus que impede que os mineiros de *ocribundan* retornem. Acho que muitas dessas garotas se suicidam. As garotas que conseguem fugir, bem, a comunidade de mendigos é o único lugar seguro para pessoas como elas.

— E aquelas garotas que falam sobre o programa do CeFFem nas escolas? Elas passam pelo programa e acabam virando modelos ou conseguindo empregos de categorias superiores na mídia.

— Minha mãe e Rosie não falaram sobre isso. Eles devem ter mais de uma estação de treinamento, acho, para manter as aparências. Assim, fica parecendo idôneo, mas a maior parte não é.

Minha cabeça girava. Meu contrato se fora. O CeFFem era escravidão sexual. — Podemos falar de outra coisa? Por favor? Não consigo pensar sobre isso agora. Minha cabeça vai explodir.

Wei e eu olhamos uma para a outra durante um longo tempo. Depois, ela estendeu a mão e apertou a minha. — Vamos encontrar uma maneira, eu prometo. Minha mãe e meu pai não vão permitir que você vá.

— Wei, a Sandy — falei. — E ela?

— Aposto que você consegue convencê-la a não ir.

— Tento convencê-la desde o ano passado. Ela acha que é a única maneira de sair da categoria inferior. É assim que eles descrevem na escola e no *XVI Normas*. Você provavelmente percebeu que ela não é do tipo que ganha bolsa de estudo — senti culpa por falar dessa maneira sobre Sandy, mas era a verdade. — E tem uma tonelada de garotas para cada cara de categoria alta. Não há muita chance de escapar.

— Talvez a gente possa juntá-la com algum cara — disse Wei. — Ela parece terrivelmente ansiosa por isso, você sabe... — ela me olhou de lado.

— Transar? É, eu sei. Mas ela sabe que para entrar no CeFFem, precisa ser virgem. Honestamente, acho que ela está mesmo paquerando, mas nada além disso.

— Talvez a gente consiga encontrar um cara ao qual ela não consiga resistir — Wei girava a latinha de refrigerante na mão. — Tipo o Derek.

— Derek? De jeito nenhum. Derek não quer ficar com ela. Além disso, dá para ver que ele gosta mesmo de você.

— Sério? — a única emoção que ela demonstrou foi um sorriso rápido que passou pelo canto dos lábios. — Mas se ela quiser ele para... eu não me importaria se isso a mantivesse fora do CeFFem.

— Você não se importaria? — se Sandy quisesse transar com Sal, não acho que seria tão indiferente sobre isso.

— Nina, eu gosto de Derek — ela deu um tapinha na ponta da lata. — Muito, na verdade. Não acho que ele deseje Sandy de uma maneira *dezessexual*. Ele não é esse tipo de cara.

Sabia que ela estava certa sobre isso. A palavra que surgiu em minha mente sobre ele com meninas era "cavalheiro". A maneira com que ele sempre esteve por perto para me apoiar. — É? Então...

— Não quero ver nenhuma garota indo para o CeFFem. A vida de uma pessoa é mais importante do que minha insegurança em relação a um garoto. Apesar de Derek ser um garoto muito especial — ela tomou um gole do refrigerante.

Falamos mais um pouco sobre Derek e esse assunto foi para a música dele e depois para temas mais normais. A ameaça de poder ser escolhida se isolou no limite de meus pensamentos, pairando ali apenas para esperar a voltar mais rápido do que um piscar de olhos.

❖ ❖ ❖

Sra. Jenkins chegou em casa e depois de olhar meu rosto, pegou minha mão com firmeza. — Venha comigo. Tenho unguento para isso.

— Minha mãe conhece os segredos das ervas que estiveram circulando por milênios. Elas ajudam de verdade.

Fui com a mãe de Wei para o quarto dela. Ela trouxe um pequeno baú que estava no *closet*. Era preto e brilhante com desenhos em prata e dourado.

— Este baú passou por minha família ao longo dos séculos, desde o período *Heian* no Japão em 794.

Fiz algumas contas na cabeça. — Isso foi há mais de mil e trezentos anos! Posso tocar?

— É claro. É um *maki-e*, uma técnica em que ouro e prata em pó são pulverizados na seiva da árvore formando a laca. É como um verniz — a Sra. Jenkins observava enquanto eu passava o dedo na superfície.

Era quase como se a superfície estivesse reagindo a meu toque, da mesma maneira que eu sinto um arrepio suave quando passo a mão no pelo da Pimenta. Olhei para a Sra. Jenkins. — Parece que tem vida.

— Você sente isso? — os olhos dela se abriram mais. — É raro quando alguém percebe. A laca, que também é conhecida como verniz chinês, interage com o ambiente continuamente. Os grandes artesãos de *maki-e* sabiam que seu trabalho viveria para sempre. Você é muito sensível à vida — ela deu uma piscadinha e depois se virou dizendo: — Sou a última curadora em minha família. Wei não tem vontade de saber mais sobre essa técnica. Ela está mais interessada em criar lesões e hematomas do que em curá-los.

— Existem outros curadores?

— Poucos, mas eles precisam agir em segredo. O CR insiste que as pessoas devem confiar em formas convencionais da medicina. Doenças e dor são negócios lucrativos. A mídia faz fortunas com a propaganda de curas, sempre enchendo a cabeça das pessoas de medos de qualquer doença que ela alega poder curar, o que causa precisamente a doença que as pessoas temem contrair. É um círculo vicioso que delimita os bolsos dos provedores do auxílio-saúde e das empresas de remédios.

Enquanto conversávamos, ela tirava três potes feitos de pedra de um armário, descobrindo-os e cheirando o conteúdo deles.

— Isto aqui servirá — ela pegou uma pequena quantidade de creme esverdeado de um dos potes e o misturou na palma da mão com uma pequena porção de amarelo do outro. Mesmo como o toque de uma borboleta, eu me retraía a cada aplicação que ela fazia em minha bochecha.

— A senhora teve notícias de Sr. Jenkins? — perguntei. — Ele está bem?

— Sim, ele está bem. Ele chegará aqui esta noite.

Pude ver de onde Wei havia puxado seu autocontrole. Eu teria ficado na porta, esperando, contando os minutos. Mas ela continuava a cuidar de mim com o mesmo jeito suave e lento como antes de eu ter mencionado o marido dela.

Ela pegou uma pequena quantidade do terceiro jarro e o passou na ponta dos dedos de minha mão direita. — Massageie os lábios com isso. Vou separar um pouco para você levar para casa. Misture-os como eu fiz e aplique antes de dormir e quando acordar pela manhã.

— O que eles são?

— Arnica e ervas. O creme para os lábios é minha própria receita — ela colocou mão em minha outra bochecha. — Talvez você pudesse ser minha aprendiz — ela limpou as mãos e fechou o baú. — Vamos falar com Wei sobre o pai dela.

No mesmo momento em que entramos na sala, o Sr. Jenkins passou pela porta da frente.

— Pai! — Wei correu para os braços dele e o apertou com força.

Quando ela finalmente o soltou, ele se virou para nós. — Vejam, nenhum buraco de bala, nenhuma marca de queimadura de raios neutralizadores, nenhum hematoma... — ele parou de falar quando olhou para mim. — Santo Deus! O que aconteceu com você? Jade, você já...?

— Sim, querido, o tratamento completo. Ela ficará bem em alguns dias.

— O que houve?

— Ed a sequestrou. Ela conseguiu fugir — Wei diminuiu o volume de sua voz. — Sinto por ter deixado isso acontecer, eu estava lá, mas...

— Foi culpa minha — protestei —, eu acho que...

— Sem culpados, meninas — interrompeu a Sra. Jenkins. — Nós temos lições, nós aprendemos. Deixe-me pegar os unguentos que você vai levar.

— Pai, Ed roubou o contrato do CeFFem de Nina — disse Wei.

Ele me olhou e, em seguida, para Wei. — Não se preocupe. Vou ver isso. Mas agora não é o momento. Não quero parecer não solidário — disse ele para mim —, mas há várias outras coisas que precisam de minha atenção imediata. Você ainda tem um tempo antes de fazer dezesseis, certo?

Concordei com a cabeça. — Dia 10 de dezembro.

— Ainda temos algumas semanas à frente. Bom! Sua escola não estará pronta para a escolha antes do feriado e você não poderá ir a lugar algum até fazer dezesseis. Wei garantirá que você chegue em casa em segurança e garanto que você terá proteção — ele desapareceu pela porta.

— Não se preocupe, Nina — disse Wei. — Meu pai sempre cumpre a palavra.

A Sra. Jenkins retornou com uma versão menor dos potes de pedra. Ela beijou minha bochecha normal e cochichou: — Você vai ficar bem!

Naquele momento, não tinha tanta certeza disso.

XXXVII

Bem cedo na manhã de quinta-feira, estava na cozinha com vovó.

— Seu rosto está bem melhor — disse ela. — O unguento da Sra. Jenkins deve ser a razão de estar curando tão rapidamente.

A dor tinha melhorado também. O inchaço diminuíra consideravelmente e a cor de minha bochecha esquerda tinha mudado de roxo-escuro para um amarelo esverdeado horrível com que os hematomas ficam quando estão sarando. Meu medo também se apaziguara um pouco. Não houve nenhum sinal de Ed desde o dia em que ele me raptara. Nem ligações no AVP também. Apesar de que mantinha um alerta constante para a presença dele.

— Você fará dezesseis em menos de duas semanas — disse vovó. — Já agendei as vacinas e, em seguida, a tatuagem.

— Acho que não estou pronta.

— Você conhece a lei, querida. Não há nada que eu possa fazer — ela colocou o braço em torno de mim.

Respirei fundo, deixando minha cabeça afundar no ombro dela.

Dee apareceu na porta. — O que está acontecendo? Você está bem, Nina?

Endireitei-me rapidamente. — É, estou bem. Só estava pensando quando fizer dezesseis.

— Isso é legal — ela pegou uma caneta do balcão e começou a desenhar o XVI no próprio pulso

— Para! — agarrei a caneta e ela mostrou a língua para mim.

— É melhor vocês irem — disse vovó. — Não vão querer se atrasar.

Dee se apressou pela porta em minha frente. A reação dela ainda estava em minha mente quando saímos do elevador. Nunca desejei fazer dezesseis, nem quando tinha a idade de Dee. Principalmente por causa da maneira com que as garotas de dezesseis agem quando finalmente podem transar sem se preocupar com o que as pessoas vão dizer. Depois, quando assisti àquele vídeo de sexo que Ed deixou em casa, tive certeza de que nunca iria querer fazer aquilo. Agora, com todas as coisas que andava descobrindo ultimamente, temia ainda mais. Não somente por mim, mas por garotas como Joan, Sandy e, logo, por Dee.

E então tinha Sal. Amava estar perto dele, beijá-lo. Sentia um calor só de pensar nos lábios dele nos meus.

— Como é possível que você não queira fazer dezesseis, Nina? Todas as irmãs mais velhas de minhas amigas transam, algumas até antes de fazer dezesseis — ela inclinou o queixo de uma forma que dizia "eu lhe disse".

— É verdade, senhorita Enciclopédia? Você sabe que se ficar grávida antes dos dezesseis anos, não poderá ficar com o bebê?

Ela torceu o nariz. — Eu não ia fazer um aborto.

— Não é escolha sua. Se você prestasse atenção à aula, saberia que, antes de fazer dezesseis, você não tem escolhas. Mesmo depois que fizer dezesseis, são os garotos que tomam as decisões sobre os bebês, se eles quiserem.

Na idade de Dee, não tinha nem ideia do que era sexo. Não que eu fosse uma *expert* agora, mas antes era para mim nojento e curioso. Geralmente, Sandy e eu costumávamos dar risadas e fazer piadas sobre isso. No entanto, agora tinha Sal e eu não tinha certeza de meus sentimentos em relação a esse assunto.

Subimos no 33 e fomos até o fundo.

— Por que não é minha a escolha?

Ela não ia desistir de nossa conversa. Então, expliquei: — Se você tem dezesseis anos, o pai da criança que manda, se ele quiser que você a tenha. Isso é só parte de se ter dezesseis, Dee. Não é tudo sobre sexo.

— Por que todo mundo fala *dezessexual*? Todas as propagandas falam do quanto você será popular se se vestir e agir de um determinado modo para que os garotos queiram transar com você. O que mais há sobre isso?

— É sobre o controle, Dee — a lembrança daquela tarde na casa de Rita passou por minha cabeça e eu não tinha controle sobre isso. Naquele momento, os beijos de Sal e minha reação a eles eram tudo o que importava para mim. Mesmo agora, meu corpo se arrepiava involuntariamente só em pensar nas mãos deles sobre minha pele. Se não tivéssemos parado, tenho certeza de que teria ido mais longe, talvez até tivéssemos transado. Eu ignorei isso o máximo que pude e continuei. — A tatuagem... é uma maneira de todos dizerem que você tem dezesseis. Você é considerada adulta e, então...

Obviamente entediada com minha explicação, Dee mexia em seu AVP e dobrou as pernas, sentando-se sobre os pés. — Então, você vai transar com Sal quando fizer dezesseis?

— Claro que não — cruzei os braços sobre o peito e olhei fixamente para o corredor, pensando naquele dia novamente. Fiquei pensando se meu corpo estava ouvindo minhas palavras.

XXXVIII

— Não estou pronta — olhava fixamente pela janela da sala de Wei, para onde acabei indo depois de deixar Dee em casa quando voltamos da escola. Dee estava reclamando de uma dor de garganta, então tive a tarde livre.

— Não é tão ruim. A tatuagem com a flor do cardo demora muito mais e é bem mais dolorida também.

— Não é com a dor que estou preocupada. É com toda a pressão que vem junto ao fazer dezesseis e com essa história toda do CeFFem... Não acho que vou conseguir. Já achava ruim o suficiente antes, em não poder falar com a própria família durante dois anos, mas e agora? Wei, e se Ed fizer o que ele disse? Se eu for escolhida e não for para o grupo seguro? — olhei para ela para me tranquilizar.

— Lembre-se de que eles não vão escolhê-la antes do feriado — disse Wei. — Sei que meu pai irá descobrir uma maneira de conseguir seu contrato até lá.

— Espero que sim — peguei o braço dela e analisei sua tatuagem. — Sabe, eu amo esse *design*. É mais do que megaultra.

Wei riu. — Quando fiz dezesseis, queria que ela fosse feita para mim. Não apenas a marca do governo. Eu era a primeira com o Criativo a fazer uma coisa desse tipo. As autoridades da escola chamaram o pessoal do governo para garantir que não fosse ilegal. É ridículo como o CR diz para nós que temos liberdade de expressão quando de fato não temos.

— O que você vai fazer quando a tatuagem do XVI for se apagando? — as tatuagens começam a descolorir depois de uns três anos e a desaparecer completamente em cinco anos, embora a maioria só fique fraca, pálida, com uma cor esverdeada.

— O cara que fez essa vai fazer outra flor do cardo sobre o XVI quando eu fizer vinte e um.

Wei apontou para uma cicatriz pequena atrás da orelha direita. — Eu mandei tirar o meu GPS também. É impressionante como tantas garotas e até alguns caras preferem mantê-lo. Meu pai diz que o governo faz a mídia contar essas histórias para nos fazer ter medo do que pode acontecer, dizendo que manter o implante de GPS faz que eles nos protejam. Minha mãe chama isso de lavagem cerebral passiva. É um monte de besteira. O que realmente significa é que o governo pode rastreá-lo em qualquer lugar quando quiser.

Toquei meu GPS implantado, pensando se era uma traidora. — Deve ter sido assim que Ed me encontrou naquele dia — falei.

— Pensei nisso também, mas meu pai não acha. Ele duvida que um selecionador tenha acesso ao sistema de rastreamento do governo.

Eu esperava que ela estivesse certa. Ele havia me encontrado de alguma forma. — Talvez ele tenha desistido. Já faz quase duas semanas.

— Não diminua sua guarda — eu podia ver que ela não estava convencida. Eu também não.

— Posso ver novamente? — pedi.

Wei virou o pulso para cima e eu admirei a tatuagem da flor de cardo. Flores cor-de-rosa choque e folhas verdes circulavam o XVI obrigatório e se desdobravam até o outro lado do braço. Lá, elas se encontravam e seguiam pela mão na direção dos dedos. Uma flor do cardo totalmente desabrochada tomava conta da maior parte da pele. As folhas continuavam até a junta dos dedos escrevendo a palavra *free*, isto é, *livre*.

— Foi muito caro? — como se eu não soubesse a resposta.

— Não muito. Tem um cara que faz essa tatuagem por... — ela hesitou. — Você sabe, este é um símbolo especial.

— O que você quer dizer?

— Na Antiguidade, na Escócia, havia cavaleiros secretos que protegiam o verdadeiro rei. Eles eram chamados de "A Ordem do Cardo-Selvagem". A flor do cardo é um símbolo de perigo e proteção.

— A Ordem do Cardo-Selvagem. Parece bem sério. Você é... — o alarme de meu AVP me interrompeu. Vovó e Pops tinham uma consulta no médico para ver a perna de Pops. Tinha que ficar com Dee.

— Eu a acompanho até o ponto do coletivo.

— Não. Eu não vi mais nenhuma *van* suspeita ultimamente. E me faz sentir como um bebezinho sempre que alguém me acompanha de propósito para qualquer lugar, principalmente no meio do dia.

— Tem certeza? Meu pai acha que eu devia ficar grudada em você.

— Tenho. São só dois quarteirões.

Wei me deixou ir, mas somente depois de ter feito um plano rápido para uma emergência: eu sumiria para dentro de uma lojinha ao lado do ponto de coletivo e fingiria estar passando mal caso Ed aparecesse nesses dois quarteirões. Porém, não foi necessário. Quando cheguei ao apartamento, juntei-me a Dee no chão para assistir a desenhos com ela. Um pouco antes do horário de retorno da vovó e Pops, Sal apareceu.

— Queria ter uma varanda para a gente se sentar — Sal cochichou para mim. — Queria que só estivéssemos nós dois por um tempo — a respiração dele fez cosquinha em meu pescoço, a qual senti descer até o dedão do pé.

— Eu também.

A gente podia ir para o meu quarto, mas Dee ia ouvir qualquer coisa que disséssemos ou mesmo se ríssemos. Então, iria até lá para ver o que estávamos fazendo. Não que eu estivesse planejando fazer algo, mas não queria que ela me visse com Sal nos beijando. Tinha certeza de que o beijo iria acontecer, não importando onde estivéssemos.

Olhei para o relógio. Podíamos sair e sentar um pouco para ficarmos juntos. Dee estava envolvida no programa a que assistia e não iria a lugar algum.

— DeeDee, Sal e eu vamos até o oásis. Vovó e Pops estarão em casa a qualquer momento. Não é para atender à porta nem seu AVP a não ser que você saiba quem é. Se for Ed, não é para falar com ele, ok?

— Tá, tá bom — ela nem desviou o olhar do AV.

— Estou falando sério, Dee. Promete?

— Prometo! Fica quieta, eu não consigo ouvir — ela acenou para a gente sair. — Pode ir.

Estávamos no elevador. Sal entrelaçou seus dedos nos meus. — Tem certeza de que ela vai ficar bem?

— Lembra que Ed não está atrás dela — falei. — É a mim que ele quer.

— Acho que é verdade — ele fez cosquinha na minha mão com os dedos. Fiquei arrepiada de um jeito bom.

— Ed não ligou para ela desde a batida — falei. — Além disso, ela sabe que não pode abrir a porta para ninguém. Ela tem quase doze anos. Ginnie me deixava sozinha algumas vezes quando eu tinha onze.

— Mas você é excepcional, certo? — os olhos dele brilhavam.

— Certo — sorri para ele. Mas não me sentia tranquila como desejava. Tinha alguma coisa na mente e precisava arrancá-la antes que começasse a me devorar por dentro. Assim que chegamos ao oásis na ZM, falei: — Meu aniversario de dezesseis está chegando logo.

— É bem mais complicado para uma garota do que para um rapaz.

— Eu sei. Queria lhe dizer... contar para você... uma coisa... — sentia como se um caroço gigante estivesse preso no céu de minha boca. Estava desesperada que qualquer coisa que eu dissesse saísse errado.

— O quê? — ele se inclinou e me beijou, aquecendo-me desde a ponta dos dedos. — O que tem os dezesseis?

— Não quero que você pense que só porque vou fazer dezesseis... e por causa daquilo que aconteceu... você sabe... na casa de sua tia Rita... — não deveria ter mencionado aquilo, pois quando o fiz, não tinha mais certeza do que queria dizer em seguida. Isso não estava saindo nem um pouco como eu esperava. Ele estava tão perto e seus beijos pareciam como se o verão estivesse circulando em minhas veias. Antes que me perdesse ali, explodi: — Não quero transar.

No minuto em que as palavras saíram, sabia que era mentira. Não conseguia parar de pensar naquela tarde na varanda de Rita. Quando me deitei na cama à noite, quase podia sentir as mãos de Sal na minha pele e eu as queria lá novamente. Não somente em volta de minha cintura. Pensar sobre isso me fazia ter dificuldade de respirar.

— Quem disse algo sobre transar? — a voz dele estava rouca e ele começou a beijar meu pescoço. — Só quero ficar perto de você. Beijar você. Tocar você.

— Eu quero também — fechei os olhos e me inclinei na direção dele. Então, um *flash* dos vídeos de sexo de Ed voltou à minha memória. Sentei-me reta. Não queria que aqueles vídeos e Sal estivessem no mesmo pensamento.

— Fiz algo errado? — ele afastou uma mecha de cabelo de meu rosto.

— Não — eu não podia contar a ele sobre aqueles vídeos. Só o pensamento em verbalizar aquilo que eu vira nos vídeos me deixava enjoada. Forcei-me para me concentrar naquele momento. — É toda essa coisa *dezessexual* — gaguejei buscando mais palavras. — Não quero.

— Sei disso. Eu nunca tentaria obrigá-la. Se acontecer, será porque nós dois queremos — ele me puxou para mais perto. — Sexo não é o motivo de eu estar aqui.

— Preciso saber se não é uma coisa importante para você — olhei nos olhos dele.

— Você é o importante para mim, Nina — ele me envolveu com os braços e ficamos sentados juntos até as luzes dos postes se acenderem, o que não chegava nem perto de ser tempo suficiente para mim.

— É melhor voltarmos — falei.

Assim que saímos da privacidade do oásis, meu AVP tocou. Era vovó.

— Nina, onde vocês estão? Estou tentando falar com você há mais de meia hora. É hora do jantar.

— Estou quase em casa. Estamos perto do oásis. Dee não falou com a senhora?

— Dee? Não. Dee está com você.

XXXIX

Agarrei a jaqueta de Sal. — Dee sumiu!

— Sumiu? Como ela pode ter... — o rosto dele ficou pálido.

Era como se todo meu sangue tivesse sido sugado. Despenquei no chão. — Não, não, não... — eu balançava a cabeça, gemendo. Ele não podia. — É tudo culpa minha. Eu não devia tê-la deixado sozinha. Devia saber. Ele vai...

Sal se ajoelhou a meu lado. — Nina, está tudo bem. Vamos encontrá-la. Ele não vai fazer nada com ela. Lembre-se de que é você quem ele quer. Além disso, ele é o pai dela. Não vai machucá-la.

Não conseguia olhar para Sal. Afastando-o, dei um pulo. — Você não sabe nada disso! Ele pode usá-la para chegar a mim... Ele... Isso não teria acontecido se eu não tivesse... Se eu, se eu não fosse uma garota *dezessexual* estúpida! Eu odeio isso! — empurrei-o novamente. — Não quero este corpo. Não quero me sentir tão bem quando você me beija, quando você me toca. Não é justo.

Ele me agarrou pelos braços, apertando-me para que não me mexesse. — Nina, pare! Agora não é o momento. Temos que descobrir o que iremos fazer, ok?

Ergui a cabeça e vi todos os seus sentimentos bem ali em seus olhos. Sabia que os meus também estavam. Um tremor passou por mim. Ele estava certo, não era o momento. Tínhamos que encontrar Dee, descobrir o que tinha acontecido.

— É melhor a gente ir para o apartamento — disse ele.

No elevador, Sal e eu traçamos um plano. Ele iria ligar para o irmão, enquanto eu para Wei. Os quatro juntos poderiam descobrir o que fazer em seguida. Quando o elevador parou a três andares do meu, ficamos em silêncio. Mesmo que fosse apenas alguns senhores indo para cima jogar cartas com amigos, nós não nos arriscamos.

A porta abriu e vi Dee ali parada.

Puxei-a para dentro. — Onde você estava? Nós estávamos morrendo de tanta preocupação! Você deveria ter ficado no apartamento — eu falava sem parar, alternando em segurá-la pelos braços e abraçá-la. Ela finalmente conseguiu se soltar de mim.

Ela se escondeu atrás de Sal, olhando para mim como se eu fosse louca. — Qual é seu problema? Eu só fui ver Harriet. Ela veio pedir uma xícara de açúcar e já que eu estava sozinha, ela me chamou para comer *cookies*. Vovó disse que o apartamento de Harriet é um lugar seguro.

— Está tudo bem, Nina — o elevador tinha parado em nosso andar e Sal segurava a porta aberta. — Ela está bem. Está tudo certo!

Sentia como se tivesse sido sugada por um buraco negro e lançada para o outro lado. Todos os "e se" da galáxia zuniam dentro de meu cérebro, principalmente o "e se o Ed tivesse colocado as mãos em Dee". Não sabia quanto mais disso tudo eu poderia suportar. Não era a mãe de Dee e odiava sentir como se fosse. Vovó era a guardiã legal dela. Eu era sua irmã. Ginnie me mandou cuidar dela, mesmo que não tivesse ninguém para cuidar de mim.

"Isso não importa", falei para mim mesma. "Sou quase uma adulta. Posso lidar com isso." Forcei-me a me manter calma.

Minhas entranhas se reviravam, mas consegui manter a voz sem oscilar enquanto falava. — Dee, você tem quase doze anos. Você devia saber. Nunca mais saia desse jeito sem deixar um recado na central de mensagens.

— Ok, desculpa. Você não está mais brava, está?

— Não, estava preocupada, só isso — mentirosa, pensei comigo. Estava com raiva, mas não era dela. Era de mim mesma. Quis tanto ficar com Sal que coloquei Dee em perigo. Deixei que meus sentimentos por ele assumissem o controle e ignorei o que era mais importante. Não podia deixar isso acontecer novamente.

Dee correu para dentro do apartamento. Era possível ouvi-la pedindo desculpas para vovó antes que a porta se fechasse atrás dela. Virei-me para Sal. — Eu não devia ter...

— Nós não deveríamos — corrigiu Sal. — Nós dois fomos burros. Não vai acontecer novamente. Não se preocupe — ele me beijou e, apesar de não ter sido arrepiante, chegou bem perto de ser.

❖ ❖ ❖

Depois do jantar, Sandy ligou. — Faz um milênio que a gente não conversa! Você tem que ver minha tatuagem, Nina! Mike está me ligando quase todas as noites — mesmo através do AVP era possível saber que ela estava comendo algo. — Ele até me ligou no dia de meu aniversário, o que, a propósito, foi um saco porque você não pôde vir. Como está seu rosto agora?

— Veja você mesma — tirei uma foto digital por meu AVP e mandei para ela. Ignorei o comentário sobre a tatuagem. Essa era a última coisa em que queria pensar naquele momento. — Você sabe, Mike e você têm muitas coisas em comum — um pensamento se formou em minha mente. — Vocês dois amam vacas... — não consegui pensar em mais nada que os dois gostassem, com exceção da própria Sandy. Dizer isso seria cruel e, além disso, ela era muito doce quando não estava tentando ser a garota *dezessexual* do século.

— Ele me disse que Derek vai tocar no Soma, no sábado. Estou planejando ir aí. Vou pegar o expresso das seis e quinze e encontro vocês antes. Wei também irá, imagino? — ouvi-a bufar. — Ah, bem, vamos nos divertir de qualquer forma. Ela tem dezesseis também, não tem? Ela não age como se tivesse. Ah, bem, espera para ver minha tatuagem. Não doeu nada.

Ela fazia seu XVI parecer um símbolo de honra.

— Venha com sapatos com os quais consiga andar, ok?

Ela riu e, depois, contou-me cada detalhe do que andava fazendo. Exatamente como ela estava planejando arrumar o cabelo etc. etc. etc. No fim, acabamos rindo e falando bobagens como costumávamos fazer. Sentia saudades desses momentos em Cementville. Mesmo com o estresse de Ed em nossas vidas, eu era quase feliz. Amava Sandy, até as maluquices dela.

XL

Nós tivemos somente a metade das aulas na sexta-feira, e fiquei em casa, em meu quarto, desenhando sobre minha pseudocômoda. Notei a ponta do livro de bebê da Dee embaixo de minhas roupas. Já haviam se passado três semanas desde que Sal e eu estivemos na casa de sua tia Rita e eu havia contado sobre o livro para ela. Estive esperando algum tipo de resposta dela para entregar o livro a meu pai.

Sal tentou entrar em contato com ela no começo da semana, mas não teve nenhum resultado. Wei perguntou para seus pais sobre meu pai novamente, mas eles não haviam tido nenhuma notícia dele desde a viagem do Sr. Jenkins para Amsterdã. Com tudo o que havia acontecido até aquele momento, ainda não tinha conseguido escapar para ouvir os debates de meu pai ou arriscar levando o livro de bebê para a casa de Wei para a mãe dela dar uma olhada nele. Quanto mais esperava que as pessoas conseguissem marcar um encontro entre mim e meu pai, mais acabava sentindo que quem deveria fazer algo era eu. Tinha esperado quase dezesseis anos. Talvez fosse o momento de fazer algo eu mesma.

Liguei para Wei. — Sua mãe voltou de Tóquio?

— Voltou. Ela chegou ontem.

— Lembra quando você disse que ela sabia tudo de códigos?

— Ah-hã.

— Você acha que ela estaria disposta a dar uma olhada naquilo que a gente conversou? — não ia arriscar falando com uma possível escuta.

— Deixe-me perguntar — depois de alguns momentos, ela disse: — Minha mãe pode ver em uma hora. Você quer que eu vá buscá-la?

— Não, eu vou aí.

Não queria me arriscar carregando o livro em uma sacola que pudesse ser arrancada de mim. Então, coloquei-o dentro de minha calça e vesti minha blusa mais comprida embaixo da jaqueta mais larga. Fiquei preocupada em como me sentaria no coletivo.

O elevador parou no terceiro andar e um homem alto vestindo um capote preto e um gorro de lã entrou devagar e ergueu as sobrancelhas. Talvez devesse ter considerado a oferta de Wei. Ele não era um frequentador regular do prédio. Apertei o estômago.

— Com frio? — ele ergueu a cabeça, olhando para mim, para minha barriga em particular, tive certeza.

— Mais ou menos — a expressão dele me deu um calafrio na espinha. Estremeci e apertei ainda mais forte minha barriga, para impedir meus braços de tremerem. Tentando não parecer óbvia, dei um passo para mais perto dos botões, no caso de precisar pressionar o alarme.

Quando o elevador chegou ao saguão, ele saiu. Murmurei algo sobre ter esquecido as luvas e pressionei o botão para fechar as portas, no caso de ele pensar em entrar novamente. No meu andar, saí e fiquei olhando o painel do elevador. Desci e subi diversas vezes, parando em vários andares diferentes. Esperei, dando tempo suficiente para ele sair, caso não estivesse tentando me seguir. Fui para o térreo novamente. Não vi o homem em lugar algum, então fui para fora e fiquei parada ao lado do prédio, onde estaria protegida do vento. Ouvi um barulho atrás de mim e dei um pulo. Era um grupo de mendigos mexendo nas latas de lixo. Joan estava entre eles.

As mulheres se espalharam como pombas quando me aproximei, exceto Joan e aquela mulher que estava com ela da outra vez.

— Joan? Você está bem? — ignorei a resposta óbvia.

Ela ergueu o olhar para mim e, por um segundo, pensei que estivesse me reconhecendo. Mas, então, aquela fagulha se apagou.

— Sua família diz que nunca mais ouviu falar de você. Sei que sua mãe deve estar preocupada — ainda não havia falado nada para Mike sobre ter visto Joan. Como poderia fazer isso sem arrasá-lo? Sra. Trueblood tinha ficado muito feliz quando Joan foi escolhida. Não podia imaginar como ela se sentiria ao ver a filha do jeito que Joan estava agora.

— Não posso — respondeu ela, encarando os pés. — Perigoso!

— Tem algo que possa fazer por você? Você quer que eu ligue para ele?

A mulher se enfiou entre nós duas. — Você pode deixá-la em paz — disse ela. — O CR já fez o bastante para ela e para todas iguais a ela.

— Ela tem família — respondi. — E amigos. Nós podemos ajudá-la.

Joan passou pela mulher e agarrou meu braço. — Diga para Mike que... sinto saudades dele — uma lágrima escorreu por seu rosto. Ela se virou novamente para a lata de lixo.

— Ei, garota. Diga a ele por sua conta e risco. Pela conta e risco dele também — a mulher olhou para mim antes de colocar o braço envolta de Joan. Ela a levou como se fosse uma criança. Elas circundaram as latas e desapareceram.

Estava com o coração partido. Queria dizer a Mike que sua irmã estava lá, mas não me atrevia. Não depois desse alerta. Se tudo o que Wei havia me contado sobre o CeFFem fosse verdade e que o CR estava envolvido, era provavelmente mais seguro para ele não saber de nada.

Saindo do beco, vi o homem do casaco preto encostado em um poste de luz do outro lado. Haviam transcorrido, no mínimo, vinte minutos desde que estivemos no elevador. Felizmente, o coletivo tinha acabado de chegar. Corri para o ponto e me espremi entre duas senhoras que esperavam o 33, ignorando seus olhares irritados. Quando subimos no coletivo, sentei-me no banco atrás do motorista. Vi o homem através da janela, ainda parado no mesmo lugar, observando-me enquanto o coletivo partia. A ponta de baixo do livro espetava minhas coxas. Por sorte, a viagem era curta, do contrário tenho certeza de que minhas pernas teriam dormido. Wei estava no ponto esperando-me.

— Estou tão feliz por você estar aqui — enfiei a mão para dentro da jaqueta e ajeitei o livro.

— O que você está fazendo? Está com coceira?

— Está aqui. Temos que nos apressar, pois havia um homem no ponto do coletivo...

Wei começou a rir. — Nina, você não precisa se preocupar. São os amigos de meu pai, você sabe — ela indicou com a cabeça uma *van* azul estacionada na rua. Dentro dela estava o homem de casaco. Ele acenou com a cabeça para mim. Senti meu rosto ficar vermelho, uma combinação de alívio e vergonha. "Que imbecil que sou!" — pensei comigo. Wei me puxou para irmos para a sua casa.

— Estou ajudando meu irmão, Cris, na cozinha — disse Wei, abrindo a porta. — Minha mãe está a esperando na sala — ela me abraçou rápido e saiu. Tirei o livro da cintura antes de prosseguir.

— Aqui está — entreguei à mãe de Wei e outra onda de alívio tomou conta de mim.

— Tira o casaco. Você quer chocolate quente ou chá? — ela tinha uma bandeja com dois potinhos tampados e um prato que exalava o cheiro de *cookies* assados fresquinhos. Tirei a jaqueta e me sentei. — Chocolate quente, por favor.

— Pega um *cookie* também — ela me deu uma caneca e peguei um *cookie* ainda quentinho. — Agora... — ela abriu o livro, examinando-o.

Parei de mastigar e segurei a respiração, observando a expressão dela.

Ela ergueu uma sobrancelha. — Venha comigo.

Coloquei minha caneca na mesinha e levantei.

— Não, não, pode trazer. Os *cookies* também — o sorriso dela aqueceu até meus fios de cabelo. Não hesitei em pegar o prato e a segui pela porta. Nós subimos as escadas até o terceiro andar.

Sra. Jenkins inseriu uma chave longa de metal na fechadura da porta dupla que era idêntica à do andar de baixo. Ouvi um clique e as portas se abriram.

Nunca tinha visto algo tão suntuoso. Havia cortinas de seda com linhas douradas nas janelas. Almofadas vermelhas, amarelas e roxas ocupavam os cantos do sofá e poltrona. Tudo parecia tão convidativo que queria me aninhar em um desses lugares e ficar ali para sempre. Parecia o tipo de lugar onde nada assustador ou ruim pudesse acontecer.

Ela não parou ali, seguindo pelo corredor. Entramos no cômodo com estantes ao longo de três paredes. Não havia mais espaço nelas, repletas de livros de capa de couro, muitos deles parecendo velhos com a estrutura rachada e pontas gastas. Nunca havia visto tantos livros concretos em um único lugar. Isso fez que os poucos livros de brochura de Ginnie parecessem insignificantes se os comparasse. A quarta parede era quase que inteiramente tomada por um armário com o mesmo acabamento em verniz da caixa de ervas e poções. No chão, havia um tapete enorme com um desenho complexo e, em seu centro, ficava uma mesa de madeira pesada com pernas esculpidas.

Ela colocou o livro de bebê da Dee em cima da mesa e foi até o armário. Quando voltou, estava com dois pincéis e várias garrafinhas.

Ela abriu a rolha das garrafinhas e despejou um pouco do líquido de cada uma em um pires. Ela molhou a ponta do pincel e disse: — Isto vai nos dizer o que ela tinha para falar.

Fiquei pasma enquanto ela passava o pincel pela parte em branco do lado de dentro da capa. Dentro de minutos, pude ver a letra precisa de Ginnie.

— Isso é inacreditável. Como você...?

— Quando Ginnie e eu éramos jovens, enviávamos bilhetes secretos uma para a outra na escola. Às vezes, usávamos códigos, mas principalmente escrevíamos com caneta invisível. Códigos eram normais em bilhetes típicos de alunas. Por exemplo: "Eu gosto de verdade disso e daquilo. O que você acha dele?". Porém, se precisássemos passar informações muito importantes, usávamos tinta invisível...

— Mas como você sabia que tinha algo escrito aí?

— Essa florzinha ao lado da assinatura dela. É claro que precisava haver um código para deixar que a outra soubesse que o bilhete tinha mensagem escondida.

— A flor.

— Isso, no momento em que a vi, soube o que precisava procurar.

Ela puxou uma lâmpada para perto e iluminou as letras em marrom fraco.

Querido Alan,

Como desejo e rezo para estar a seu lado enquanto você lê isto — pelo contrário, acredito que estarei morta. Pois somente a morte pode me manter longe de você por mais tempo. Se ao menos... não me atrevo ao luxo de ter esses pensamentos... ou começarei a chorar lágrimas suficientes para florescer todos os desertos de Vênus.

Não tenha raiva de mim. Fiz o que deveria ter feito.

Ed está me pressionando há meses para obter informações sobre você.

Ele suspeita que temos nos encontrado secretamente. Se ele tivesse descoberto que estou grávida... Tenho certeza de que você sabe das consequências disso. Nina precisa de mim, nosso filho que ainda não nasceu precisa de mim e a Resistência (e a humanidade) precisa de você.

É um pequeno sacrifício... deixar que ele pense que Dee é filha dele.

Nessas páginas estão os momentos felizes de nossa filha.

Precisava dividi-los com você, deixar que os visse pelos meus olhos.

Sei que você vai valorizá-los como eu os valorizei.

Todo o meu amor para você, sempre, eternamente, meu querido, amado marido.

Abaixo, havia um *P.S.* com a data, uma semana antes de sua morte, que dizia: "Tentei deixar Ed muitas vezes, mas ele continua ameaçando escolher Nina para o CeFFem se eu o fizer. Finalmente, consegui os créditos suficientes pra comprar de volta o contrato dela. Quando o tiver em mãos, enviarei para sua mãe. Estive reunindo as provas de que precisamos sobre como o CeFFem realmente é, roubando dos arquivos de Ed. Se algo acontecer comigo, elas estão escondidas em nosso esconderijo".

Minhas bochechas queimavam com as lágrimas. Sra. Jenkins colocou os braços em volta de mim e chorei soluçando até que não houvesse mais nada restante para chorar.

Reli a carta três vezes. — Alan é o pai de Dee também. Você sabia disso?

A Sra. Jenkins balançou a cabeça. — Depois que Ginnie ficou grávida, ela cortou todo tipo de comunicação com todos, exceto, aparentemente, com Rita. É possível que Rita saiba disso.

— Então, por que ela não...

— Por você, Nina. Não seria difícil para o C.H.F.E.S. tirar informações de uma criança.

— Mas eu não sabia de nada! O que eu saberia?

— Tem certeza? Deve haver algo. Pense lá atrás, querida.

Pensei nas pessoas da vida de Ginnie. — Ninguém além de Ed vinha a nosso apartamento no conjunto popular. Quando vivíamos em Wrightwood, antes de Ed, havia vovó e Pops. Ginnie também tinha algumas amigas do trabalho — suspirei e, então, algo me veio à mente. — Havia um mendigo que fazia coroas de trevo para mim, que nós víamos no parque... Ele era meu pai.

A Sra. Jenkins concordou com a cabeça.

Não conseguia tirar os olhos da letra de minha mãe. Dee era minha irmã de pai e mãe. Não havia nenhum tipo de conexão com Ed. Meu pai era o pai dela. A família que achei que tivesse perdido quando minha mãe morreu... estava lá. Nós todos, de alguma forma, seríamos uma família. Logo, em poucos minutos, esses sentimentos bons se transformaram em gelo.

Ed. Ele ainda estava lá fora, ainda pensando que Dee era sua filha. Estremeci ao pensar no que ele poderia fazer se algum dia descobrisse a verdade. Fiquei pensando se ele suspeitava de algo, ja que era obcecado em encontrar meu pai.

— Você sabe onde Ginnie teria escondido essas provas? — perguntou a Sra. Jenkins.

— Não — uma coisa horrível iria acontecer. Eu sabia. — Preciso ir para casa.

— Primeiro, precisamos cuidar dessa mensagem — ela abriu a segunda garrafinha e passou o pincel sobre a página novamente. Em segundos, a tinta desapareceu. — Provavelmente, há mais coisas escritas nessas páginas. É melhor que eu não lhe dê esse líquido. É muita tentação. Você não pode arriscar que o livro caia em mãos erradas.

Concordei com a cabeça. Minha mente estava anestesiada de pavor.

— Você quer que eu mantenha o livro aqui? Posso colocá-lo no cofre.

— Não — peguei o livro dela. Não podia suportar saber que outra pessoa tinha os segredos de minha família. — Ginnie confiou o livro a mim. Tenho que levá-lo para meu pai. Se a senhora ou o Sr. Jenkins ouvirem qualquer coisa, por favor, digam a ele que preciso vê-lo. Digam a ele como isso é importante.

— Farei isso. Por favor, tenha cuidado, Nina.

Peguei minha jaqueta no andar de baixo, prendi o livro dentro da calça com o cinto e parti. Nem me despedi de Wei.

❖ ❖ ❖

Felizmente, a viagem de volta foi tranquila. Quando cheguei em casa, Dee me encontrou na porta.

— O que você tem debaixo da jaqueta?

— Nada.

— Você está mentindo. Você está escondendo algo.

Ela tentou abrir o zíper da jaqueta e eu a empurrei.

— Para de ser chata — disse ela —, eu só estava brincando. Mas já que você está desse jeito, não vou lhe contar sobre Ed — ela fez um gesto de desdém e saiu em direção ao quarto.

Corri atrás dela e a virei de frente para mim. — Dee! O que tem ele? Me fala agora!

— Por que essa agitação aí? — gritou vovó da cozinha.

— Nada — gritei de volta, enquanto arrastava Dee para o meu quarto. — Agora, o que tem Ed?

— Você está me machucando! — ela se sacodia para se livrar.

— Dee, isso não é um jogo — puxei-a para a cama, perto de mim. O livro afundou em meu estômago, mas não me atrevi a tirá-lo ou ela iria começar a me questionar. — Desculpa. Só me fala de Ed. Por favor! Estou com medo de que ele tente levar você ou talvez até a machucar.

— Nina, ele não vai me machucar. Ele é meu pai.

Tive que me segurar para não falar a verdade. Se Dee soubesse que não era filha de Ed, ela agiria diferente com ele ou pior. Ela poderia deixar escapar a verdade e contar a ele. Não podia colocá-la em mais perigo. Não podia dizer a ninguém. — Dee, o que aconteceu exatamente?

— Ele me ligou. Disse que sentia minha falta e que queria me ver. Talvez até me levar ao zoológico, como os pais fazem com as filhas — ela sorriu. — Ele disse que, já que mamãe se foi, que eu precisava de um pai.

Eu não conseguia respirar. Meu corpo inteiro tremia e o pavor tomou conta de mim. Uma das extremidades do livro espetava minha perna, eu puxei a coberta e me cobri, apertando-a com força em volta de mim. — Quando, Dee? Quando Ed disse que queria vê-la?

— Ele disse que queria falar primeiro com você. Ele tentou ligar, mas você devia estar em uma ZM, inoperante, já que não o atendeu.

Tentei me concentrar por um momento, controlando a respiração, tentando agir casualmente. — É, acho que sim. Existem ZMs em todos os lugares. Acho que ele vai me ligar de novo. Ei... — levantei-me, ainda enrolada no cobertor. — Promete que você não vai falar com ele de novo antes de mim, ok? Promete pela mamãe? — estava tentando tudo para manter a situação sob controle. Mal podia acreditar que havia dito isso, que tinha usado a memória de Ginnie dessa forma. Porém, tive o resultado esperado. Ela prometeu e se enfiou no próprio quarto.

Retirei o livro de dentro de minha calça *jeans* e encarei a capa. Ginnie estava certa de que ele continha respostas. Mas as respostas eram mais perigosas do que as perguntas. Pelo menos, tinha avançado para mais perto de encontrar todos os tipos de verdades. Agora, se ao menos pudesse descobrir onde ficava o "esconderijo" de Ginnie e de meu pai.

Meu AVP tocou. Por um momento, achei que fosse Ed, mas era Sandy. Os gritinhos dela estavam ensurdecedores. — Ele me escolheu! Estou dentro! Vou para o CeFFem! Você acredita?! É claro que sim. Ed foi o selecionador. Sabia que ele ia me escolher por causa de sua mãe. Ele veio e eu o lembrei que nós duas somos melhores amigas. Espero que isso não a chateie, Nina.

— Não, claro que não, Sandy. Está tudo bem — senti como se o vento tivesse me derrubado em cheio. Não, Sandy, não... Tinha esquecido que a escolha em Cementville era antes da nossa. Ouvi o máximo que pude suportar, o tempo todo vendo o rosto de Joan, pensando no que Wei havia dito sobre o programa. — Não tem como sair?

— Sair? Nina! Por que eu ia querer sair? Eu serei rica e famosa! — ela riu. — A única coisa que falta é o exame físico. Eu vou passar sem problema. Finalmente, vou estar no CeFFem! Não é simplesmente megaultra? Oh, Nina, fico imaginando se vamos poder transar durante o treinamento. Falando nisso, como está Sal? Vocês já transaram? Se Sal fosse meu namorado...

— Sandy, eu... — meu estômago apertou. — Tenho que ir. Vejo-a amanhã.

Disparei pelo corredor e vomitei no banheiro. Quando me levantei, Dee estava na porta.

— Sabia que você estava doente. Você está tão estranha. Vou chamar a vovó.

Agarrei o braço dela. — Está tudo bem, Dee. Sinto-me melhor agora que vomitei. Se eu me deitar um pouco, vou melhorar.

Sabia que ela não estava completamente convencida, mas nós duas fomos cada uma para seu quarto e fechamos a porta.

Coloquei o livro de bebê debaixo do colchão e caí em cima da cama. Fiquei olhando para o teto, pensando no quanto Ginnie me amava e também meu pai e Dee o bastante para desistir da própria vida por nós.

Pensei na maneira que agi com Sal perto do rio, o que tinha dito sobre o governo, AntiCons... Sabia que estava errada, mas não tinha noção do quanto.

Pensei na Sandy, indo em direção a sabe-se lá o quê. Pelo menos havia a chance de ela ir para o centro certo do programa. Se ela não fosse virgem... Alguém conseguiria convencê-la a transar antes do exame físico? Passei mentalmente na lista dos garotos que conhecíamos... Mike,

Derek... Uma vozinha dentro de minha cabeça gritava "Sal". Meu coração pesou. E Sal? Ela estava tão interessada nele antes, tenho certeza de que não ia precisar de muito... Mas não tinha certeza de que conseguiria fazer esse tipo de sacrifício ou pedir a ele que fizesse.

XLI

Na manhã seguinte, acordei cedo e deixei o café pronto quando vovó entrou na cozinha. Precisava encontrar meu pai e o lugar preferido de Ginnie, e não podia ir direto ao assunto perguntando sobre isso sem disparar a campainha de alarme.

— Meu pai e Ginnie tinham outro lugar preferido sem ser o Robin's Roost?

Vovó se serviu de uma xícara de café e sentou-se à mesa. — Não, acho que não. Ginnie, particularmente, adorava a vista do terraço. O juiz que os casou tinha pavor de altura. Você precisava ter visto a expressão no rosto dele quando Ginnie insistiu que ele ficasse próximo da beirada do terraço para que ela e Alan pudessem ver o Parque Lincoln enquanto pronunciavam seus votos. Pobre homem! — ela bebeu um gole do café. — Você está ficando muito boa em fazê-lo de verdade — ela sorriu para mim. — Isso ajuda a conhecer como fazer tudo sem o auxílio de centrais culinárias e de todos esses outros aparelhos de cozinha.

Ignorei o elogio dela. — Eles subiam bastante ao terraço?

— Acho que sim — respondeu vovó, estreitando os olhos para mim. — Por que o interesse súbito?

— Por nada — menti. — Só estou tentando saber tudo o que posso sobre meu pai.

— Às vezes, muito conhecimento pode ser algo perigoso — ela colocou a xícara na mesa e se levantou. — Hora de preparar o café da manhã. Seu avô vai se levantar logo — ela pegou alguns ingredientes para a central culinária. — Sabe, eu me lembro de que no aniversário de casamento deles, todos os anos, Alan alugava o terraço do Robin's Roost para os dois. Ele e Ginnie passavam a noite jantando e dançando acima das luzes da cidade. Era muito romântico!

Isso fechava tudo. Eu precisava chegar ao terraço do Robin's Roost e logo, antes que eles demolissem tudo. Mas primeiro havia coisas mais importantes. Tinha prometido à vovó que a ajudaria a limpar o apartamento e que iríamos levar Dee ao Aquário. Apesar de estar preocupada com Ed, como sempre, estava um pouco menos nervosa ao saber que os pais de Wei mantinham pessoas me observando. Na hora em que eu chegasse em casa, já estaria perto do horário de ir para o Soma.

❖ ❖ ❖

Wei chegou cedo. Podia ver pela expressão dela que ela queria saber o que nós tínhamos descoberto no livro. Mas sabia que, se falasse para ela, ela também estaria em perigo. Ainda mais do que todos nós já estávamos.

Assim que passamos pela porta de Dee, olhei para dentro. — Lembre-se...

— Ai, Nina. Eu já prometi, não é?

Estava congelando lá fora e vovó insistiu em enrolar um cachecol em meu pescoço antes de nos permitir sair. Senti que tinha cinco anos de novo.

Entramos no coletivo e fomos para o fundo.

— É melhor eu ligar para Sandy e dizer que vamos chegar um pouco tarde no Soma — tentei ligar para ela no AVP várias vezes, mas não obtive nenhuma resposta. Deixei uma mensagem. — Tem um lugar ao qual precisamos ir antes de chegarmos lá.

— Tem algo a ver com seu encontro com minha mãe?

— Tem. Os amigos de seu pai ainda estão por perto?

— Não sei, acho que não, já que estamos juntas.

Entre a Lincoln e a Wells, Wei e eu fizemos uma varredura completa para nos certificarmos de que ninguém estaria nos vigiando. Então, demos a volta pelo fundo. Sabia que devia ter uma entrada além da porta da frente. Estava preparada para arrombar a janela, mas por sorte a porta embaixo das escadas moveu-se, abrindo com facilidade.

Wei colocou a cabeça para dentro. — Isso é legal! — ela mexeu no bolso procurando algo. — Podemos usar isso como luz — ela ligou seu AVP e iluminou o chão da sala de depósito.

Eu a puxei para dentro e fechei a porta. — É uma ZM — tentei ligar para Sandy novamente. Nenhum sinal. — É, definitivamente uma ZM. Ouça, nós temos que subir até o terraço. Acho que Ginnie deixou algo lá em cima para meu pai. Temos que pegar.

— Espera. Era isso que estava escrito no livro?

— É — deixei de lado a parte sobre Dee não ser minha meia-irmã. — Vamos — tirei meu AVP e liguei a luz também, guiando o caminho pela entrada estreita. A porta no fundo abriu e encontramos o que devia ter sido a cozinha. O lugar era uma bagunça. Armários foram afastados das paredes e estavam pendurados por sabe-se lá o quê. Objetos estavam espalhados por todos os lugares. Centrais culinárias velhas, bancadas, lixos entulhados pela sala. Havia um refrigerador deitado e sua porta não estava em nenhum lugar visível. Lá em cima, perto do teto, havia uma fileira de janelas cobertas de sujeira que deixavam escapar um pouquinho de luz fraca que vinha do entardecer. Não precisávamos nos preocupar que ninguém lá de fora pudesse ver nossas luzes patéticas dos AVPs.

Fui afastando a sujeira e os pedaços de canos e de plastilina até alcançar a porta do outro lado do cômodo, com Wei próxima a mim. Entre esse lugar e uma rampa curta, havia um salão de festas onde os esqueletos dos lustres, com lâmpadas quebradas e fios soltos, ficavam pendurados no teto. Não havia janelas nesse lugar. Uma das portas para o *lobby* estava presa por uma dobradiça enferrujada e a luz passava por sua fresta aberta. Quando a empurrei, ela caiu com um estrondo.

Wei e eu prendemos a respiração até termos certeza de que ninguém tinha ouvido.

— Olha! — no chão empoeirado a nossa frente havia pegadas. Elas pareciam relativamente recentes, considerando os anos de sujeira que cobria tudo. — Elas devem ser de Ginnie — coloquei o pé sobre uma delas. Tinha exatamente o mesmo tamanho. Exatamente como Ginnie e eu éramos. Comecei a correr na direção daquele cômodo, mas Wei agarrou meu braço.

— Dá para ver de fora por essas portas — ela apontou para a frente, onde um mês antes Sal havia me surpreendido quando vim pela primeira vez ao Robin's Roost. — Desliga a luz de seu AVP. Não queremos que ninguém de fora nos veja. Temos que ser cuidadosas.

— Temos que seguir essas pegadas — falei.

— Certo. Mas se mantenha atrás dos objetos, pois assim, se alguém olhar para dentro, não verá você — Wei assumiu e começou a guiar o caminho pelo *lobby*. Primeiro por trás da mesa da frente, em seguida pelo sofá grande, uma mesa gigante e outros móveis. Enfim, conseguimos chegar ao outro lado. Seguimos as pegadas até uma porta próxima do elevador, que abrimos e dava para uma escada.

— O prédio só tem dez andares — falei. — Vamos.

O corrimão da escada estava tão preto quanto o rio Chicago à noite. Se não estivéssemos com nossos AVPs, teria demorado muito mais tempo para chegar ao terraço. A porta no topo da escada não estava fechada, mas foi um pouco mais difícil de abrir do que a do depósito. Foi necessário que nós duas a forçássemos, mas no fim ela cedeu. A neve entulhada do outro lado havia sido o maior problema. Quando conseguimos pisar no terraço, chequei meu AVP, ainda sem sinal, ainda ZM. Claro, como vovó havia dito, esse prédio era do C.H.F.E.S. Eles deviam tê-lo equipado para transformá-lo em ZM e assim manter qualquer tipo de vigilância longe dele.

— Não há mais pegadas — disse Wei. — A neve cobriu tudo.

— Ginnie deixou algo aqui em cima. Tenho certeza disso. Só temos que descobrir onde.

— Eu cubro esse lado — disse Wei. — Você fica com o outro.

Caminhei pela extremidade do terraço. As luzes dos postes estavam acendendo por todos os lados e o Parque Lincoln brilhava como um reino encantado. Parei um instante e olhei por cima do horizonte e da cidade. Esta era a vista que Ginnie amava e eu entendia o motivo. Fui até

Wei e a trouxe até ali, pois ela precisava ver isso também. Quando voltamos para esse lugar, meu pé bateu em algo. Ajoelhei-me e toquei em volta. Minha pulsação acelerou. — Tem algo aqui.

Afastei a neve para o lado e ali estava uma tampa de metal. Tentei abrir com os dedos quase os arrebentando. — Preciso de uma alavanca para puxar.

Wei procurou e acabou voltando com um pedaço de metal enferrujado e comprido. — Aqui, tente com isso.

Pressionei com toda a minha força para abrir a tampa. Senti alguns flocos de neve caindo. Precisávamos correr. No mesmo instante em que o cabo quebrou, a tampa abriu com um barulho.

Iluminei o interior com meu AVP. Dentro, havia um pacote todo embrulhado. Sentamos na neve e eu o abri. Havia um bilhete com a letra de Ginnie e três *chips*. O bilhete dizia: "Aqui está a prova. O CeFFem é um disfarce para o tráfico de mulheres. Sei que você consegue parar isso...".

Não consegui ler mais, pois os flocos de neve foram ficando mais pesados e começaram a cair com mais intensidade. Embrulhei tudo de volta e enfiei o pacote dentro de minha calça *jeans*.

— Vamos — falei. — Temos que levar isso para o meu pai. Você acha que seu pai esteve em contato com ele recentemente?

— Espero que sim — Wei respondeu. — Cuidado com os degraus — disse ela. — Por causa da neve, meus sapatos estão escorregando.

Ela não estava brincando. Meu pé quase derrapou no primeiro degrau. Segurei no corrimão para impedir um tombo e senti o metal debaixo de meu peso.

A bateria de meu AVP estava acabando e a luz ficando mais fraca. A bateria de Wei também estava, então nos apressamos escada abaixo o mais rápido possível com ela nos guiando. Acabara de passar por um lance das escadas quando ouvi uma batida a minha frente.

— Wei? — sussurrei. Não vi a luz do AVP dela e a minha estava oscilando. Nenhuma resposta.

— Wei? — eu descia cuidadosamente a escada. Wei estava no chão, no final dos degraus entre os lances da escada.

— Wei, você está bem? — nada.

Futz! Coloquei minha mão no pescoço dela, senti sua pulsação e soltei um suspiro de alívio. Ela ainda estava viva, mas não tinha luz suficiente em meu AVP para ver o quanto ela havia se machucado. Não tinha força suficiente para carregá-la. Além disso, tinha medo de movê-la. E se algo estivesse quebrado? Liguei meu AVP para chamar Sal quando lembrei que estávamos em uma ZM. Tentei me acalmar e pensar no que faria, mas meu coração começou a bater forte no peito.

— Wei — tentei acordá-la novamente. Nada, nem um gemido. Não queria deixá-la ali, mas precisava buscar ajuda. — Wei, vou voltar.

Sem qualquer luminosidade de meu AVP, não me preocupei com o fato de que alguém pudesse me ver quando atravessei o *lobby*. Quando cheguei à cozinha, ouvi um barulho e congelei. Meus pelos do braço ficaram arrepiados. Então, ouvi alguém dizer: — Maldita porcaria essa droga! Merda inútil!

Ed! Por um segundo fiquei paralisada. Então, uma voz em minha cabeça disse: "Mexa-se!" e corri para a porta de entrada e tentei abri-la, mas estava enferrujada. Podia sentir o pânico subindo meu corpo. "Pense, Nina, pense." Procurei uma cadeira para prendê-la embaixo da maçaneta, mas não tinha nada. Peguei uma mesinha, virei-a de cabeça para baixo e a coloquei contra a porta. Depois, coloquei outros entulhos no topo dela, o suficiente para ganhar, talvez, um segundo ou dois.

Tropeçando pelo cômodo, cega, esbarrei em várias coisas. De alguma forma, consegui permanecer de pé e, ao apalpar em volta, achei um cano de metal no chão e corri para um dos balcões. Subi em cima dele e tentei alcançar a janela. Se conseguisse quebrar uma delas, poderia gritar por ajuda ou escalá-la. Assim que fiquei em pé sobre ele, a madeira cedeu e eu caí no chão. Ouvi a maçaneta sendo forçada. Fiquei parada em choque, sem me atrever a respirar.

— Sei que você está aí, Nina.

Meu coração ia sair pela boca. A mesinha arranhou o chão. Ele estava entrando.

— ZM, não é? Que interessante... Ninguém nunca saberá que estivemos aqui. Talvez você e eu possamos nos divertir um pouco.

As imagens doentias dos *chips* apareceram em minha mente. Engoli o terror e me escondi atrás de um dos balcões, com o cano de metal ainda na mão.

— Você podia se mostrar também, Nina — a voz de Ed ecoava pelas ruínas. — Não existe saída daqui a não ser através de mim — ele rosnou e ouvi uma pancada surda. Em seguida, a porta estava completamente aberta. A mesa foi lançada para o outro lado. — Você acha que um lixo qualquer vai me manter fora daqui? Você não consegue escapar de mim, Nina.

Eu o ouvia lutando contra as pilhas de entulho que eu havia colocado em frente à porta. Cada centímetro de meu ser queria gritar, correr, fazer algo... Mas eu esperei, apertando o cano com força, cada vez mais forte até minhas mãos doerem.

— Não seja burra como sua amiga loira. Você acredita que ela achou mesmo que eu ia levá-la para fazer o exame físico? Não demorou muito para ela me dizer onde você estava.

Sandy. A única amiga loira que eu tinha era a Sandy.

— Assim que ela disse Wells, sabia que você estaria aqui. Você sabe, sua mãe também gostava desse prédio. Bom, foi isso que ouvi dizer.

O pânico efervescia dentro de mim enquanto a voz dele ia ficando mais alta.

— Ora, vamos, Nina, você não quer saber o que aconteceu com sua amiga? Posso lhe contar com detalhes. Ela tinha tudo de *dezessexual*, mas você sabe que ela era mesmo virgem. Bônus para mim.

Eu pressionei os lábios para me impedir de gritar.

Ele continuou a falar como se estivéssemos tendo algum tipo de conversa normal. — Você é também? Ou aquele seu namorado esquelético já desceu suas calças? Não importa para mim. Vou me divertir do mesmo jeito.

Senti náuseas. Engoli de volta um pouco de vômito.

— Nina, você sabe que nós temos negócios a tratar antes de a diversão começar — ele passava aleatoriamente a luz pelo cômodo e eu o ouvi tropeçar em uma pilha de escombros. — Porcaria de luz barata! — a poeira subiu como uma nuvem no feixe de luz. — Existem só alguns lugares nos quais você pode se esconder aqui, Nina. Vou encontrá-la!

Uma das laterais do balcão rangeu quando ele puxou. — Você está aqui? — ele bateu com força no lugar onde estava com força. Um segundo depois, ela caiu e se espatifou no chão.

Cada músculo de meu corpo doía. O pânico perfurava minhas entranhas tentando sair. E se Wei entrasse no cômodo dando de cara com isso? Bloqueei minha mente de todos esses pensamentos loucos.

— Ginnie mandou você entregar o livro a Alan. A ideia dela de fazer você cantar aquela música foi inteligente, mas não o bastante. A enfermeira conseguiu entender o suficiente. Sei que seu pai está vivo. O que tem nesse livro? Sugiro que você o dê para mim ou vou tirar sua irmã de você e nunca mais você a verá.

Eu não ia deixar ele levar Dee. Tudo que ele precisava era de uma leitura de DNA para descobrir que ela não era sua filha. Meus olhos seguiram a luz fraca da lanterna dele. A poeira estava entrando em meu nariz e rezei para não espirrar.

— Nina... só me dê o livro, Nina. Você está me ouvindo? — a voz dele foi ficando estridente. — Você sabe que é por causa de seu pai que eu me tornei um selecionador? Eu fazia parte do alto escalão do C.H.F.E.S. As pessoas trabalhavam para mim. Disse a elas que ele nunca se afogou, mas me disseram que eu era louco. Passei dez malditos anos tentando arrancar a verdade de sua mãe. Mas quando eu tiver a prova para o CR de que Alan está vivo, eles irão me reintegrar.

A voz dele foi ficando baixa. — Eu a amava de verdade — tinha algo próximo da ternura nas palavras dele. — Ela me desprezava — continuou ele. — Você acha que eu não sabia disso? Mesmo depois de termos uma filha juntos, ela ainda amava seu pai. Engraçado isso, não é? Ele está vivo; ela, morta. Que azar o dela — a voz dele abaixou para um resmungo. — Mesmo com uma faca na barriga, ela não o entregou. Quase não consegui ir até o fim com isso — disse ele. — Aquela mulher me excitava... Que desperdício!

Em seguida, o silêncio, o horrível silêncio. Podia ouvir as batidas de meu coração. O gosto de bile encheu minha boca. Ele a matou. Acho que eu sabia o tempo todo que ele tinha assassinado Ginnie. Apertei o metal com mais força, minha fúria crescia.

— Estou ficando cansado disso, Nina. Sabe de uma coisa? Não acho que eu precise de você para pegar o livro. Acho que Dee sabe onde ele está e você sabe que ela ama o pai. Isso a deixa... bem, agora, não posso apenas a deixar aqui, posso? Não com tudo o que você sabe. Isso simplesmente não vai funcionar — ele chutou um monte de lixo. — Mas o que fazer com você agora?. Há um velho ditado que diz: "Tal mãe, tal filha". O que você acha de a gente descobrir a verdade? E se eu gostar do que você faz, posso não a matar, pelo menos não logo em seguida.

Pervertido! Eu queria tanto poder gritar. Gritar, gritar e gritar, até ele cair no esquecimento. Sabia que se emitisse qualquer som seria meu fim e o de Wei também. Se ele me pegasse, iria atrás de Dee. Não podia permitir que isso acontecesse, não importava o que fosse. Tinha que manter o foco.

O facho de luz da lanterna dele seguiu pelo outro lado do balcão. Essa seria minha única chance de fugir. Vi a luz se aproximar cada vez mais. Pressionando as costas contra parte do balcão, eu me abracei. Ele passou perto do lugar onde eu me escondia, com a luz iluminando bem à minha frente. Segurei a respiração e esperei.

No momento em que a luz passou por mim, eu me ergui e toda a força de meu ódio e cada emoção que vim segurando dentro de mim emergiram. Soltei um grito horrível e, com as mãos segurando o cano de metal, bati com tudo na cabeça de Ed. Ouvi o barulho da batida e Ed desabando sobre o lixo.

XLII

A lanterna dele rolou pelo chão e a luz lançou sombras por todos os lados. Eu a agarrei, correndo para o depósito e depois para fora no meio da noite.

Liguei para Sal. — Sal... preciso de ajuda, agora! Wei e eu estamos no Robin's Roost. Venha pelo beco. Venha agora!

Wei... eu tinha que socorrê-la, mas se Ed acordasse? Comecei a tremer e não era por causa do frio. Não podia deixar Wei ali, sozinha com ele, inconsciente. Tinha que arriscar. Virei-me para entrar novamente, quando a porta se abriu com violência. Pressionei-me contra o prédio e fiquei paralisada, esperando estar disfarçada pelas sombras. Se Ed me encontrasse, sabia o que podia acontecer.

— Nina? — a voz de Wei era fraca e débil. Ela escorregou pelo umbral da porta até um monte de lixo que estava ali.

Corri até ela. — Levante-se. Vamos!

Ela tentou se sentar, mas só conseguiu cair para a frente, segurando a cabeça.

— Wei... Venha, nós temos que sair daqui — falei. — Ed está lá dentro. Eu o derrubei, mas ele vai despertar. Se ele nos encontrar...

Ela lutou para ficar de pé e eu a carreguei com seu braço em meu ombro pelos degraus até o beco quando vi Sal e Mike.

— Sal, Mike, aqui! Temos que pedir ajuda para Wei. Ela caiu... e...

— Estou bem — disse ela. — Só estou um pouco zonza — as pernas dela continuavam falhando. — Não foi pior que outras quedas que levei. Só preciso me sentar por um minuto, ok?

Os garotos ajudaram Wei enquanto saímos do beco e atravessamos a rua. Uma casa de três andares com arbustos grandes em cada lado dos degraus surgiu a nossa frente.

— Vocês duas, fiquem atrás deles — Sal apontou para os arbustos. — Vamos ficar vigiando até Ed sair.

❖ ❖ ❖

Dez minutos se passaram e nada. Vinte minutos depois, ele ainda não tinha saído. Wei e eu nos sentamos atrás dos arbustos. Tinha pegado emprestado o AVP de Sal e estava ligando para Sandy várias vezes. Chequei meu AVP e a carga estava voltando devagar. Sandy não tinha me ligado.

Tudo o que Ed havia dito dentro do Robin's Roost passava por minha mente. Ele matou Ginnie. O que o impediria de... Não. Eu me recusava a acreditar que ele tivesse matado Sandy. Talvez, ele nem a tenha estuprado. Talvez isso tenha sido apenas uma conversa para me assustar. "Ela provavelmente já está no Soma", pensei, "conversando com alguns garotos." Tinha que ser isso.

— Ele não poderia ter saído pelo outro lado do beco, não é? — perguntou Sal.

— Talvez devêssemos dar uma olhada? — perguntou Mike.

— Você consegue ver por essas janelas dentro do depósito, se chegar bem perto — minha voz tremia tanto quanto minhas entranhas.

— Todos vocês, fiquem aqui — Sal atravessou a rua, indiferente. Ele tirou algo do bolso e deixou cair. Ajoelhando-se, ele fingiu que estava procurando, mas vi um feixe de luz, provavelmente uma lanterna, e deduzi que ele estivesse olhando lá dentro. Por fim, ele ficou de pé e continuou caminhando em direção à esquina. Quando chegou lá, ele olhou para cima e para baixo na rua e, então, viu seu relógio. Ele voltou e se sentou ao lado de Mike. Parecia totalmente normal, como um garoto que esperava alguém em um sábado à noite.

— Ele está deitado no chão. Não está se mexendo.

— Você não quer dizer... que ele não está... não bati nele com tanta força.

— Talvez você tenha batido, sim — disse Wei. — A gente devia chamar meus pais.

— Não — disse Sal. — Se seu pai foi interrogado em Greenland, isso significa que já estão suspeitando das visitas de Nina à sua casa. Vou ligar para a tia Rita. Deixe-me ir lá dar mais uma olhada.

— O hotel é ZM — minha voz estava tremendo e minhas entranhas se debatiam como um lago cheio de carpas na hora de se alimentar.

Sal alcançou minha mão nos arbustos. — Vou ficar bem, Nina — então, ele atravessou a rua e desapareceu no beco.

Dois segundos depois, eu me curvei e vomitei. Wei segurou meu cabelo, enquanto Mike olhava para o outro lado, educadamente. Sentia como se estivesse sendo revirada pelo avesso.

Quando Sal retornou, a noite estava um breu. — Venham, vamos indo. Derek provavelmente deve estar pensando onde estamos. Sandy também. Estou surpreso que ela ainda não tenha ligado para você.

— Tentei ligar para ela, mas não tive resposta, Sal. Ed está realmente...? — eu não queria saber, mas precisava.

— Está — Sal disse com firmeza. — Eu confirmei.

Eu me dobrei para a frente nos arbustos e aquilo que restava em meu estômago jorrou para fora no chão. Logo eu estava vazia, mas não conseguia parar os espasmos do vômito. Wei pegou meu braço e pressionou o dedo sobre meu pulso, com força. Em alguns momentos, a náusea se apaziguou.

Olhei para ela, assombrada.

— Acupressão. Eu presto atenção em algumas coisas que minha mãe faz.

— O que faremos agora? — perguntei.

— Vamos ao Soma checar se Sandy está lá — disse Sal.

Eu me inclinei e sussurrei no ouvido dele: — Ed disse que ele... — não consegui terminar a frase.

— Vamos procurá-la. Venha! — disse Sal.

Wei e eu devíamos estar parecendo aqueles soldados feridos dos vídeos antigos do Fim das Guerras. Mike estava ajudando-a a caminhar e eu estava agarrada no braço de Sal, com as pernas tão firmes quanto água corrente.

Quando chegamos ao Soma, Sandy não estava lá.

— Temos que ir — sussurrei para Sal. — Temos que a encontrar.

— Quando você estiver em um lugar ZM, conte a Derek o que aconteceu — ele disse a Mike. — Vou levar Nina para casa.

— Certo. Vou acompanhar Sandy depois do *show*.

Concordei com a cabeça, derramando lágrimas. Fui para fora cambaleando, com Sal logo atrás de mim.

* * *

Fomos parar em nosso oásis. No meio dos soluços, fui capaz de contar a ele toda a história. Tudo o que Ed dissera sobre minha mãe e Sandy.

Sal me segurava nos braços com ternura até eu não conseguir mais chorar.

— O que foi que eu fiz? — eu andava para a frente e para trás embaixo das luzes tênues. — Não posso ter matado uma pessoa, mesmo que tenha sido Ed.

— Nina, foi em defesa própria. Ele matou sua mãe. Não sabemos o que ele fez com Sandy. Ele estava ameaçando levar Dee e disse que ia estuprá-la e depois a matar.

— Os juízes nunca acreditam em garotas de dezesseis anos — falei. — O que vai acontecer comigo?

— Nada.

Sentei-me no banco. — Vou ser reincorporada, não é?

— Ninguém nunca descobrirá isso. As providências foram tomadas.

— O quê? O que você quer dizer com providências?

— Isso mesmo. Por favor, pare de se preocupar — ele pegou minhas mãos e as segurou.

— Rita. Ela resolveu? — fiquei imaginando-a mandando alguém como Max para "tomar as providências".

Sal colocou o dedo em meus lábios. — Mesmo esse oásis sendo ZM, estamos num lugar aberto. Precisamos ser cuidadosos com o que dizemos. Apenas saiba que Ed nunca mais vai machucá-la novamente.

— E Sandy? — comecei a chorar de novo. — Parece que ele... — não conseguia dizer as palavras.

— Nina — Sal mexia em minhas mãos. — Pare!

Enterrei o rosto no pescoço dele, soluçando.

— Não se preocupe. Nós a encontraremos.

❖ ❖ ❖

Era tarde quando me deitei na cama. Sandy não havia aparecido nem ligado. Tentei falar com a mãe dela, mas ninguém atendeu. Tudo o que eu queria era dormir e esquecer, mas não conseguia. As palavras de Ed continuavam passando por minha mente: "Você não quer saber o que aconteceu com sua amiga?", "Ela era virgem", "Bônus para mim". Muita coisa aconteceu.

Meu AVP tocou.

— Sandy?

— Não, sou eu — era Wei.

— Wei, você está bem? — perguntei.

— Minha mãe me medicou. Sinto-me um pouco melhor.

— Alguma notícia sobre...? — eu sabia que precisava ser cuidadosa com o que ia dizer e ela também. Por mais que eu quisesse saber se eles tinham encontrado Sandy ou Ed, receava acordar vovó se pegasse o criptógrafo.

— Nada. Sinto muito!

— E o pacote... — ainda tinha as provas que Ginnie havia roubado de Ed. Não queria pensar nisso, não naquele momento, mas sabia que tínhamos que as levar a meu pai. Tudo isso tinha que ter um propósito.

— É, falamos disso amanhã — ela desligou.

Deitei na cama, com medo de fechar os olhos, com medo de ver as imagens que se escondiam no escuro.

Virei-me na cama e olhei para a foto de Ginnie. Ela deixou que todas aquelas coisas horríveis acontecessem com ela apenas para manter meu pai, Dee e eu em segurança. — Oh, mamãe... sinto sua falta!

XLIII

A polícia encontrou o corpo de Sandy três dias depois parcialmente queimado em uma pedreira fora de Cementville. A mídia alegou que era um crime relacionado aos dezesseis anos e dissimulou com os peritos como pretexto a sexualidade extremada da adolescência. Imediatamente em seguida a essa notícia, uma propaganda foi veiculada sobre como aumentar seu *sex appeal* com sabonete corporal à base de feromônio. Se Ed pudesse ser assassinado novamente, Mike o faria.

Sal pegou emprestado uma *van*-táxi do irmão e todos nós fomos ao funeral em Cementville.

Sandy estava linda, como se estivesse dormindo. Sua mãe estava sob o efeito de uma dúzia de remédios para se manter em pé. Até mesmo o padrasto dela parecia ter chorado. Queria acreditar que o julgara mal, mas não acho que isso tenha ocorrido. Mantive-me perto do caixão, incapaz de tirar os olhos de minha melhor amiga. Mesmo com todas as suas manias *dezessexuais*, ela havia sido tão ingênua e leal. Tudo o que ela queria era sair da categoria baixa, ter alguém que a amasse. Esperava que de alguma forma ela pudesse ver ou sentir o quanto eu a amava. Eu me inclinei, beijei sua testa e ajeitei sua franja. Eu ia sentir muito sua falta.

Mike se ofereceu para ser um dos carregadores do caixão. Antes de fecharem a cápsula, eu o vi colocar uma vaquinha de gesso na mão dela. Ele tinha esse objeto desde o jardim de infância. Sabia disso porque fui eu quem a deu a ele. Uma lágrima escorreu por sua bochecha. Essa foi a única emoção que ele demonstrou do velório até o foguete funerário. Ele observou o foguete enquanto partia em sua jornada para coletar outras cápsulas antes do lançamento final para o espaço. Bem depois de todo mundo ter partido para a casa dos pais de Sandy para a cerimônia, Mike ainda ficou parado, olhando fixamente para a estrada.

Sal, Derek e eu o convencemos a entrar na *van* e viajamos de volta para a cidade em silêncio.

❖ ❖ ❖

De volta para casa, abri o pacote novamente e li o restante do bilhete que Ginnie havia escrito para meu pai. Ele resumia tudo o que Wei havia me dito sobre o CeFFem. Parte dele era idônea, mas a outra parte dizia que garotas de dezesseis eram escravas sexuais de oficiais do governo e mineiros de *ocribundan*. Os *chips* continham documentos, fotos, nomes e evidências suficientes que, se fossem parar no lugar certo, não poderiam ser ignorados. Meu pai saberia exatamente o que fazer com isso. Eu iria colocar aqueles dados e o livro de bebê da Dee nas mãos dele.

No fim, o que Ginnie havia descoberto iria ajudar milhares de garotas. Mas pensei no que iria acontecer comigo. Meu contrato do CeFFem havia sumido. Pelo menos, Ed não estava por perto para convencer o selecionador a me escolher. Se fosse escolhida, não havia como saber se seria mandada para o treinamento de tráfico sexual ou para o treinamento normal. Fugir estava começando a parecer uma opção viável. A não ser pelo fato de que teria que deixar Dee, vovó e Pops. E os meus amigos. E Sal. Tinha que entregar essas informações a meu pai.

❖ ❖ ❖

Ainda havia três semanas até o recesso. Era uma rara tarde ensolarada no inverno de Chicago. Dee e eu voltamos para casa da escola pelo parque. Era bom não precisar olhar por cima do ombro constantemente, preocupada com Ed. Paramos perto do pasto de cavalos e ficamos observando-os comer montes de feno. Perto dali, vi o estábulo onde as vacas dormiam. Quase podia ver Sandy inclinada na cerca, mugindo para elas. Tive que desviar o olhar.

— Vovó disse que só tem uma maneira de ficar com as memórias felizes. Você tem que chorar todas as tristes — disse Dee. — Eu sinto muito por Sandy, Nina.

— É, eu também — enxuguei uma lágrima. Tanta coisa tinha acontecido nos últimos meses. Iria levar um tempo antes que eu conseguisse superar a perda de Sandy e de minha mãe.

Dee corria pelo pasto, dando um tapinha em cada cavalo que estivesse próximo da cerca. Ela estava a salvo de Ed. Ainda não havia contado a ela que Alan era seu pai. Isso seria um segredo, pelo menos até que eu o encontrasse.

❖ ❖ ❖

— Chegamos — joguei minhas luvas na prateleira de cima no armário.

Pops entrou na sala com barulho. — Os cabeças-xadrez estiveram aqui hoje.

Estava tirando o casaco e parei no meio. — O que eles queriam?

— Era sobre... é... Dee, querida, vá ver o que sua avó quer. Ouvi-a chamando você.

Meus joelhos batiam um no outro enquanto eu pendurava o casaco e me sentava de frente para Pops. — Ed?

— É. Parece que ele desapareceu. O rastreamento do último sinal do AVP dele indicou algum lugar entre a Lincoln e a Wells.

— Por que eles vieram aqui? — tentei manter minha voz normal, impedindo o grito que queria sair junto.

— Eles acharam que talvez ele tenha visitado Dee — Pops se inclinou para trás na cadeira. — Falei para eles que o parasita nunca se importou antes com ela. Por que viria aqui agora? Ela não significava nada para ele, exceto pelo DNA.

Não havia contado para vovó nem para ele sobre a paternidade de Dee ainda. Eles estavam mais seguros sem saber.

— A polícia disse mais alguma coisa?

— Nada, só para comunicar se ele aparecer — Pops bufou. — Como se eu fosse dizer algo. Eles disseram que a esposa dele ainda nem denunciou o desaparecimento, que foi no trabalho que sentiram sua falta, pois ele não estava mais indo trabalhar.

— Não me surpreende — murmurei.

— Hã? — Pops estendeu a cabeça com a orelha em minha direção.

— Nada, só fiquei pensando se algum dia vão encontrá-lo.

— Espero que o miserável f.d.p. desapareça desse planeta — disse Pops.

"Se ao menos você soubesse", pensei. Sal nunca me contou a verdadeira história sobre quem realizou o serviço depois que o deixamos no Robin's Roost naquela noite. Ele disse que quanto menos eu soubesse, melhor. Eu concordava plenamente.

XLIV

Dez de dezembro de 2150. Meu aniversário de dezesseis anos.

Deixei o consultório do médico depois de receber minhas vacinas contra doenças suxualmente transmissíveis (DSTs). Eles dizem que uma garota precisa ficar segura, mas acho que é mais para os caras que não querem contrair nada contagioso. Próxima parada, o gabinete de tatuagens do governo. Sentei-me na cadeira de identidade, rangendo os dentes enquanto a técnica picava a agulha em meu pulso. Quando ela acabou, o XVI obrigatório do CR estava gravado em minha pele, uma mancha negra.

— Você está absolutamente certa disso? — a técnica perguntou para vovó, apontando para a linha no formulário.

— É isso o que diz — respondeu vovó. — A garota tem bom-senso. Ela não precisa ser rastreada como um animal.

A mulher balançou a cabeça negativamente e continuou. Retraí-me quando o aparelho penetrou minha pele e, em seguida, sugou a bolinha para fora. Ela a jogou dentro da cesta de lixo. "Um GPS a menos para rastrear", pensei.

Vovó pegou de volta minha certidão de nascimento, assinou os papéis restantes e saímos.

Nossa parada seguinte era no Departamento de Identificação e Seleção. Mais formulários, mais assinaturas. Não acreditei que tinha conseguido sorrir de verdade na hora da foto. O novo cartão continha todas as minhas informações pertinentes e o item que dizia "Criativo" foi marcado. Tudo o que eu precisava fazer era mostrar a eles as cópias de minhas aulas de artes em Cementville e pagar uma taxa. Agora, sabia o motivo que fez Ginnie se sacrificar tanto por mim para que eu pudesse fazer essas aulas.

Queria outra tatuagem, uma parecida com a de Wei, com as flores do cardo circulando o XVI. Porém, para conseguir isso, tinha que ser membro da Ordem. Eles eram AntiCons, combatentes da Resistência. Não tinha certeza se estava pronta para isso, não importando o quão incrível fosse a tatuagem. Ser uma AntiCon tinha custado o amor e a vida de Ginnie. Não estava nem perto da coragem que ela tinha tido.

Quando saímos do Departamento, Wei estava esperando por nós.

— Vamos à Rosie — sugeriu ela. — Estou morrendo por um *milk-shake*.

Vovó me beijou na bochecha. — Vão juntas agora. Passe o dia com seus amigos. Você merece se divertir.

Não discuti.

O lugar estava deserto quando chegamos lá.

— Vou lá no fundo ver onde ela está — disse Wei. — Você acha que consegue encontrar uma mesa? — nós duas caímos na gargalhada, já que o lugar estava vazio.

Sentei-me e analisei o pulso. Estava machucada a parte onde o *chip* estivera e o meu braço latejava. A Sra. Jenkins tinha mandado um jarro de unguento por Wei para eu usar no hematoma. Tinha acabado de tirar a tampa quando a porta da cozinha abriu totalmente.

— Surpresa!

Rosie veio pela porta carregando um bolo enorme com cobertura branca e raspas de chocolate. Ela estava cercada por todos os meus amigos e vovó, Pops e Dee. Até o senhor e a senhora Jenkins e a Prof. Gray estavam lá. Comecei a chorar.

— Ei... ei — Sal me puxou da cadeira. — Sem chorar hoje. Este é um dia feliz — ele me beijou.

Mike colocou um pacote em cima da mesa. — São algumas coisas de todos nós.

Eu dei um abraço nele e beijei sua bochecha. — Obrigada! — sussurrei.

Olhei todos os presentes. Havia cavalinhos de porcelana antiga de Derek e Wei. Um cupom de desconto para uma cama nova da vovó e Pops — os benefícios de sobrevivência finalmente tinham chegado. Dee fez para mim um álbum do tipo antigo com fotos dela, minhas e de Ginnie. Mike me deu uma moldura com uma foto digital minha e de Sandy que ele havia tirado no zoológico no verão passado. Os Jenkins pagaram a festa e Rosie me deu um ano de aulas grátis de *Cliste Galad*. O Prof. Gray costurou o livro *1984* de verdade em uma capa de tecido.

— Vocês todos são maravilhosos!

— Acho que papai deixou o melhor por último — disse Wei. — Dá agora para ela, ok?

— O segundo melhor — disse o Sr. Jenkins. Colocando a mão no bolso, ele puxou um envelope. — Seu contrato do CeFFem, Nina. Assinado, selado e gravado para eles em cartório. Você nunca será escolhida. Você está livre!

— Obrigada! — eu o abracei tão forte como se ele fosse meu próprio pai. Era como eu me sentia. Sem CeFFem, sem dois anos longe de Dee, vovó e Pops, sem medo de me transformar em alguém como Joan. Eu poderia me inscrever no Instituto de Arte depois de receber meu título. Eu sentia como se alguém tivesse retirado uma *van* de cima de minhas costas.

— Tem mais uma coisa — disse ele. — Jade?

A mãe de Wei concordou com a cabeça e entregou para mim um aparelho AVP especial, o qual ainda tinha sinal no meio do salão de Rosie, que era ZM. — Acho que é para você. Você vai querer atender em um lugar com privacidade.

Rosie me levou até a cozinha.

Segurei o AVP na orelha. — Alô?

— Nina?

— Papai! — eu reconheceria sua voz em qualquer lugar.

Nossa conversa durou exatamente o tempo que levou para ele dizer: — Feliz aniversário!

Para eu responder: — Obrigada!

E ele: — Vou vê-la em breve.

E foi assim. E foi muito mais do que eu havia sonhado.

❖ ❖ ❖

Depois que nós todos comemos, os Jenkins levaram vovó, Pops, Dee e meus presentes para casa. Mike teve que voltar para cuidar da irmã, e Derek e Wei estavam trabalhando em algo especial para o recesso na escola. Não perguntei o que era, pois sabia que seria apenas uma desculpa para ficarem juntos.

Sal e eu caminhamos pelo parque, para a minha montanha, aquela que havia se transformado em "nosso lugar".

— Você sabia que aqui era ZM?

— Sério?

— Tenho certeza de que é por isso que sua mãe a trazia aqui com tanta frequência. Aposto que ela falava com minha mãe e os pais de Wei daqui. Mas não tem problema — ele me puxou para mais perto. — Pelo que sei é o lugar mais especial da galáxia.

Nós nos beijamos, várias vezes, antes de nos sentarmos.

— Você leu mais alguma coisa no livro?

— Não, são coisas pessoais para meu pai. Ginnie queria que ele soubesse o que ela estava pensando e sentindo todos esses anos.

Sal pegou minha mão e beijou a ponta dos dedos, o que me arrepiou toda, de uma maneira boa, até meus pés. Acariciei seu rosto, amando a sensação de arranhar de sua barba por fazer em minha mão. — Nesse exato momento, não quero pensar no passado ou no amanhã.

— Nem eu — ele me beijou novamente.

Foi incrível ver como estávamos sentados no meio da neve. Sentia-me aquecida como se fosse verão. *Jeans* com proteção de couro impermeável, mas sabia que os beijos de Sal eram a razão disso.

Quando paramos para respirar, Sal disse: — Você não está pensando se tenho algo para lhe dar?

— Não — dei risada. — Acho que estava tão surpresa com tudo... Nunca havia imaginado um aniversário como esse.

Ele pegou uma caixinha do bolso. Quando eu abri, vi que tinha um pingente de coração pela metade. Estava escrito nele: "Eu am". — O que é isso?

Ele colocou a mão no próprio pescoço e puxou uma corrente de dentro da blusa. A outra metade do coração estava pendurada nela com "o você" escrito nela.

Corando, é claro, joguei os braços em volta do pescoço dele e sussurrei: — Eu também.

Passamos as horas seguintes nos beijando, brincando na neve e praticamente "agindo de acordo com nossa idade", como vovó costuma dizer. Mas sem sexo. Não era uma garota *dezessexual*. Era apenas uma garota que tinha dezesseis anos e isso me fazia sentir muito bem.